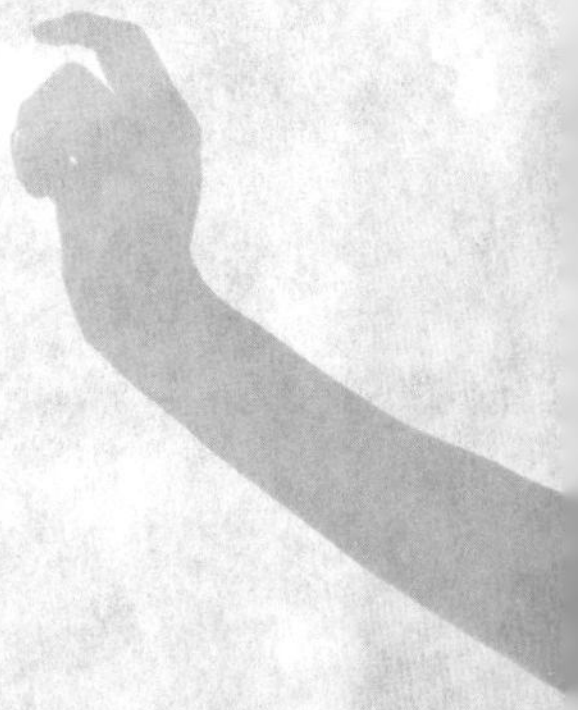

凪《なぎ》に溺れる

青羽悠

Aoba Yu

PHP研究所

凪《なぎ》に溺れる

目次

プロローグ　眠れぬ夜
二〇一九年　遥　4
一章　さよならワンダー
二〇〇六年　夏佳　25
二章　白ゆき
二〇〇九年　聖来　99

三章　うまれる
二〇一五年　正博　129

四章　blind mind
二〇一八年　北沢　211

五章　破　顔
二〇一九年　光莉　233

エピローグ
聖来　318

プロローグ　眠れぬ夜――二〇一九年　遥

ああ、皺《しわ》になってしまう。

河崎遥《かわさきはるか》はそんなことを思いながらも、ベッドの上に寝転がっている。服を着替えなければ、メイクを落とさなければ、シャワーを浴びなければ……。分かってはいるが動けない。逆さまに映る時計が二十一時を指していた。

派遣社員として大手企業の受付の仕事をしていた。会社を出たのは十九時前。晩ご飯を済ませて家に着くと、ベッドに身を投げていた。受付の仕事は大変なものではないが、人と接する意識を手放せないのでやけに気疲れしてしまう。

とはいえ前に工場の事務で働いていたときは終電で帰るのが当たり前だった。それと比べれば今の仕事はよほどいい。ブラックさに耐えられずその会社を辞め、派遣社員をしながら転職先を探していた。でも最近は転職サイトを眺めることも止めてしまっている。

天井を見つめる。水の上をあてもなく浮いているような気分になる。行く先もなく漂いながら、こんな今を望んだ訳ではない、ということだけを理解している。けれど浮かんでいるのは楽で、結局抜け出せない。

もっとバリバリ働きたかった。その働きが自分のやりたい事と同じ方向ならよかった。……そもそも自分にやりたい事なんてあったっけ。

相変わらず起き上がる気力が湧かず、遥はスマホを手に取る。ロック画面には健太《けんた》からのライン通知が来ている。

『週末、どっか行きたいところある？』

開くか開かないか迷い、結局、その通知を無視した。今の遥の中では、受付の気疲れの延長に健太がいた。自分はまだこの通知に気付いていない、気付いていない……。内心で呟《つぶや》くと、重たい息で鼻が鳴った。

健太とは付き合ってから四年が経とうとしていた。遥が短大の二年生だったとき、合コンで出会ったのがきっかけで、そのまま今も付き合い続けている。健太は四年制の大学に通い、横浜のメーカーに就職した。東京からは電車で一時間。会いに行ける距離だが、気軽に会おうとは思わない距離でもある。

今週末は久しぶりのデートだった。いつもは月に一度か二度、顔を合わせているが、今月は健太の仕事が忙しいらしく、まだ一度も会っていなかった。

ラインの通知がまだ残っている。昔はデートの相談をするだけで、くすぐったい気持ちがじんわりと心に広がった。あれはどういう感覚だっけ。思い出そうとするが、あの温《あたた》かさは蘇《よみがえ》ってくれない。

スマホの真っ暗な画面に自分の顔が映る。受付にいるときの対外用の微笑《ほほえ》みが未だ頬に張りついている気がした。頬をつねり、あてもなくYouTubeのアプリを開く。おすすめ動画の欄《らん》に並ぶミュージックビデオの中から適当なものを一つ再生させる。

遥の趣味は音楽だ。『趣味は音楽です』と何となく言う人よりは聴いている自信がある。毎週ライブハウスに通い詰めていた時期もあった。洋楽邦楽構わず音楽を聴き漁《あさ》り、夢中でバンドを追っ駆けていた。あの頃のエネルギーを思い返すと、眩《まぶ》しさで目がくらむような気分になる。

動画の前に、スキップできない十五秒の広告が流れた。観客のいない陸上競技場で、棒高跳びの女性選手が高いバーに向かって走る。力強いバスドラムが響き、その走りを昂《たかぶ》らせる。細い体躯がバーを越えた瞬間、歓声が沸《わ》く。ナレーションが入り、大手の保険会社がオリンピックのサポーターであることを告げる。

東京オリンピックが迫っていた。

期待を煽《あお》るこの手の広告も増えている。熱い気持ちが素直に燃え上がることもあるが、疲れている今の遥には響かない。オリンピックと聞いても『人の量が増えるのかなあ、参ったなあ』というぐらいの感想しか出てこない。

広告に乗せられてあれこれ考えていると、お目当てのミュージックビデオが始まった。激しめの邦ロック。スマホのスピーカーから流れるシャリシャリした音も、これはこれで悪くない。目を閉じる。瞼《まぶた》にじんわりとした熱を感じ、体はより深くベッドへ沈む。

音楽はいつだって現実から心を引き離してくれる。

無数の音の重なりに神経を集中させ、流れ去る歌詞に身を任せる。ただ体に音が沁《し》みていく。

遥は日常から離れて遠くに漂う。意味のない空白の時間にいると感じる。

思えば、かつては音楽にもっと感情を昂らせていた。音楽を聴く傍《かたわ》ら、停滞する日々に暴れ出したくなったり、うまくいかないと沈んでいるときに励まされたり、途方もない未来を思ったり。あの頃は心に押し寄せる波の中を生きていた。

でも今は、心の波の振幅がゆっくりと落ち着いてきたように思う。これは成長だろうか。それとも慣れだろうか。……もしくは惰性？

Cメロの隙間を縫って、無数の言葉が脳裏に流れる。が、再びボーカルが歌い出すと、何を考えていたか忘れてしまう。

「あ」と喉の奥から声が漏《も》れた。

再び逆さまの時計を見ると、長針がちょうど真上まで来ていた。ゼロ分ちょうど……ではなく、三十分だ。二十一時三十分。少し寝落ちていたようだ。遥は慌《あわ》てて起き上がり、視界をひっくり返す。

ぼんやりとした頭に、心地よいギターのアルペジオが響く。同じフレーズが瑞々《みずみず》しく何度も繰り返され、その後ろからオーケストラの音が押し寄せる。YouTubeのアプリが連続再生になったまま、知らない曲を垂れ流している。再生を止めようとしたが、少し気になった。

何のバンドだろう。

遥はスマホの画面を覗《のぞ》く。そこには、夕暮れの海辺の画像が表示されている。

『the noise of tide「凪《なぎ》に溺《おぼ》れる」』

バンド名も曲名も聞いたことがない。ミュージックビデオではなく、ただの静止画だ。しかし曲の再生回数は五万回を超えている。何故《なぜ》？　そう首を傾《かし》げたとき、ボーカルの声が響いた。

黒い海は凪《な》ぎ　ラジオはノイズ吐き出し
予感はまだまやかし　波打つ繰り返し

遥は息を呑んだ。

わずかに高い音域で響く男の声。作ったところのない美しいものだが、その端々は嗄《しゃが》れ、粗野な雰囲気を匂わせる。吐息《といき》、いや、溜息交じりの歌い方が耳につく。その歌声には感情がたっぷりと湛《たた》えられていた。

遠雷はどこかへ去り　君のワンピースも波
心をたぶらかし　吐き切れない苛立ち

瑞々しいギターが裏からボーカルを押し上げ、シンセサイザーの電子音が耳をくすぐる。ベースとドラムが奇を衒《てら》うことなくすべての音をまとめ、その上からオーケストラが薄《うっす》らとベールを掛ける。

いつまでも途上に立ち　祈りを繰り返し
水平線の先　また出会う二人

行き場のない吐息を漏らす。耳に血液の流れを感じる。胸がどうしようもなく高鳴っている。コーラスが始まる。同じギターフレーズに重ねて、ラララ、とボーカルが歌い続ける。音が増幅していく。重なり合って広がっている。何度も繰り返されるメロディは、まるで大きな波のようだった。強く打ち寄せるその音に、遥は竦《すく》むような感情を覚える。時間があやふやになり、かつてライブハウスで感じていた昂揚《こうよう》を肌に覚える。心が大きく揺さぶられている。

「……ララ」

遥は気付けば口ずさんでいる。メロディを口にするたび、体にビリビリしたものが流れる。視線はスマホの上から動かない。解像度の悪い海辺の画像に、吸い込まれそうになっている。

再生が終わる。

遥はしばらくぼーっとして、それから我に返ったように体を震わせた。ベッドのサイドテーブルに目をやれば、愛用のイヤホンが無造作に置いてある。それを手に取り、耳へ突っ込む。スマホにも繋ぎ、もう一度、動画の再生を始める。

今度ははっきりと音が脳に飛び込んでくる。どこまでも緻密《ちみつ》な重なり合い。遥はまた肌に電流のようなものを感じる。感情が音楽で乱されたとき、体を走るさざ波。かつて何度もこの波に当てられてきた。そのたびに世界が開けた。

どうしてこんなに胸が高鳴る？　遥は苦しくなりながら目を閉じる。心がぐいぐいとこじ開けられる。そこから何かが流れ込んでいく。いつまでも満たされなかった空間をめがけて、劇的な何かが、液体として押し寄せる。

また、再生が終わる。

頭の中に満ちた潮が引いていく。それでも体が震えている。

遥は体を起こす。いてもたってもいられなくなる。

辺りを見回すと、スマホの通知ランプが点滅している。先と同じ健太からのライン通知だ。何も考えず、通知をタップする。健太とのラインのページに飛ぶ。

『海が見たい』

健太へ返信を送る。

送った瞬間、感情の波が静まる。ふと我に返る。自分が打った文面にきょとんとしている。

‡

「何で海が見たいって言ったんだ？」

「え？」

運転中の健太が、助手席に座る遥へ尋《たず》ねた。レンタカーの赤いＢＭＷが国道一三四号線を静かに走る。堤防《ていぼう》の向こうに海が延び、潰《つぶ》れた火の玉のような夕日が水平線に差し掛かろうとしていた。

遥の一言で今日は湘南《しょうなん》のドライブデートになった。

昼過ぎに健太のマンションの最寄り駅で落ち合い、そこから車で三十分も走れば、すぐに海岸線へ辿《たど》り着いた。由比《ゆい》ヶ浜《はま》、稲村《いなむら》ヶ崎《さき》、江ノ島……。湘南の各地を過ぎていくたび、アジカンの曲名に出てきた地名だ、と遥は呟《つぶや》く。

会えていなかったこの数週間のことを海辺のカフェで話したり、砂浜に降り立って波打ち際《ぎわ》でじゃれあってみたり。会ってみれば、健太といる時間はやっぱり幸せだ。少しの疑いもなくこの時間を楽しむ傍ら、遥の頭のどこかで、あの曲、『凪に溺れる』が流れ続けていた。

あっという間に一日が終わろうとしている。歳を取るほど時間の流れは速くなる。ふと、どうして時間は「流れる」のだろうかと思う。時間は液体に似ている。

「……何で海を見たかったたか、だっけ」

遥は質問をおうむ返しにする。すぐに答えるのは恥ずかしかった。

横浜方面への帰り道。健太が握るハンドルの先に融《と》ける太陽。遥が座る助手席の方には山肌が連なり、空が紺色に染まりつつある。夕日に美しく照らされた相模湾《さがみ》。しかし、力強く押し寄せる夜の方が印象的に思える。

窓の外に目をやったまま、口を開く。

「最近、ずっと聴いてる曲があるんだよね」

そう言うと、健太が小馬鹿にするように言う。

「また音楽？」

「……いいじゃん。趣味だもん」

健太は前の車のブレーキライトを目で追いながらハハと笑う。遥が少し気を悪くしたことには全く気付いていない。健太の中では、遥の存在は運転への集中には勝《まさ》らないのだろう。交通安全のためにもそうあるべきだ、とは思う。思うけどさ。

健太は遥の方を向かずに喋《しゃべ》る。

「で、その曲とどんな関係が？」

「……曲の歌詞に海が出てくるの。真っ黒な海」

遥は『凪に溺れる』を何度も聴いた。職場へ向かう電車の中、昼休みが終わる直前、帰宅後のベッドの上。目を閉じれば夜の海が広がり、遥は水平線のさらに向こうを見つめていた。

健太が尋ねる。

「そっか。ＣＤ持ってないの？」

「……それが、中古品が全然見つからないんだよね。アルバムは一枚しか出てないし、公式ページはリンク切れ。配信もなし」

かつては、ハマったバンドのブログとミクシィとツイッターを監視し続け、バンドメンバーの一挙手一投足《いっきょしゅいっとうそく》を追い駆けていた時代もある。当然、この『凪に溺れる』を作ったバンド、the noise of tideについても粗方《あらかた》調べた。だが、ほとんど情報がないと言っていい。公式サイトと思《おぼ》しきページはリンクが切れ、ドメインの文字のみが書かれたサイトに飛ばされてしまう。売り切れとなったバンドCDの販売サイトと、YouTubeに上がったいくつかの曲が、このバンドについて知り得ることのすべてだった。

「えー、そっか。俺も聴きたいなあ」

健太が何気なく呟く。けれど遥はこの曲を二人で聴きたくはなかった。

「……後でYouTubeのリンク送ってあげるよ」

「お、ありがと」

海に沿って延びる国道一三四号線は混雑していた。次第に車の速度が落ちる。渋滞《じゅうたい》が始まっていた。ノロノロと車が進む傍らで、夕日が沈んでいく。海からわずかに頭を出した光球の先が強く輝き、一気に明るさを落とすと、赤が残り火のように西の空へ滲《にじ》む。海の色が青から黒に移り変わる。黒よりも黒々とした黒。波が何度も押し寄せる。窓を開けていないのに、波打つ音が頭に響き渡る。

「……海の先って何かが待っているように思わない？」

遥は気付けばそんなことを口にしている。

「え、そう？　船とか？」

健太はちらりと海を見たが、再び視線を前の車に戻す。

「違うよ」

「じゃあ何？」

「……何って言われても分からないけど、少なくとも日本じゃないどこかの国には繋がっていて、知らない世界が広がっている。……いや、ちょっと違うかなあ」

「そういうことか」

健太は頷《うなず》くが、遥は「いや、そういうことじゃないんだよ、多分」とぶつぶつ独り言を漏らす。海外とか他国とか、そういう範疇《はんちゅう》の話ではない。現実よりもずっと向こうの話だ。しかし、表現できる言葉が見当たらない。

「じゃあどういうことだよ。分からないなあ」

健太はまた笑う。そうやって笑い飛ばせる話じゃない。遥の中で重たい何かが渦《うず》を巻く。頭の中に『凪に溺れる』のギターリフが聞こえてくる。

「……さっきの歌を聴いてると、何かが起きる気がするんだ。波に引かれて遠くに連れ出してもらえる気がする。ビリビリって予感が走る」

遥はふと、体を電気のように流れていたのは予感だったのか、と腑《ふ》に落ちた。

「ここじゃないどこかに行ける気がする。ずっと、ずっと遠くに行けるって思う。劇的な何かが起こって、私に途方もないような事態をもたらしてくれるんじゃないかって期待が湧く」

「湘南じゃ近過ぎた？」

尖《とが》った声が聞こえ、遥の焦点が隣へ引き戻される。健太は微笑んだまま、進みの悪い道の先から視線を動かさない。その目は笑っていなかった。

「……あ、いや、そういうことじゃなくて」

「さっきから何だよ」

健太の笑顔の奥から苛立ちが匂い立つ。

「何かが起きる、とか、どこかに行ける、とか、ふわふわしたことしか言ってないよな。遥は何が不満なんだよ。俺は今日、遥に久々に会えて幸せだったよ。一緒にドライブできて、すっげぇ楽しかった。けど遥は俺のことなんて眼中になかった？　ずーっと海の遠くを見て、そのハマってる歌を思い返して、佇《たたず》んでるだけだった？」

健太はいつしか遥を見つめている。わずかにすぼめられた瞳が、切実な光を薄《うつす》らと跳ね返す。

遥の中に申し訳なさがこみ上げる。

後ろからクラクションを鳴らされ、遥と健太は身を竦めた。前を見れば、車間距離が随分《ずいぶん》と空いている。健太が慌てて距離を詰める。

均質なエンジン音の上に気まずい沈黙が横たわる。

「……俺は劇的な何かなんていらない。今が幸せだよ」

幸せとは程遠い声だ。遥は消え入りたくなる。頭に響いていた『凪に溺れる』の曲が止まる。

‡

週が明け、月曜日。遥は会社の受付でしょげている。

健太と連絡を取らないまま、丸一日が経ってしまった。

あの日、遥は健太のマンションの最寄り駅で降ろしてもらった。いつもとは違い、健太の部屋に上がらなかった。そういう雰囲気になれなかった。遥も健太もこんなデートの終わり方は望んでいないのに。

今日何度目かの溜息をついて顔を上げると、玄関の外に見慣れた存在を見つけた。彼女はそのまま中へ入ってくる。光莉《ひかり》さんだ。

光莉はもともとこの会社の社員だったが、今は独立してフリーランスで仕事をしている。闊達《かったつ》な人で、会社の飲み会で向こうから話しかけられ、それからよく喋るようになった（そして飲み会後はよく介抱《かいほう》することとなった）。会社を辞める直前はかなり調子が悪そうだったが、フリーに転身してからは元気そうに見える。彼女のようなバイタリティはないなあと見上げてしまう、大きな存在だった。

会社のオフィスエリアへ入るには社員証か許可証が必要で、光莉はもう社員ではないので受付に寄ってもらう必要がある。すぐこちらへ来るだろうと待っていたが、光莉はそのままエレベーターへ向かおうとする。

「光莉さん？」

咄嗟《とっさ》に呼び止めると、「え？」と気の抜けた返事が戻ってくる。

「そっちオフィスエリアですから、受付寄ってくださいよ」

そう言うと光莉ははっとした顔でこちらへ来た。今日はなにやらぼーっとしているらしい。

「ごめんごめん」

光莉の表情は冴《さ》えない。思い切って聞いてみる。

「……何かぼんやりしてますか？」

「まあ、ちょっとね」

光莉は頭を掻《か》いたが、そのまま遥をじっと見た。

「遥ちゃんも何かあった？」

思わず、うっ、と声が漏れた。自分はそんな浮かない顔をしていたか。

「……実は彼氏と喧嘩《けんか》しちゃって」

「え、珍しい」

「そうかもですね。私もこういうのは久しぶりで、ちょっと、動揺してます」

「そっかあ」

光莉は頷き、それから小声でぽつりと言った。

「でも、取り返しのつかないことではない」

思わず目を見開く。ぱちぱちと瞬《まばた》きをしてしまう。

光莉ははっとした顔をして、ごめんごめんと言いながら許可証を受け取っていった。彼女には取り返しのつかないことがあったのか。

オフィスエリアへ光莉が消えていくのを眺めながら考える。そういえば健太と喧嘩をしても、別れる想像をしたことはなかった。既にそんな選択肢は自分の中で消えていた。むしろ付き合い続けた先をどこかで思い描いていた。どれだけ喧嘩をしても、もう未来が収束しているような気がした。

取り返しがつくようなすれ違いだから嫌になるのだ。

そんなことをふと思い、慌てて首を振る。

結局その日はつつがなく仕事を終えて帰宅した。スマホを眺め、健太との途切れたやり取りを見ながら、言うべき言葉を考える。しかし何も打つことができない。

翌日も仕事だ。いつも通り、変化のない日々。特にめぼしいこともないまま十四時を回り、受付のシフトが休憩《きゅうけい》時間になった。遅めの昼休みだ。食堂に行き、五百円のオムライスを食べ始める。派遣社員にも食堂を使わせてくれるのがありがたい。

食堂の脇にある小さなテレビが点けっ放しになっていた。遥はオムライスを口に運びながら、その画面を眺める。

お昼のワイドショーだった。水泳の世界選手権が行われた、という話題だ。競技会ではベテランの女性選手（といっても遥と同じくらいの歳だ）が見事な泳ぎで優勝したらしい。雲の上のような話だなあ、と気の抜けた感想が去来《きょらい》する。

水泳プールは底のラインが見えるほどに透き通っている。湘南の海とは大違いだ。黒々とした潮を思い出す。あの日、眺め続けた水面《みなも》。

健太と険悪になるまでして、自分は何を見たいのだろう。どこに行きたいのだろう。

遥はオムライスを口に運びつつ、スマホを開く。ブラウザの検索窓に『the noise of tide』と打ち込めば、何度も見返した検索結果が表示される。

この人たちの曲、『凪に溺れる』を聴けば聴くほど、自分が何を望んでいるか分からなくなる。肌が何かを感じ取って震えるものの、その迫りくるものの正体は分からない。

リンク切れだとは分かっていながら、the noise of tideのホームページにアクセスすると、遥は目を見張った。

ドメインの更新切れを示す以前のページではなく、ちゃんとしたコンテンツが表示されている。その公式ページは時代に似合わない粗野なもので、ガサガサのテキストがページの中央に続くのみだった。top, biography, liveと続く中、newsの欄に『更新』という文字が書かれていると気付く。newsの欄をタップする。

『2018年10月23日、Vo.霧野《きりの》十太《じゅった》逝去《せいきょ》。27歳』

へ。

小さな声が漏れた。

逝去……死んだ？

突然、胸が苦しくなる。息をどれだけ吐いても消えない重たさが、喉につかえる。

溜息交じりの『凪に溺れる』のボーカルを思い出そうとする。が、頭の中でうまく再生できない。あれほど聴いたのにどんな声か分からなくなる。緻密な音の重なりが崩れて、形を失っていく。耳鳴りにも似た不可抗力が音を潰す。何も聞こえない。

途方もない空っぽが、思考のキャパシティーを奪い去る。


ああ、鬱になってしまう。

二十二時過ぎ。遥は服を着替えないまま、自宅のベッドに体を預けている。もう今日どんな仕事をしたのか覚えていない。勤務中は理不尽とも思える失意を押し殺し、口角《こうかく》だけに薄ぼんやりと意識を置いていた。

霧野十太が死んだ。

それだけを考えていた。

何が悲しいか分からず、それが悔《くや》しい。ついこの前、名前を知っただけの人間が、一年前に死んでいた。毎年百万人の死者の一人。そういう事務的な、ある意味で残酷な数字と何も変わらない存在のはずだった。それなのに。

知らない人間の遠い死に、どうしてここまで動揺しなきゃいけない。

遥はベッドを叩《たた》く。乾いた軽い音が空しく響く。

死の日付は十月二十三日。これがまた遥の心を揺さぶった。遥の誕生日がまさに十月二十三日なのだ。確か去年の誕生日、つまり十太の亡くなった日は、健太と小洒落《こじゃれ》た居酒屋で飲み、ケーキのサプライズで祝ってもらった。遥がぬくぬくと幸せな時間を生きている間に、十太は死んでいた。

どうして彼は死んだのだろう。

何故、その死が一年後に明らかにされたのだろう。

想像を巡らせる。病死、自殺、事故……。分からない。そもそも遥と十太の間に何も関連はない。それなのに、いや、それだからこそ、説明のつかない虚無が押し寄せる。

心を揺さぶるだけ揺さぶり、震えるほどの予感を与え、そしていなくなってしまった。

曲を聴いたときに見えたあの波はどこへ行った。海をどれだけ掻き分けても波の根源など分からない。それと同じか。自分が心を委《ゆだ》ねたものはまやかしだったのか。

遥は音楽を憎んだ。あまりに無責任だ。

……。

それでもまた聴きたくなるから、本当にやり切れないのだ。

しばし逡巡《しゅんじゅん》した挙句《あげく》、YouTubeのアプリを開いて『凪に溺れる』を再生させる。何度も聴いたギターフレーズがまた流れ出す。しかし、この曲にどんな感情を抱いていたのかうまく思い出せない。

動画から響く歌声がもう永遠に過去のものとなってしまった。

そんなことを思うと心の空白がじんじんと疼《うず》く。気付けば掌《てのひら》に爪が食い込む。

解像度の低い夕暮れの画像から目を離すと、動画の詳細に視線が行った。再生回数は一気に二十万回を突破していた。数百件ものコメントがついている。

『ボーカルが死んだって知って、何年も忘れていたのに突然悲しくなった』

『出会えてよかったと思う』

『売れて欲しかった』

『この曲のライブを覚えてる。観客と一緒になって、最後のコーラスがいつまでも続いてた』

『曲は何も変わらないのに、ボーカルが死んで響きが違うみたいだ。嫌だ』

遥はthe noise of tideを知っている人がこれほどいるという事実に驚く。そしてその裏で、安《あん》堵《ど》の気持ちが芽生えていることにも気付いた。呆然《ぼうぜん》としているのは自分だけじゃない。

『死ぬのはずるいよ』

『途方に暮れてしまう。もっと頑張りたかったよ』

『この曲を聴いていると、何かが起きる気がしました。平凡な日々をやっていける気がしました』

『自分を信じることができた』

コメント欄には感情が渦巻いていた。

そのコメントの数々を目で追うたび胸が詰まる。自分だけじゃない。心を掻き乱されているのは自分だけじゃない。無数の誰かにも遥と同じものが見えていた。この曲を聴いて、確かに予感を覚えていた。

気持ちが昂り、押し寄せる何かを感じ、そして十太が死んだ。

大きな期待が宙ぶらりんになっている。

十太の死で我に返っている。

もう一度『凪に溺れる』を流す。

音はどこまでも稠密《ちゅうみつ》だ。鳴りがよく、どれだけ聴いても聴き足りないと思ってしまうような寂寥《せきりょう》を孕《はら》むギター。空気感を帯びたまま耳元で細かく揺れるシンセサイザー。繊細《せんさい》なリード音を優しく、また堅実に囲うベースとドラム。そして、真っすぐに響くボーカルの声。

予感がする。

どこかへ行きたいと思う。何かが待っているのを感じる。遠くへ行ける気がする。

今まで何度もそんな予感がした。上京するために乗った新幹線、ライブハウスの帰り道、健太と初めて手を繋いだ繁華街の人混み、慣れないスーツで玄関から飛び出した朝。遡《さかのぼ》ればもっとあるのだろう。具体性も何もないけれど開けた未来が見えた瞬間。自分には何でもできる。無限の可能性がある。打ち震えるような大きな予感。

……でも、その予感は叶《かな》わないと分かっているのだ。

『どこかへ行きたい』と願うのは、『どこへも行けない』と嘆くのと同義なんだろう。安易に願っておきながら、結局自分はどこへも行こうとしない。その嘆きに傷つくこともない。

転職サイトを見るのを止めたとき、既に分かり切っていたじゃないか。

悔しくなり、枕に顔を押し当てる。だからこんなにも予感が美しかった。予感は予感のまま、実現しない間だけが美しいのだ。

曲は終わりに差し掛かる。コーラスが響く中、遥は強く目を瞑《つむ》る。

叶うことない予感を抱いて、生きていくのを許して欲しい。

長いコーラスの末、曲が終わる。

遥はYouTubeのアプリを閉じ、代わりに健太とのラインを表示させる。

『この前はごめん』

入力欄に打ち込み、しばらく迷い、最後には送信した。

健太と別れる未来は見えない。彼の隣にいたいと思うし、いるべきだとも感じる。先日のような多少の衝突では関係が崩れないことも分かっている。その関係は揺れ動きながらも、また元の位相《いそう》へ収まっていく。

穏《おだ》やかな海辺から、遠くの波を望む。黒い潮が渦を巻いている。実態が見えないまま、力強く周りの水を吸い上げる。あの潮に呑まれ、掻き乱された人間がいたのだろうか。

また『凪に溺れる』の曲が聞こえてくる。

一章　さよならワンダー

二〇〇六年　夏佳

放課後、乾いたプールサイドはじりじりと熱を帯びていた。

空には入道雲になり損ねた綿雲《わたぐも》が一つだけ浮かぶ。夏至《げし》を過ぎ、今が盛りだと言わんばかりに太陽が照りつけている。

大宮夏佳《おおみやなつか》は二十五メートルプールのスタート台に立つ。視界の先でプールの水面が揺れている。その奥に広がる、青空よりも青い海。この町へ引っ越してきてから一年と少し、目の前の光景が町で一番のお気に入りだった。

県庁所在地から電車で二時間。山からわずかな平地を挟んで海に延びる小さな町。漁港を中心に商店が広がり、山肌には古い住宅街が段々に続いている。夏佳の通う中学校は山からせり出すような場所にあり、プールサイドからは町が一望できた。

大きく深呼吸をしてから、スタート台の先端に手を掛ける。プールサイドに置かれたペースクロックと呼ばれる六十秒周期の大きな時計に一瞥《いちべつ》を投げると、そのままプールへと飛び込んだ。

夏佳が水泳を始めたのは小学校低学年の頃だった。水泳を始めようと決意したときの事を朧《おぼろ》げながら覚えている。夏季オリンピックが開かれる年だった。

ある夜のことだ。夏佳は女子二百メートル平泳ぎの決勝が始まるのを観ていた。テレビでやっていたレースを何となく眺め、これが終わったら寝ようと小さな欠伸《あくび》をしていた。

プールサイドに選手たちが入場してくる。その途中、テレビのアナウンサーが興奮気味に日本人の選手名を読み上げた。夏佳は驚いた。その選手は外国の選手に比べて、随分《ずいぶん》と小柄だったのだ。他の屈強な選手たちとはまるで印象が違う、可憐《かれん》な人だった。その選手はカメラにぺこりと礼をして、笑《え》みを浮かべる。

選手たちがずらりとスタート台に並んだ。一つだけ頭の並びがぽこりと窪《くぼ》んでいる。その日本人選手を観ていた夏佳は、その選手が他の選手から一人遅れてしまうのではないか、最後まで泳ぎ切れるのかとさえ思った。

そんな心配は杞憂《きゆう》だった。

スタートの音と同時に選手たちが飛び込んだ。体を真っすぐ伸ばしたまま進む選手たちが一瞬の間《ま》を置いてから水を掻《か》き始める。初めは接戦だったが、次第に一人の選手が前に出た。その日本人選手だった。

彼女は水中を滑《すべ》っていくように進んでいた。五十メートルのプールを折り返しながら、二番手の選手に頭一つ分先行して泳ぎ続ける。その一掻きにありったけの力が込められているのが夏佳にも分かった。そして、全く無駄のない動作に感動を覚えていた。

残り五十メートルに差し掛かると、夏佳は「行け！」と叫んでいた。

テレビから聞こえる声は大きくなる。彼女は最後の一掻きを終えて体を真っすぐに伸ばし、ゴールした。場内の歓声が爆発する。金メダルだ。

水面から顔を出した彼女は、巨大な液晶画面に目をやり、大きくガッツポーズをする。水から上がり、タオルで体を拭《ふ》くのもほどほどに、コーチから渡された国旗を握り締める。

国旗を両手で掲《かか》げ、背中を包む。喜びを爆発させ、くるりくるりと身を翻《ひるがえ》す。そのたびに旗がたなびく。プールの中で水を纏《まと》うように、旗が体の周りを駆け巡る。

夏佳もテレビの前で跳ね回った。夏佳はもう夢中だった。透明の国旗を持ち、空想の水に身を躍らせる。彼女とともに躍り、そして泳いでいた。

翌日、夏佳は母に水泳を習いたいとねだった。

あの彼女のように泳ぎたい。

小学生で水泳を始めて七年。夏佳は中学三年生になった。

夏佳は水中で意識を集中させる。指の先、脚の角度、顔を上げるタイミング、吸う息の量。すべてを感じ取りながら、二十五メートルプールを平泳ぎで往復し、二百メートルを泳ぎ終える。指先がプールの壁面を触ったと同時にペースクロックを見る。二分三十四秒。悪くない。

大きく息を吸い込む。すると、プールの塩素臭の傍《かたわ》らに海の匂いが混じって押し寄せた。つい顔をしかめる。これが未だに慣れない。

この町にやって来たのは去年の四月、中学二年生のときだった。銀行に勤める父が隣の市へ赴《ふ》任《にん》したのだ。父はいわゆる転勤族というやつだった。

鉄梯子《ばしご》でプールから上がり、プールサイドを歩く。夏佳以外に誰もいない。今日は水泳部の活動日ではなく、あくまでも自主練習として泳いでいる。

脳裏にはいつでも、あのオリンピック選手の泳ぐ姿がある。

もう一度だ。

再び飛び込み台の上に立つ。ペースクロックがゼロ秒を指すと同時に、しなやかな一本の線となってプールへ飛んだ。

夏佳は同じ練習を繰り返す。うまくなりたいと思って水を搔く。この一搔きが重なり二十五メートルになる。二十五メートルプールを折り返し続けて二百メートルを泳ぐ。二百メートルの泳ぎを繰り返して、次はどこかへ辿《たど》り着けるのだろうか。

疑問と期待と不安。

ない交ぜの感情が立ち上がる。が、泳ぎ出すとともに全身に意識が奪われ、感情を捉える余裕も消えた。もうひたすらに泳ぐばかりだ。

夏佳は繰り返す。何度も、何度でも。

‡

ブロック塀の上で三毛猫《みけねこ》が眠っている。心地よさそうな姿に夏佳は目を細める。

朝の通学路。夏佳の家から学校までは歩いて十五分ぐらいだ。細い路地と階段をちょろちょろと上りながら、高台にある学校まで向かう。トタン屋根の家、石垣で区切られた畑、シャッターの閉まり続ける個人商店。もう太陽が昇ってピカピカに明るいのに、辺りは無視を決め込んで不貞寝《ふてね》しているように静かだ。

頭上から影が降る。手で太陽を覆《おお》いつつ空を見ると、一匹のトンビが悠々と飛んでいる。ピーヒョロロという鳴き声が綺麗《きれい》に響いて、余韻《よいん》を残して消える。音が海に映《は》えている。

「なーっつか！」

「うわ！」

後ろから抱き締められた。振り向けばそこには秋穂《あきほ》が立っている。

「もう、びっくりした」

「夏の後ろを秋が追う、そういうもんだよ」

「また言ってるよ」

夏の後ろを秋が追う、これが夏佳と接するときの秋穂の口癖だった。夏佳が呆《あき》れて身を震わすと、秋穂は「うへえ」と大袈裟《おおげさ》に離れていく。

関《せき》秋穂は夏佳と一番仲のいい同級生だ。夏佳が引っ越してきたとき、最初に話しかけてくれたのも秋穂だった。家が近く、たまにこうして登校が一緒になる。

今日も秋穂は元気だ。坂を無意味に駆け、ピョンと回る。背中に掛かる学校指定の青いリュックが必要以上に揺れている。時折、夏佳は秋穂のことが不思議になった。自分はひたすら水泳をしているだけの存在で、そんな面白いやつじゃない。たくさん友達を持つ秋穂がどうして自分のことをここまで気に入ってくれるのか分からない。

秋穂がぱっと振り返る。夏佳の視線に首を傾《かし》げた。

「……夏佳、何でそんなに私のこと見てるの。さては気がある？」

「ないよ」

夏佳は即答する。そういうことじゃない。秋穂が「つまんない」と口を尖《とが》らせる。コロコロと変わる表情には毎度驚かされる。

「あ！」

秋穂が今度は何かを思い出したらしく声を上げる。

「今日ね、転校生が来るんだよ！」

「え、本当？」

思わず声を上げる。夏佳は自分が転校することはあっても、転校生を迎えることはほとんどなかった。夏前に引っ越しというのは珍しい気がする。夏佳の場合、銀行で働く父に辞令が出るのは三月と九月で、過去の転校もその時期だった。

秋穂は矢継ぎ早に話を続ける。

「うん。しかも東京から。で、男の子！　その転校生とスーパーで会った子がいるんだけどね、格好良かったって。やっぱ東京の人は違うなあ」

うっとりとした表情をしている。秋穂は何故《なぜ》か東京に憧れがあるらしい。東京生まれの夏佳にはその気持ちが分からない。

「期待し過ぎだよ。東京の人なんて腐《くさ》るほどいる」

「そんなことない、夏佳だって可愛《かわい》いよ」

「褒《ほ》められたい訳じゃない」

夏佳が呆れて先に行けば、すぐに秋穂がついてくる。アスファルトの上を二つの足音がパタパタと駆ける。


朝礼五分前。

夏佳と秋穂が教室に着くと、クラスメイトたちはいつもよりどこか賑《にぎ》やかだった。転校生の話題が飛び交っている。どこから来るのか、どんな子なのか、なぜ越してきたのか。

転校生が来ると教室はこんな雰囲気になるのか。自分が転校するのには慣れていたが、転校生を受け入れる側に立ったのはほとんど初めてだった。

夏佳にとって、転校は抗《あらが》えないものだ。

いつも穏《おだ》やかな笑みを湛《たた》えて家に帰る父が、玄関ドアを開けたときに神妙な顔をしていたら、それが合図だった。次の家の住所を知らされ、その遠さに愕然《がくぜん》とする。夏佳は諦めを強《し》いられ、すべてを新しく始めなければいけなくなる。

……嫌なことを思い出してしまった。

達観《たつかん》めいた自分に暗い感情が湧く。ただひたすら賑やかな教室にささくれ立っていた。夏佳は窓際の自席につく。朝のひんやりとした外気が、開いた窓からゆるりと流れ込む。山沿いに続く住宅街とその先の海が、白と青の彩《いろど》りを重ねて広がる。町の景色はいつも美しい。これを眺めていれば、教室の騒がしさも少しは薄れてくれる気がする。

「あ、先生来た！」

後ろの戸の方から誰かが叫ぶ。担任の吉田先生がやって来たらしい。

「先生の後ろ、転校生じゃない？」

「本当に？」

「見たい！」

生徒が廊下《ろうか》側の窓から身を乗り出す。呆れ顔を浮かべる先生の後ろから、前髪が目元まで伸びた男の子が歩いてきた。一同が感嘆ともつかない声を上げて、その姿を眺めている。ここまで野次馬根性を丸出しにされたら男の子が少し気の毒だ。転校に慣れた夏佳がそう思った矢先。

その男の子が廊下の窓からこちらを一瞥した。

感情の読み取れない冷めた顔、そして遠い目。

教室の騒音がすぼむ。男の子はすぐに顔を前へ戻す。クラスメイトはきょとんとして、互いに顔を見合わせる。先生とその男の子が教室に入ってきた。

「日直、挨拶《あいさつ》を」

先生がいつものように言い、朝礼が始まる。先生の横に立つ男の子によって、教室には緊張感が漂っている。先生が諸連絡を終えてわずかに改まる。

「……えー、転校生が一人、このクラスへ加わることになった。じゃあ、黒板に名前を書いて自己紹介を」

「はい」

男の子は特段慌《あわ》てることもなく、淡々と黒板に字を書き始めた。慣れとは違う落ち着き方だった。

　止め跳《は》ねの雑な字で書かれている。

　霧野十太《きりのじゅった》。

「東京から来ました、霧野十太です。よろしくお願いします」

　ぺこりと頭を下げる。顔を上げると長く黒い前髪が目にかかる。少し遅れてその髪を触り、横へ流す。

「……あー、ということだ、仲良くしてやってくれ。……霧野、何か言いたいことあるか？」

　先生が霧野を見て言う。転校生にいきなり話を丸投げするところから分かる通り、この先生はどうも段取りが悪い。無茶ぶりを喰《く》らった霧野は、視線を脇にずらして考えている。何かを言いかけて口を開き、閉じる。視線を前に向け、もう一度開く。

「バンド」

　……バンド？

　クラス中に、はてなマークが浮かぶ。

「僕とバンド組んでくれる人いたら、教えてください」

　霧野は相変わらず感情の読めない顔で言った。

　生徒たちが言葉の意味を遅れて理解する。それと同時に困惑が広がる。夏佳も目をしばたかせた。霧野君、バンドやるの？　いきなり？

「……東京の子は、すごいな」

吉田先生が愚にもつかない相槌《あいづち》を打つ。ぎこちないまま朝礼が終わった。

あの転校生は何を考えているんだろう。

プールで泳ぎながら、夏佳はそんなことを思っている。スイミングスクールでの週に一度のレッスン中だ。

夏佳は電車で一時間半かけてこのレッスンへと通っている。東京でも通っていた大手スイミングスクールの地方校だ。真っ白な天井を持つ開けた空間、プール上に並んで掛かる青と黄の三角旗、剝《は》げていないプール床の基準線。学校よりもずっと設備はいい。

でも、東京にいたときの練習環境はもっとよかった。ひっきりなしに来る地下鉄で十五分のところにスクールがあり、夏佳は週二でレッスンに通っていた。しかし、スクールまで行くのに時間が掛かり過ぎる今はそういう訳にもいかない。

霧野は東京にいるとき何をしていたんだろう。ふと、そんなことを考える。

クラスメイトは霧野という存在に面食《めんく》らっていた。ぶっきらぼうさに加えて、突然のバンド発言。普通の転校生なら朝礼が終わった後すぐに質問攻めにされるのだろうが、霧野の場合は誰もが彼を遠巻きに眺めるしかなかった。

もう少しやりようもあるだろうに、と転校に慣れた夏佳は思う。

ふと自分が泳ぎに集中していないことに気付く。慌てて全身に意識を巡らせる。正しく泳げているか総点検を行うと、泳ぎの速度が一段上がる。そのまま壁に辿り着き、プールから上がる。

出発点へ戻ろうとプールサイドを歩いていたとき、前を行く女の子に振り向かれた。戸惑いのような目を一瞬向けられた。

夏佳と彼女の距離はかなり詰まっていた。

彼女はすぐに顔を背《そむ》ける。だが夏佳の脳裏には彼女の粘っこい視線が焼きついた。

東京では上位クラスが開校されているスクールにわざわざ通っていた。だから、この地方校の同世代の生徒たちよりもずっと速く泳げた。それだけの努力を積んでいるという自負もあった。

堂々としていればいい。大丈夫。何も間違ったことはしていない。

夏佳は自分に言い聞かせる。

出発点に戻ると、見慣れない姿があることに気付く。コーチの横にスーツ姿の男が立っていた。恰幅《かっぷく》がよく、スーツの上からも隆々とした筋肉の存在が分かる。四十歳くらいだろうか。

コーチと言葉を交わしながら笑っていたが、夏佳に気付くとこちらへ歩み寄ってきた。

「後半、とてもいいフォームでしたね」

突然褒められて夏佳は戸惑う。が、そこで男は目付きをにわかに鋭くする。

「前半は何か考え事を？」

う、と声が出そうになる。その通りだった。

「あ、いや、その、すみません」

夏佳が慌てて腰を折ると、男は愉快そうに笑う。笑い声が広い天井に反響する。

「ぜひ集中を保って泳いでみてください。あなたはもっと速くなれる」

「は、はい」

夏佳は頷《うなず》くことしかできない。男は「それでは」と頭を下げて立ち去っていく。見れば、男はコーチにも挨拶をしている。コーチは低姿勢になり、腰を律義に曲げている。

偉い人なのだろうか？

何者かを尋《たず》ねる前に男は立ち去ってしまった。夏佳が首を傾げると、別の視線に気付く。先ほどの女の子がこちらを見ていた。目が合うと、口を尖らせて顔を逸《そ》らす。きっと男に褒められたところも聞いていたのだろう。

動悸《どうき》がした。堂々としていればいい、いい……。また言い聞かせる。


後日、放課後。

終礼が終わると、教室は途端に賑やかになった。薄《うつす》らと橙《だいだい》が混じる日光に照らされながら、クラスの統制がほろりと崩れる。人がばらばらと散らばっていく。

夏佳は黙々と帰り支度《じたく》をする。正直この時間が苦手《にがて》だった。あてもなく教室に居座って駄弁《だべ》る生徒たちを見ていると、何故か心が粟《あわ》立つのだ。

隣から声が聞こえた。秋穂だ。

「おまじないの話、知ってる？」

別の子が「今どき、おまじないって」と笑うと、

「えー、いいじゃん、ロマンがあってさ」

よそから茶化すような声が漏《も》れてくる。

秋穂は他の女子たちと輪になってお喋《しゃべ》りに興じていた。秋穂がいつか、「ついつい話し込んじゃって陸上部の練習に遅れちゃうんだよね」と嘆いていた。夏佳は曖昧《あいまい》に頷いたのを覚えている。

夏佳は秋穂からそっと視線を逸らす。お喋りに交ぜて欲しい訳じゃない。喋る暇があったらそれよりも泳いでいたい。でも、理由の分からない劣等感を感じてしまう。

その気持ちを遠ざけ、後ろの戸から教室を出ようとしたとき、その脇に立て掛けてあった黒いケースに目が留まった。霧野のギターだ。

今朝《けさ》、霧野がギターを背負って学校へ現れると、学年中がざわついた。朝礼でやって来た吉田先生も驚いた様子だった。対処に困り、結局何も口を出さなかったが。

相変わらず霧野は腫物《はれもの》のように扱われている。彼はとことん寡黙《かもく》で、自分から口を開くことは滅多になかった。そのせいで会話の糸口もなく、クラスのひょうきん者たちでさえ手をこまねいている。

何を考えているんだろう。またそんなことを思う。

廊下に出て、立ち止まって話している生徒たちを避けながら歩く。階段を下りて一階の職員室に立ち寄る。自主練の日はプールの鍵を受け取らなければならない。

「失礼します、吉田先生はいらっしゃいますか？」

吉田先生は担任でもあり、水泳部の顧問でもある。といってもお飾りの顧問で、先生自身が泳いでいる姿を見たことはない。はい、と重たい声が奥から聞こえる。部屋の奥から先生が席を立つのが見える。静かな職員室に鍵の音がジャラリと響く。

そもそも自主練は、夏佳が転校してきたとき、親と一緒に頼み込んでどうにか認めてもらったことだった。後日、吉田先生に『俺は監督する暇なんてない。絶対に事故は起こすなよ』と職員室で釘を刺された。それ以来、夏佳は吉田先生のことが苦手だ。

先生が中肉中背のポロシャツ姿で夏佳の前に立つ。

「毎日毎日よくやるな」

え。

吉田先生にとっては素朴《そぼく》な独り言だったのだろう。だが、その日の夏佳には重く響き過ぎた。南京錠《なんきんじょう》を外すための小さな鍵が夏佳の手に落ちる。夏佳は何も言えず、ただ頭を下げて職員室を出る。

鍵を強く握り過ぎて、右手に鈍《にぶ》い痛みが走った。

未だ掌《てのひら》がじわりと痛い。

夏佳はプールで泳いでいる。自主練をするのは水泳部で夏佳だけ。プールに人影はなかった。

二百メートルの平泳ぎをほどほどのタイムで泳ぎ、少し休憩《きゅうけい》することにした。プールから上がってもよかったが、もう少し水と馴染《なじ》んでいたい気分だったので、そのまま水に背を預けて浮く。

太陽の光は日を増して強くなる。夏が近い。この町のいいところは、白い肌を諦めていても何も言われないところだ。大人の女性であっても日に焼けている人が多い。水に浮いたまま手を太陽へかざす。いつしか夏佳の腕も淡い小麦色に染まっている。

グラウンドから運動部の掛け声が響き、プールの裏にある校舎からは吹奏楽部の演奏が漏れている。それぞれ友人と切磋琢磨《さつさたくま》しているのだろうか。

夏佳はずっと一人だ。

その音を聞くのが何だか嫌になって、水中に身を沈めた。ごぼりと息を吐き出せば、背中がプールの底に触れる。水面がキラキラと揺れている。それがどうしようもなく眩《まぶ》しくて、夏佳は目を閉じる。

息を吐き切っても、心のつかえは出ていってくれない。

スイミングスクールで向けられた戸惑いの視線。ただ賑やかなだけのクラスメイト。吉田先生の『毎日毎日よくやるな』という感情の抜けた言葉。

夏佳が泳ぎを繰り返すたび、人との距離が離れていくように思える。

自分がおかしいのだろうか。

胸の中にはいつも憧れがあった。オリンピック中継で観た、あの強靭《きようじん》で美しい泳ぎ。小学生のときに感じた情動がまだ生きている。

夏佳は時折、想像する。広い水泳競技場、人々に埋め尽くされた観客席、真っ白な飛び込み台。オリンピック決勝。その台の上に立ち、水面を睨《にら》む。

レース開始のブザーが鳴るとともに我に返る。そして自分が一人でプールにいることを思い出す。

どうしようもなく一人だ。

プールの底でわずかに目頭が熱くなる。きっと水圧のせいだ。授業では習っていないが、きっとそうに違いない。夏佳はぎゅっと閉じていた目をゆっくり開けた。

水面に黒い影が落ちていた。男のシルエットへ。

困惑する隙もなく、バシャン！　と大きな音が響いた。

「んんんん！」

思わず叫ぶ。水の中が無数の泡でいっぱいになる。誰かが飛び込んできた、と理解する前に夏佳の体は動いている。プールの底を思い切り押し、脚を全力で跳ね上げる。

この、変っっっっっっ態！

密《ひそ》かに鍛えられた大腿《だいたい》四《し》頭筋《とうきん》が炸裂《さくれつ》した。

男を思い切り蹴飛ばし、その勢いのまま水面に上がる。酸欠の体に息を取り入れる。肩で呼吸をしながら、ゴーグルを外して辺りを見る。……言葉を失った。

水面で霧野が伸びていた。

プールサイドに体操座りの二人。

一方は水着姿の夏佳、もう一方は制服でびしょ濡《ぬ》れの霧野だ。いつも何を考えているか分からない霧野だが、まさかこんなおぞましいことを考えていたなんて。

「な、何する気だったの」

夏佳が警戒心に満ちた目で尋ねる。霧野は不服そうな顔を向け、小さく溜息をつく。

「溺《おぼ》れてるって思った」

「え？」

「校舎からプールが見えて、そのとき水の底に人影があったから、溺れてると思って急いで助けに来た。結局、勘違いだったけど」

霧野は不機嫌そうな顔で夏佳を見た。夏佳から、う、と声が漏れる。じゃあ自分は助けに来てくれた人間を蹴り飛ばしたのか。

「ご、ごめん……」

「別にいいけど」

霧野がぷいと顔を背ける。

プールサイドにはそよ風が吹き込むが、気まずさは流れ去ってくれない。夏佳はいたたまれなさでいっぱいになる。が、ふと見ると、霧野が未だびしょ濡れだったので、慌ててその場を立った。更衣室へ駆け込み、水泳バッグからタオルを取り出す。プールサイドに戻ると、霧野は立ち上がっており、フェンス越しに水平線を眺めている。

濡れて体に張り付くカッターシャツ。水で乱れた髪の毛。ポケットにだらりと突っ込まれた腕。そして、遠くを見つめる目。

夏佳は何故か肌に熱いものを感じた。自分が飾りのない競泳水着の姿であることを途端に意識する。

「あの、本当にごめん。タオル使って」

そっとタオルを差し出すと、霧野は「ん」とだけ頷き、体を拭き始める。夏佳はその様子を直視できずに視線を逸らす。と、フェンスにギターが立て掛けられていることに気付く。

「あのギター……」

「ん？」

霧野が夏佳に反応して首を傾げる。

「何でギター、学校に持ってきたの？　みんなびっくりしてた」

「ああ」

霧野はタオルで頭を拭きながら答える。

「学校の中で練習できる場所がないか探してた。さっきは吹奏楽部を見に行った。……立ち入れる雰囲気じゃなかったけど」

霧野は訥々《とつとつ》と話す。思えば、霧野がこれほどまで喋る様子を見るのは初めてだった。

「バンドやりたいっていう人、いた？」

夏佳が聞くと、霧野は無言で首を横に振る。それもそうだろう。

「何でそんなこと言い出したの？　転校してきていきなり」

「……誰かと一緒に演奏できたらって」

誰かと一緒に。その言葉が無性《むしょう》に気になってしまう。

「ギター、家では弾けないの？」

「大きい音出せないから。それに母さんがギター嫌いで」

「……それでよく続けられたね」

気付けば夏佳はあれこれ質問攻めにしている。転校生が来ると人はこんな気持ちになるのか、と少しおかしく思う。すると今度は霧野が尋ねてくる。

「夏佳はどうして一人で泳いでるの？」

……へ。

夏佳は思わず紅潮する。

「な、名前よく覚えてたね。というか、いきなり下の名前で呼ぶ？」

突然過ぎてびっくりしてしまった。夏佳を名前で呼ぶのは秋穂くらい。他はみんな『大宮さん』と呼んでくる。霧野はきょとんとして、それから、ああ、と頷く。

「十太」

「え」

「十太でいいよ。俺のこと、十太って呼んで」

いや、そういうことじゃ。夏佳が口を挟む前に、霧野……改め十太は再び尋ねてくる。

「何で一人なの？」

首を傾げる十太と目が合う。その真っすぐな視線に思わず竦《すく》んでしまう。『一人』という響きが重たく聞こえるが、その圧を撥《は》ね除《の》ける。

「今日は部活じゃなくて自主練中なの。私、水泳ちゃんとうまくなりたいんだ」

どこか尖った口調になってしまった。夏佳はふと自分の言葉に恥ずかしくなる。ちゃんとうまくなりたいなんて、突然そんなことを言っても呆れられるだけだ。これだからいつまで経っても人との距離が縮まらない。

夏佳は苦い顔をした。だが十太は意外にも「そっか」と小さく頷いただけだった。そのまま視線を遠くへ向ける。その先には海がある。

「俺もうまくなりたい」

小さな声だった。夏佳は思わず十太を見る。十太はただ遠くを見つめている。夏佳の言葉を何も変だとは思っていないようだった。

夏佳は気付けば尋ねていた。

「ギター、弾けるの？」

「……多少は」

「弾いてみてよ」

そう頼みながら、夏佳は自分に驚いていた。そんなことをいきなり言い出すなんて。

「いいけど」

十太は「これありがとこ」と小声で言い、タオルを投げて寄越す。しっとりと熱を残したタオル。どう扱っていいか困ってしまう。十太はギターケースの前に行き、ジッパーを開ける。中から真っ赤なエレキギターが姿を覗かせる。

「アンプないから地の音だけだけど」

ギターを肩に提《さ》げ、飛び込み台に座る。夏佳もその隣の台に腰を下ろした。十太は脚を組み、ギターを構える。

持ち手のようなところからピックを取り出し、弦を撫《な》でた。

……。

うひゃあ。

ギターが鳴る様子を初めて見た。複雑な音の重なりが、いつまでもうねり響いている。

「よし」

十太が小声で頷く。今のが音の確認だったらしい。それから手でギターのボディーを叩《たた》いてリズムを刻む。一気に演奏が始まる。

夏佳は鳥肌が立った。

音の重なりが目まぐるしく変わる。でも、その流れがとにかく気持ちいい。コード、というやつだろうか。それが刻まれ、その間を単音の響きが繋ぐ。音が充足して、辺りを満たしている。

十太の左手がギターのネックの上をしなやかに動く。無駄のない動きだと素人目《しろうとめ》にも分かる。別の生き物みたいだ。これだけ弾けるようになるまで、どれだけの努力を重ねたんだろう。

『俺もうまくなりたい』

十太の言葉が蘇《よみがえ》る。

最後の一掻きを十太が終える。音がじれったく響き、潮風に流されていく。後には静寂よりも静かな余韻が残る。

十太は弾く前と何も変わらない様子で飛び込み台に座っている。わずかに満足そうな表情を浮かべてギターを眺めている。そこには感想を求める素振りも、逆に恥ずかしがるような様子もない。

夏佳は目をしばたかせる。心の中に湧き起こったうねりをどうすればいいか分からない。いつものプールで、夏佳の鼓動だけが高鳴っている。

「練習場所、ないんだっけ」

夏佳は俯《うつむ》き、いつの間にか乾いた足元を見つめている。何故か十太の方を見られない。

「そうだけど」

十太が夏佳を覗き込もうと首を傾けるから、夏佳は余計に顔を上げられない。そのままぼそっと言った。

「ならさ、ここ、使う?」

「え?」

「……私が自主練してる日なら、ここでギター弾いていてもいいけど」

夏佳の言葉に、十太が目を見開いた。

‡

夏休み一週間前、どこかふわついた雰囲気が漂う放課後。机の上に置かれた一枚の紙を、夏佳はじっと見つめている。

進路調査票。

終礼でそんなものが配られた。どの高校へ通うか、第三希望まで書いて提出しろということらしい。期限は九月末なので時間の猶予《ゆうよ》はあるが、そうはいっても気が重い。そもそもこの町の周辺にどんな高校があるのか、夏佳はあまり分かっていない。どの高校の名前を書いたところで意味がないように思える。

どこへ行っても水泳を続けるだけだった。

「夏佳、どうする?」

「おあ」

隣に秋穂が立っていた。驚いた夏佳を、秋穂が「変な声」と笑う。秋穂も進路調査票を持っていて、それをぴらぴら揺らしている。

「どの高校書く? 私も夏佳と同じ高校の名前書いておこうと思って」

投げやりに言うので、夏佳は「そんな適当でいいの?」と笑う。すると秋穂は胸を張る。

「いいよいいよ。夏の後ろを秋が追う、それが大事だから」

「また言ってる」

いつもの台詞《せりふ》に夏佳は呆れるが、秋穂はそれをよそに続けた。

「それに、私は大学で東京に行ければそれでいいから」

「東京？　何で？」

「だって、東京ってキラキラしてるじゃん。色んな人がいて、それぞれが自分らしく生きていて、自信を持っている」

秋穂は胸を張っていた。が、夏佳には東京がそんな理想郷のようなところだとは到底思えない。

「……今も秋穂はキラキラしてるよ」

夏佳は呟《つぶや》く。教室で人を引きつける秋穂は、夏佳から見ればよほど眩しい存在だった。そんな彼女が自分に話しかけてくるのはほとんど奇跡に思える。

「え、照れるよお」

秋穂が夏佳を進路調査票でぺしぺしと叩く。これは鬱陶《うっとう》しい。夏佳はその打撃を払い除《の》け、「でも」と続ける。

「東京、そんなにいい場所じゃないよ」

「そんなことない、ここでは全然違うから。私は将来、東京でとんでもないものに出会って、波瀾の人生を展開するんだよ」

自信の根拠が夏佳には分からないが、余計なことを言っても角《かど》が立つのでとりあえず頷いた。

その自信が少し羨《うらや》ましかった。

「じゃあ、東京に行くまでの間は何するの？　それまでの時間がもったいない」

夏佳の言葉に、秋穂がきょとんとした。

「え、うーん、全力で楽しむとかじゃない？　もったいないなんて考えたことないよ」

秋穂は首を傾げる。衒《てら》いのない表情。そこには恐れが全くなくて、夏佳の心がざわざわ震えた。

頭の中で二十五メートルプールの水面が揺れている。夏佳はその間を往復する。何かに焦り、このままではいけないと泳ぎを繰り返すが、傍《はた》から見ればそのプールからは出られないままだ。ふと泳ぐのを止めてプールに足を付けたとき、その横を秋穂が走り抜ける。学校指定の青いリュックを背負い、軽やかな足取りのまま、プールから遠ざかっていく。

その想像の中でも、秋穂はにっこり笑っていた。

自分は何に囚《とら》われているんだろう。

「……私は将来なんて分かんないや」

夏佳は匙《さじ》を投げるように言い、席を立った。未来のことを考えてもお腹は膨《ふく》れないし、何かが変わる訳でもない。

「今日も自主練？」

秋穂に尋ねられ、「そうだよ」と答える。声が暗くならないように気を付けた。

「偉いね、頑張れ」

「……ありがと」

秋穂の言葉には何の棘《とげ》もなくて、だからこそ自分が嫌になりそうだった。

職員室で鍵を受け取り、プールに向かう。更衣室で着替え、プールサイドに出てくると、先ほど脳内に浮かんだのと同じ水面が広がっている。

何かに負けそうになるが、ぐっと堪《こら》えて辺りを見回す。すると屋根付きのベンチにギターのケースが置かれている。十太はアンプを運ぶ途中だった。

あの日、十太が水の中へ飛び込んできた日以来、自主練のプールの定員が一人から二人に増えた。でもそれ以外に変わったことはなかった。夏佳はいつも通りの練習を今日も繰り返そうとしている。

「……やっほ」

ぎこちなく手を振ると、「おう」と頷きが返ってくる。それ以上、何か会話が続くこともない。夏佳は飛び込み台の方へ向かい、軽く準備運動を始める。

夏佳には大会が迫っていた。この地方の水泳連盟によるジュニア大会が今週末に開かれるのだ。中学生が出られるものとしては大きい部類に入った。実のところ、夏佳は大会が少し苦手だ。どうしても緊張してしまい、実力を出し切れたと心から思えるような泳ぎを中々できないのだ。

その緊張をどう扱っていいか分からないまま、今日も泳ぎを繰り返す。

夏佳が練習を始めると、十太もギターを弾き始めた。十太は定期的に新たな譜面を持ち込み、違う曲を習得しているようだった。夏佳はその演奏をBGMにしながら泳いでいく。

互いがそれぞれ集中し、自分の練習をする。本当にそれだけの時間だ。

やがて、十太があるフレーズを弾き始めた。お気に入りの曲なのか、十太は練習のたびにこれを弾いていた。耳残りのいい、どこか切ない音のまとまり。

夏佳が泳ぎに集中すると、特定の何かを考えるのは難しくなる。意識が体に向くことで、頭の中が空白地帯になっている。そこへ朧《おぼろ》げに流れ込むのがこのフレーズだった。夏佳はそれを聞くでもなく、ただただ薄《うっす》らと感じている。透明な夢を見るような心地。

十太は同じフレーズを何度も繰り返す。そこに迷いはないように思える。夏佳は音に耽溺《たんでき》する十太が羨ましかった。十太は何かを強く信じていて、そこに疑問などないのだろう。

練習に一段落をつけ、プールから上がる。すると、ベンチにいる十太は演奏を止めて手元を凝視《ぎょうし》している。どうしたのかと思って近くへ行くと、十太はギターを肩から提げたまま、手元にラジオを持っていた。だが、そこから鳴るのはノイズだけだ。

「それ、どうしたの?」

「ラジオ」

「それは見れば分かるけど」

夏佳はかくりと肩を落とす。そういうことじゃない。

「何でラジオなんて持ってきたの？　しかも周波数合ってないし」

「……最近、この周波数の辺りで変な電波を拾うんだ」

「変な電波？」

夏佳は首を傾げた。十太はラジオに視線を落として話し続ける。

「FMラジオなんだけど、喋りも広告もなしで、ひたすら音楽が流れてるだけ。そんな放送が数時間続いてる」

「な、何それ」

ラジオに疎《うと》い夏佳に詳細は分からないが、確かに妙な番組だ。ノイズを垂れ流すラジオに思わず目をやる。十太も同じところを見つめている。

「……でも、どれもいい曲なんだ。細かく色んな音が入っていて、新しい。どれもすっごくセンスがいい」

その言葉は静かに興奮を帯びている。どうしたらこんな風に夢中になれるんだっけ。

「電波が入ったら聴かせてあげるよ」

十太と目が合う。夏佳は何故か物悲しくなって呟く。

「楽しそうだね」

自分の冷たい声に驚き、すぐに後悔した。こんな口調で話すつもりはなかった。十太が何かを汲《く》み取ったのか、少しだけ視線を彷徨《さまよ》わせると、また夏佳に目を合わせる。

「夏佳は水泳、楽しい？」

十太はこちらを向いていたのに、まるで海を眺めているような遠い目をしていた。

楽しいよ。

そう口にしようとして言葉に詰まる。浅い呼吸に呑み込まれる。

何か言わなければいけないのに何も言えない。楽しいと言うだけでいいのに。

グラウンドから跳ねるような声が聞こえた。フェンス越しに目をやると、野球部員の男子が陸上部員の女子にホースの水でちょっかいを掛けていた。グラウンドの水撒《みずま》きに乗じて四、五人がはしゃいでいる。

プールサイドの視線に気付き、陸上部の女子の一人がこちらへ手を振った。秋穂だった。

楽しそう。

また冷めた感情が湧く。そんな自分に驚き、慌てて手を振り返す。秋穂は夏佳の反応に満足したのか、こちらへ背を向けて野球部の男子を追い駆ける。

「……楽しいとか、分かんないよ」

気付けばそんなことを口にしていた。

「私は楽しいから泳いでいるんじゃない。オリンピック中継で観た選手に憧れたの。あんな風に泳ぎたいから、あんな場所で泳ぎたいから、今も泳いでる」

夏佳にとって、将来は今と地続きだった。どうしても辿り着きたい未来があって、それに向かって藻掻《もが》かなければいけない。そう思い続けて今日まで泳いできた。

「私が泳いでいる間に、みんなは友達とじゃれて、はしゃいで、笑ってる。でも私はそういうやり方が分かんないんだよ。憧れを叶《かな》えるために、泳ぐことしかできない。……いや、憧れを叶えるためなのかすら、あんまり分かってない」

あのオリンピック選手の姿をいつでも容易《たやす》く思い出せる。水と溶け合うようにしてぐんぐんと泳ぎ進める彼女がいつまでも脳裏にいる。でも、彼女のようには全然泳げない。その姿はあまりに遠い。

水泳に打ち込めば打ち込むほど、クラスメイトとの距離は離れていく。けれど、脳裏で泳ぐ選手にもまるで追いつけない。それなのにどうして泳いでいるんだろう。自分で望んで泳いでいるはずなのに、惨《みじ》めさが拭えない。

思考が渦を巻きながら沈んでいく。夏佳が俯いたとき、十太が口を開いた。

「海は好き?」

「え?」

十太はフェンスに手を掛け、遠くを眺めている。高台の下に広がる小さな町。真っ青な空と、さらに青い海。薄く広くどこまでも漂う潮の匂い。引っ越してきて一年数か月、未だに鼻がつんとする。

「……あんまり好きじゃない。泳ぐと肌が痛いし、しょっぱい。潮風も何だか慣れない」

正直に答えた。

「そっか」

十太は夏佳の答えには興味がないように見える。何で突然そんなことを聞いたんだろうと首を傾げていると、十太が呟く。

「俺、波が好き」

「波？」

「うん。波は何度も打ち寄せる。それが好き」

十太はフェンスから離れ、ベンチに腰掛ける。ギターを構え、先ほどのフレーズをまた弾く。

「このギター、父さんからもらった」と、艶《つや》やかな赤いボディーを撫でる。「ギターを弾く父さん、格好良かった。新しいコードが弾けるようになると、左手でよく撫でてくれた。弦の押さえ過ぎでカチカチになってた」

コードを弾く。六弦の連なりがどこか切なく響く。

「ずっと父さんに憧れてた」

十太は目を細めた。やけに愛《いと》おしそうな表情と、すべてが過去形の十太の話に、夏佳は嫌な予感がした。

「お父さん、何かあったの？」

「死んじゃった」

十太は遠くを見ながら呟いた。

夏佳は何も言えない。言える訳がない。いつも遠い目をした十太が何を見ているのか、その片《へん》鱗《りん》が少しだけ分かった。

「大切な事は繰り返さなきゃ。何度も、何度でも。忘れてしまわないように、負けてしまわないように、ちゃんと貫けるように」

何度も、何度でも。

その言葉に胸が詰まった。自分がどこかで呟いていた言葉だった。視界の奥、遠くの海には確かに白波が立っている。波の音が聞こえてくるような気がする。

また十太がギターを弾き始める。言葉にならない感情を零《こぼ》れるほど抱えて、音が夏佳へ打ち寄せる。

‡

週末、大会当日を迎えた。

大会会場は、家のある町から車で二時間の場所だった。百万都市の都心部から少し離れたところに位置する水泳競技場で、企業名を冠した巨大なスポーツ施設群の一角にある。

朝八時過ぎには両親の車で会場に着き、開会式やウォーミングアップを済ませていた。観客席の二階に、所属するスイミングスクールの生徒や保護者、コーチが集まっている。夏佳と両親もその辺りに腰を下ろし、自分が出場する二百メートル平泳ぎのレースを待つ。

大会の緊張感に焦《じ》れながら、レースを見るともなく眺める。自分もあの場で結果を残さなければいけない。これまで何度も泳いだのに、レースは一発勝負。そんなの不条理じゃないか。分かり切ったことを内心で呟き、溜息を小さく溢《こぼ》す。

レースの三十分前になり、コーチが夏佳の名前を呼んだ。

観客席を出て一階に降りる。更衣室に入ると同世代の選手たちが黙々と着替えている。誰かと目が合うことはない。夏佳も目を床の青いすのこに向け、人の視線を避ける。空いているロッカーを見つけると、手早く荷物を入れる。アップしたときに着替えは済んでいるから、後は羽織《はお》っていたジャージを脱ぐだけでよかった。

シャワーを浴びて、プールへ出る。

高い天井が頭上に広がっている。人工物の金属的な空気に加えて、プールから塩素の匂いがする。喉元に苦い水がせり上がる。大会特有のこの雰囲気が苦手だった。

鼓動が痛いほど高鳴る。プールサイドの待機列で、夏佳はぎゅっと目を閉じる。

そのとき、十太の弾いていたフレーズが頭を過《よぎ》った。

何度も、何度でも、十太はフレーズを繰り返す。初めは指がもたついていたけれど、次第に動きが慣れてくる。やがてプールサイドから美しい音の流れが響いていく。清廉《せいれん》な切なさを帯びた音が、夏佳の脳内で容易く再生される。

十太は父に憧れたと言った。でもその憧れはいつまでも叶わないように思えた。傍からどう見えたとしても、十太の中では父を越えられない。

夏佳も同じだ。どれだけ泳いでも、脳裏にあるあのオリンピック中継で観た選手の姿を越えられない。

だけど。何度も、何度でも、夏佳と十太は繰り返してきたのだ。

忘れてしまわないように、負けてしまわないように、ちゃんと貫けるように。叶う叶わないの次元を超えて、ただ遠くを見続けている。

夏佳のレースの番になった。他の選手とともに、飛び込み台へ一列に並ぶ。いつもなら周りの選手を見回してびくびくしているだろう。でも、今の夏佳は何も恐れていない。気付けば、胸の苦しさはどこかへ消えていた。

学校のプールを思い出す。フェンス越し、遠く水平線に広がる海。海を眺める十太の目はいつも遠い。ああやって遠くを見つめていればいい。

憧れを追い、いつまでも途上にいる。憧れに生かされている。

ブザーが鳴り、夏佳はプールへと飛び込んだ。

脳裏にまたあのフレーズが流れ始める。全身に意識が分散し、透明な気持ちが夏佳を包む。そこに、ずっと抱えていた孤独感は見当たらない。十太がプールに飛び込んできたあの日から、夏佳はもう一人じゃなかった。

観客席の外にあるロビーに夏佳はいる。アイスの自販機の前に立ち、バニラかクッキークリームどっちにしようか、ともごもごしている。

レースは二位だった。

一位とはコンマ二秒差の接戦だった。といっても、一位の人は夏佳より三歳年上で、しかもレッスンスクールの強化校の生徒。もともと有力選手だった。その相手と競《せ》り合うような泳ぎを夏佳はした。番狂わせだとコーチが興奮気味に言っていた。

隣に立つ母が「迷うならどっちも買う？」と聞いてくる。今日は夏佳の泳ぎが嬉しかったのだろう、殊更《ことさら》に甘やかしてくる。「いや、どっちも食べたらお腹壊しちゃう」と首を横に振る。

後ろから声を掛けられた。

「あの、すみません」

驚いて振り向けば、スーツ姿の男が立っている。がっしりした大柄の体軀、スーツ越しにも分かる筋肉質な体。どこかで見覚えがある。

「大宮さん、でしたよね。先日一度お会いしましたが、覚えていらっしゃいますか?」

そう言われて思い出した。スイミングスクールのレッスン中、コーチの隣に立っていた男だ。

夏佳がこくりと頷くと、男は「よかった」と大きく笑い、革の入れ物を取り出す。

「ワタクシ、こういうものです」

腰を曲げ、夏佳に名刺を差し出す。一人称がワタクシな人を初めて見た。どぎまぎしながらも受け取ってみると、そこには夏佳の通うスイミングスクールの名前と、『東京強化校マネージャー』という肩書が書かれている。

「東京にある強化校のマネージャーをしていまして、そのことで大宮さんにお話があり、声を掛けさせていただきました」

そう言って、矢継ぎ早にカバンから資料を取り出す。きょとんとしている母親の手にパンフレットが置かれる。その強化校の校舎がプリントされている。

「噂《うわさ》を聞いて、大宮さんの泳ぎを何度か拝見しました」

夏佳が首を傾げると、男はにっこりと笑った。

「この前も査察です。地方校に伺い、選手のスカウトをするのが私の仕事ですから」

プールサイドでコーチがこの男に頭を下げていた様子を思い出す。男は続ける。

「大宮さん、今日の泳ぎは素晴らしかった。まだ粗削《あらけず》りなところもありますが、ここまでのフォームを作り上げられるのは本当にすごい。あなたはまだまだ速くなれます。オリンピックも夢ではない」

オリンピック。

その響きに肩が震えた。オリンピックという言葉がここまで現実的な響きを持ったのは初めてだった。突然、遠く向こうの憧れが目の前に降ってきたのだ。

「東京の強化校にいらっしゃいませんか」

男は夏佳を真っすぐに見つめている。中学生であろうと容赦《ようしゃ》しない目だった。

「特別コーチの指導と充実した設備を提供します。選手用の寮も完備していますし、学業面でのバックアップもしっかりと行います。本気で水泳をしませんか」

あまりに急な話で、頭がうまく回らない。

ただ、オリンピックという言葉が夏佳の中でぐわりと反響し続けていた。

‡

日差しが容赦なく夏佳を刺し、逃げ場のない暑さが充満する。まだ時刻は九時だというのに外の空気はぐらぐら揺れている。水面から肩を出したものの、熱気にまた身を水へ沈める。こういう妖怪がいた気がする。

夏休みも折り返し地点を過ぎていた。

今日も夏佳は学校のプールにいる。夏休み期間中の部活動は、熱中症対策のため十一時までと決められていた。だからいつもより早起きして学校へ通っている。

辺りを見回すと、プールサイドには十太が来ていた。いつものようにミニアンプを準備し、屋根付きのベンチに腰掛けている。

「おはよ」

声を掛けると、「おう」と十太はそっけなく返事を寄越す。その隣では、ラジオがノイズを吐いている。今日も件《くだん》の放送は入らない。

ギターの音が流れ出した。夏佳もまた泳ぎ始める。

夏休みの間もこうして十太は現れる。いつもと変わらない様子で淡々とギターを弾いていた。夏休みくらい家で練習すればいいのに、と夏佳は嘯《うそぶ》きながら、十太の存在に少しだけ心拍数の上がる自分に気付いていた。

今日も校舎からは吹奏楽部の演奏が漏れ、グラウンドからは野球部と陸上部の掛け声が聞こえる。けれど、いつの日にか感じた孤独はもう見当たらない。その代わりに、夏佳の頭の先に少しだけ重たい荷物がぶら下がっていた。

結局、東京の強化校へはまだ連絡をしていない。

スカウトの男からもらったパンフレットには強化校のことが詳しく載っていた。オリンピック選手が数人所属し、うち二人はメダリスト。コーチ陣にもオリンピック経験者が名を連ねる。まさに水泳のエリートを育成する機関だった。

大会の帰り道、父はこのスカウトの話を聞くと、「ゆっくり考えなさい。まだ九月前だしな」と鷹揚《おうよう》に頷いた。もし夏佳が東京へ行きたいと言えば、この両親が止めることはないだろうと思った。

ずっと憧れだった舞台が、夏佳へ突然近づこうとしている。あまりに急な話で夏佳は狼狽《うろた》えていた。でも、そう思うたびに違和感を覚える。ずっと憧れていたはずなのに、何を今さら躊躇《ちゅうちょ》しているのだろう。

この話は他の人にしていなかった。もちろん、十太にも。

ふと、集中力散漫に泳いでいる自分に気付き、プールの中で足を止めた。その場で立ち止まり、水を振り払う。

十太はいつものフレーズを弾いている。今日は鼻歌が混じっている。最近、十太は何かを口ずさみながらこのフレーズを弾くことが多くなった。十太は気付いていないかもしれないが、その声は結構大きくて、その伸びやかさを夏佳は勝手に気に入っていた。

夏佳は鼻歌に聴き入る。

とそのとき、十太が演奏を止める。どうしたのかと思って十太を見ると、空をぼんやり眺めている。夏佳も頭上を見た。いつの間にか真っ黒な雲が広がっている。ぽつり、ぽつりと水面に波紋が広がる。

「雨だ」

十太と言葉が重なり、顔を見合わせる。その最中にも雨脚《あまあし》はどんどん強まっていく。コンクリートで水滴が弾け、匂い立つ。雨粒はすぐ大きくなり夏佳を打ちつける。

「……うわあ」

夏佳は我に返り、慌ててプールから上がった。さすがにこれでは練習にならない。そのまま更衣室のある建物の屋根の下に入る。その横には、屋根付きベンチに座る十太がいる。夏佳たちは互いに空を眺める。

「夕立？」

夏佳が言うと、十太が「まだ昼前だよ」と呟く。「それもそうだね」と夏佳は返すが、会話はそれきりだ。激しくプールサイドを打つ雨が、会話の合間の沈黙を埋める。

「座れば？」

やがて十太が口を開いた。夏佳を見て、首をわずかに傾げる。夏佳は途端に、自分が競泳水着の姿であることを思い出す。

「……タオルとジャージ、取ってくる」

夏佳は何故か恥ずかしくなり、慌てて身を翻して更衣室へ向かう。軽く体を拭き、水泳帽を取る。どうせぐしゃぐしゃだと分かっているのに、手で髪を整えてみる。

ジャージを羽織ってまた表へ出ると、十太は我関せずといった様子でギターを弾き始めていた。恐る恐る十太の隣へ座る。ギターの音を雨が濡らし、音がどこかしめやかに響く。

十太の手はしなやかに動く。十太の父もこんな風にギターを弾いたのだろうか、と思う。十太はその姿を真っすぐ追いかけている。夏佳のこんなに近くにいながら、ずっと遠いところを追っている。思わず見惚《みと》れてしまう。遠い目を浮かべたその横顔が……。

その横顔が、何だ。

自分が何を呟こうとしたのかを思い、焦る。一人で頬の熱さを感じた。

「ギター、弾いてみる？」

「うへっ？」

突然言われて、驚いた。十太がきょとんとした顔でこちらを見るから、夏佳は何とか呼吸を整えようとする。十太は演奏を止め、返事を待たずにギターを肩から下ろす。

「ギター、気になるんじゃないの？　こっち見てるし」

「い、いや、見てないし」

それは嘘。確かに見ていた。あれよあれよと夏佳の肩にギターが掛けられる。

「え、ど、どうすればいいの？」

「左手、ここに当てて。こう押さえるのがCコード」

右に座る十太が、夏佳の前に手を伸ばして弦を押さえる。腕の熱を感じてどぎまぎする。そっと十太の方を向くと、いつものぶっきらぼうな視線が間近にある。そっちももう少し怖気《おじけ》づいたっていいじゃないか。夏佳は妙なモヤモヤを覚えつつ、聞く。

「Cって?」

「まあいいから。ほら、押さえて」

相変わらず十太は動じない。この人はいつまで経っても感情が読めない。仕方なく左手の指先に力を入れ、弦を押さえる。

「こ、こう?」

「うん。で、ピックで上からなぞるみたいに弾く」

夏佳の右手が摑《つか》まれ、ピックがねじ込まれる。夏佳の心臓がきゅるりと音を立てるが、もういちいち反応していられない。促《うなが》された通りに弦を撫でると、綺麗な重なりが響いた。体にビリビリと電撃が走る。自分で音を鳴らすというのは、確かに気持ちいい。

「次はこう。Dコード」

「……こう?」

もう一度、弦を弾く。また別の和音が鳴る。しかし弦を押さえるには意外と力が必要で、早くも腕辺りが痺《しび》れてきた。

「次はE、こう」

「う、うん」

またアンプから音が出る。本当に自分の手でこの音が鳴っているのか確信が持てない。不思議な感覚だ。

「じゃあC、D、E、続けて」

「わ、分かった」

夏佳はぎこちないながらも言われた通りにギターを弾く。時折、弦の一部が鳴らないこともあったが、演奏と呼べないこともない程度には弾くことができた。

「……結構、面白い」

夏佳が呟くと、十太は息をふっと吐く。わずかに笑っているようにも見える。

そのまま夏佳はギターを弾き続けた。もともと単純な練習を繰り返すのは性《しょう》に合っているから、ついのめり込んでしまった……ということにする。

夏佳がギターを弾く間、十太はずっと夏佳を見ていた。それがくすぐったかった。

「雨、止んだ」

十太が呟く。ギターから視線を外せば、確かにもう雨は降っておらず、西の空には青空も見えた。ゆるりと潮風が流れ込み、どこか快い。夏佳は左手を弦から離す。すると、手にビリビリと電撃が走る。

「あ、指が攣《つ》りそう……あとヒリヒリする……」

左手に求められるのは今まで経験したことないような動きだ。弦をしっかり押さえるためには力が必要で、手の付け根が痛い。夏佳は、んー、と痺れた腕を伸ばす。右手のピックが光をきらりと跳ね返す。水色の、角の丸い三角形。空を泳ぐ魚が落とした鱗《うろこ》、そんな水色。

「ピック、綺麗」

何の考えもなく呟く。すると十太が夏佳の腕を見上げた。

「そのピック、あげる」

「え？」

十太はさり気なく言う。でも夏佳は、ピックの感触を手で感じながらどぎまぎしてしまう。十太が何度も弦をなぞったピック。それを握ると、体の隅々まで血液が流れていく感覚がした。

「い、いや、悪いよ」

夏佳が遠慮すると、十太がぽつりと呟く。

「……もらっても、困るだけか」

「そんなことない！」

夏佳の声が思わず大きくなってしまう。途端に恥ずかしくなる。そのとき、チャイムが鳴った。十一時。部活動が終わりの時間だった。

「じゃあ、貸すよ」

十太が呟く。夏佳が言葉の意味に首を傾げると、十太は「またギター弾くとき、使って」と真《ま》顔《がお》で言う。

「……私、水泳辞めて、ギターに転向？」

「……バンド組む？」

「組まないよ」

十太がつまらなそうな顔をして見せるから、夏佳はくすっと笑ってしまった。

そのどさくさに紛れて、夏佳はポケットにピックを仕舞《しま》い込んだ。

「お、夏佳！」

夏佳が「ん？」と振り向いた瞬間、秋穂が抱きついてきた。女の子の匂いが鼻を衝《つ》く。

十太とともにプールを出て、帰路につこうと正門前に来たところだった。ちょうど陸上部の練習も終わったところらしく、部員の面々が揃《そろ》っている。

「あの雨参っちゃったよね、びしょ濡れだよ」

確かに秋穂の髪の毛はまだくたりと濡れていた。夏佳は乾いたタオルが余っていることを思い出し、「使う？」と差し出す。秋穂は「え、いいの！」と喜び、髪を拭き始める。

「いやあ、夏って感じの通り雨だったね」

秋穂は今日も夏って感じの元気さだ。自分の名前を献上《けんじょう》したくなりながら、夏佳は頷く。

「そうだね。夏休みももう後半だしね」

「嫌なこと言わないでよ、もっと遊んでいたい……」

「宿題やった？」

「追い打ち掛けないで！　夏佳は？」

「あー、私も溜《た》まってる」

「ダメじゃん」

二人でケラケラ笑い合う。秋穂と会うのは久々だから、この感じが何だか懐かしい。秋穂が「あ」と何かを思い出したような声を出す。

「そうそう、次の土曜日、暇？」

「……暇だけど。何で？」

「神社の盆踊りがあるんだよ。夏佳、去年は来なかったでしょ。今年は来なよ、絶対楽しいから」

秋穂はもう、その盆踊りに目を輝かせている。

「……盆踊り、かあ」

夏佳は祭りというものがあまり得意ではない。人の輪が元から苦手な性分《しょうぶん》だ。どうしようかと迷っていると、

「霧野君も暇でしょ？　おいでよ！」

秋穂が満面の笑みで十太に話しかけている。十太はきょとんとした顔をしている。女子同士の話からいきなり矢が飛んでくるとは思わなかったらしい。

「あ、私、そろそろ行かなきゃ。陸上部のみんな待ってるっぽいから」

秋穂が夏佳にタオルを返し、手を振って立ち去っていく。残された夏佳と十太は、ゆっくり顔を見合わせる。

「……どうしよう」

そう呟くと、十太がいつものぶっきらぼうな顔で言った。

「夏佳が行くなら、俺も行こうかな」

「え」

思わず変な声が出た。が、慌てて息を堪える。

「なら、私も行こうかな」

言い終えて、声が震えていないかと不安になった。


土曜日の夕方、夏佳は家を出て神社へ向かう。神社は学校と家の間にあり、高台の途中まで登ることになる。古い住宅街の合間に連なる階段を上っていくと、振り向けば海が広がっている。燃えるような夕日が海の真ん中に沈もうとしていた。この町に来て一年半近く、未だこの景色は見飽きることなく美しい。

ただ、山の方からは黒い雲が迫っていた。わずかに雷《かみなり》のような音も聞こえてくる。もしかしたら一雨来るのかもしれない。

神社へ近づくにつれて祭り囃子《ばやし》が聞こえてきた。歌詞のぼやけた民謡が響き、太鼓《たいこ》の音が胸に響く。夏佳の鼓動が次第に高鳴った。でも祭りの興奮というよりは、不安の方が大きい。誰がいるんだろうか、どんな雰囲気なんだろう、そして何より、十太は来ているだろうか。

あれこれ考えているうちに神社まで辿り着く。鳥居の下は人がごった返している。大人も多いが、同年代の子やもう少し幼い子たちが目立つ。それぞれが小さく集まり、賑やかに話している。

夏佳は思わず足が竦んだ。脳裏には放課後の教室が蘇る。浮島のように漂う人の集まりを見ると、ここは自分の居場所ではないように思ってしまう。やはり来るべきじゃなかったかもしれな

い。そんなことを思いながら入り口で立ち止まると、

「夏佳」

後ろから低い声で話しかけられた。体をびくりと震わせ、振り返る。

十太が立っている。

「ワンピースなんだ」

いきなり言われて、胸が詰まる。夏佳は今日、この夏に買った白のワンピースを着ている。制服と競泳水着以外の姿を十太に見られるのは初めてだった。ワンピースが何なのだ、可愛いくらい言ってくれてもいいじゃないか。そんな文句が浮かんだが、それはそっと胸に秘める。

「十太はポロシャツ」

ポロシャツが何だとは言わない。

「今日はギターは背負ってないんだ」

「さすがに重い」

「重いとか、思うんだ」

「……俺をロボットか何かと勘違いしてない？」

むすりとした十太を見て、夏佳はくすっと笑ってしまう。神社に着いたときから感じていた緊張はどこかへ消えた。

二人で境内《けいだい》に足を踏み入れる。もともとこぢんまりとした神社だから、どこもかしこも人で混み合っている。二階建ての櫓《やぐら》が組まれ、上で法被《はっぴ》を着た子供がお囃子に合わせて太鼓を叩く。櫓

を中心に人の円が三周ほど作られ、浴衣《ゆかた》を着た婦人方や子供たちが踊っている。櫓から四方に赤い提灯《ちょうちん》が伸び、神社の色彩を一晩だけ変えていく。

夏佳は十太の後ろにつき、人混みの中をあてもなく歩き回る。途中、浴衣を着た秋穂が踊っているのを見つけた。その周りも秋穂の友達らしく、揃って浴衣を着ている。夏佳が手を振ると、秋穂はこちらに気付いて手招きした。それには首を振って遠慮する。踊るのはちょっと恥ずかしい。秋穂がつまらなそうにむくれて見せるから、ごめんと頭を下げる。

結局、境内の奥にある岩に二人で腰掛けた。小さな本殿《ほんでん》が鎮座《ちんざ》しているその脇、人気《ひとけ》の少ないところから喧騒《けんそう》を眺める。

「夏佳は祭り、好き？」

十太が尋ねてくるので、

「賑やか過ぎるのはあんまり好きじゃない」

と答える。すると十太が「俺も」と呟く。

夏佳はそれがどうにもおかしく思えて、ぷっと笑ってしまう。

「何で笑う」

「……だって、好きじゃないのにお互い盆踊りに来てる」

十太はむくれたように口を尖らせ、そっぽを向いてしまう。それがまた面白い。

賑やか過ぎるのは嫌だけど、静か過ぎるのも寂しいのだ。不器用でわがままで、それでも本心なんだから仕方ない。

十太とぽつりぽつりと会話を続ける。会話が途切れても、盆踊りの曲と人々の雑踏が沈黙の間を快く過《よぎ》る。盆踊りの人の輪には入り込めなくても、心のどこかにいつもある劣等感は見当たらない。今の夏佳はやはり一人ではなくて、それがとにかく嬉しかった。

「最近、泳ぎは順調?」

ふと十太に尋ねられる。夏佳は慌てて我に返る。

「え、あ、うん。ぼちぼちかな。この前の大会も記録よかったし」

そう言って、心がすんと冷めた。東京の強化校からのスカウトを思い出したのだ。夏佳はまだ答えを出せていなかった。十太は夏佳の目の色の変化を見逃さない。

「どうしたの?」

そう首を傾げるから、夏佳は口を開いてしまう。

「大会で、東京の……」

「東京?」

十太が夏佳を真っすぐ見つめていた。何の気もないことは分かっていたけど、夏佳は心が揺らいだ。

「……いや、何でもない」

夏佳は言葉を濁した。もしスカウトのことを話して、十太に応援されてしまったら。そんなことを考えて、怖くなってしまった。

「そんなことより十太は最近どうなの?」

「え、俺？」

夏佳が聞き返すと、十太は真顔で呟く。

「……曲、作ってみようかなって思ってる」

「え、すごい」

「すごくない」

十太は顔色ひとつ変えず、首を横に振る。でも少しだけ照れているように見える。

「完成したら聴かせてよ」

「……分かった」

十太は小声で言った。秘密の約束のようでくすぐったかった。

薄闇《うすやみ》の向こうから声を掛けられた。

「夏佳と霧野君、こんなところにいた」

ひょこりと現れたのは秋穂だった。後ろにはクラスメイトの姿もちらほらある。二人でいる姿を見られ、少し落ち着かない気持ちになるが、秋穂は特に気にしていないようだ。

「一緒に参拝《さんぱい》しよ！　ここ、神社なんだし」

秋穂に促されて夏佳は立ち上がる。十太も後ろからついてくる。クラスに溶け込んでいるとはいえない夏佳と十太だが、今は夏の蒸した空気に浮かされ、クラスメイトの中に自然と収まることができた。

そのまま本殿へ向かう。その途中、秋穂が夏佳の耳元で囁《ささや》いた。

「おまじないの話、知ってる?」

そういえば、そんな話を小耳に挟んだ気がする。「詳しいことは知らない」と夏佳が言うと、秋穂は嬉々《きき》として話し出す。

「同じ事が三回願われると、三回目でそれは叶うっておまじないがあるんだよ」

「……どういうこと?」

夏佳が首を傾げると、秋穂は意味深な笑みを浮かべてこちらを見た。

「例えば、夏佳が霧野君と付き合いたいって願ったとする」

「へっ?」

変な声が出た。そんなのじゃない、と夏佳が言い返す前に、秋穂が「例えばの話だって」と笑う。が、その表情には夏佳をくすぐるような流し目が伴《ともな》っている。

「まず夏佳がそう願う。で、次に私が霧野君と付き合いたいって願う」

「そ、そうなの?」

「だから喩《たと》え話だって」

秋穂が宥《なだ》めるものの、夏佳は気が気でない。秋穂は自分で言い出しておきながら少し面倒臭くなっている。

「で、最後に、……ああ、もう誰でもいいや。じゃあ、吉田先生が十太と付き合いたいって願ったとする。そうすると、三回目の願いが叶って、晴れて吉田先生は霧野君と結ばれる」

ふてぶてしく立つ担任、吉田先生が十太の隣に。

「ええ……」

「嫌だね……」

秋穂も思い切り嫌そうな顔をしている。どうしてこうなってしまったのか。

「どうかした？」

十太がぱっと振り返ったので、夏佳と秋穂は咄嗟《とっさ》に目を合わし、「何でもないよ」と首を横に振った。だが我慢ができずに笑ってしまう。十太の怪訝《けげん》そうな顔が、本人には悪いがまた面白い。

何だか、こんな感覚は初めてだった。

気張らずに、悪目立ちせずに、普通に、人の中に溶け込んでいる。それがこんなに楽で心地よいものだなんて知らなかった。孤独というのは手放しても許されるものなのだと初めて知った。

本殿の前に辿り着く。二礼二拍手一礼に則《のっと》って、それぞれが頭を下げる。秋穂に変なおまじないを吹き込まれて何を願っていいか分からなくなった夏佳は、十太の方をちらりと見る。

十太は迷いなく頭を下げている。夏佳は無性に気になってしまい、その気持ちを振り払うように自分も頭を下げる。

でも、何を願えばいいのだろう。夏佳は今、どうしようもなく満たされていて、まるで言葉が出てこない。

いつもは、もっと速く泳げますように、と願っていた。初詣《はつもうで》でもそう願った。そしてそれは叶いつつあった。強化校へのスカウトはその大きな足掛かりだ。ずっと憧れていたオリンピックという舞台が、少しだけ夏佳へ近づいた。それはわずかな距離だけど、夏佳にしてみればそれでも大き過ぎた。

憧れを抱え続けてきた今までの自分に報《むく》いるべきだ。ずっと泳いできた意味を見出すべきだ。強化校へ入るという選択をするべきだ。そうしなければいけない。分かっている。

……ずっと分かっているのに。

『十太と一緒にいられますように』

そう願っていた。

「夏佳？」

秋穂が、頭を下げ続ける夏佳に呼び掛けた。慌てて顔を上げる。

今、泳ぐことを諦めてしまったらどうなるんだろう。そんな空想をしていた。

遠くで雷が鳴った。


家へ着いても、遠雷が続いていた。

結局、雨は降り出さず、人々は空に不安な目を向けつつも踊り続けた。夏佳と十太も秋穂たちに連れ出され、最後の曲だけは踊ることになった。恥ずかしかったが、ほんの少しだけ楽しいと思った。人に溶け込む感覚は人生で初めてだったかもしれない。

玄関に入った頃には夜九時を回っていた。父はまだ仕事から帰ってきておらず、母だけが迎えてくれた。

夏佳はすぐにシャワーを浴びた。熱帯夜の粘っこい汗を流す最中、先程の祈りを反芻《はんすう》した。自分は東京へ行くという決意ができないのだ。水泳に身を捧げることができない。シャワーは慰《なぐさ》めの雨のようだった。なぜ慰められているかは分からなかった。

寝巻で洗面所から出る。玄関に繋がる廊下は少しだけひんやりしている。

ピンポーン。

インターホンが鳴った。父だった。夏佳はそのまま玄関の土間《どま》に降りて鍵を開ける。ドアが開き、父の姿が現れる。

「おかえ……」

夏佳の言葉は押し潰れるように途切れた。

父がどこか強張《こわば》った、神妙な表情を浮かべていた。

その瞬間、夏佳はすべてを察した。

「ただいま。……転勤が決まった」

遠雷が響いていた。

夏佳はただ「そっか」と呟く。その表情がよほど崩れていたのだろうか。父は少しだけ慌てたように言葉を継ぐ。

「聞いてくれ。今度は東京だ。東京に戻るんだ。だから強化校にも心置きなく通える」

東京。その響きは夏佳の心をぐしゃぐしゃにした。父は夏佳に笑い掛ける。よかっただろ？そう語り掛けているように見える。

「それは、私が決めなきゃいけなかったことだよ」

夏佳は呟く。身を翻し、玄関からリビングへ戻る。母が「どうしたの？」と心配そうな声を上げるが、それを無視して二階へ上がる。

そういえば大会からの帰り道、父は『ゆっくり考えなさい。まだ九月前だしな』と呟いていた。あれは転勤のことを言っていたのだ。父の銀行の辞令は三月か九月に出る。東京への転勤ということは、もしかしたら出世なのかもしれない。でも、それは自分に関係ない。

夏佳は自室に入る。階段からの光で、鮮やかな青色がわずかに反射する。

十太のピックだった。

強い雨に降られたあの日、手にねじ込まれた水色のピック。

十太。一人にしないで。

どうしてこんな気持ちを抱いてしまったんだろう。どうせいつかは引っ越しで別れるのに。分かり切ったことだったのに。心を許し過ぎてしまった。

まだ遠雷が聞こえる。重い響きが胸に直接届く。暗くなった夜空の奥で、気配だけを漂わせている。姿は見えないくせに、音は力強い。目を閉じると、その音がまるで近づいてくるように思える。

抗えないまま、夏佳に押し寄せようとしている。

波音が聞こえた気がした。

東京へ行き、強化校へ通う。夏佳はプールを泳ぎ続ける。逃げられないまま泳いでいる。もうそれは意志を越えて、運命として迫りくる。

何かに憧れる、何かを願うということの重大さに、自分は気付いていなかった。

夢の切符というやつを摑んだとしても、待っているのが車両だとは誰も言っていない。それは乗り物なんて優しい形をしてはいなかった。切符を眺めていた自分は、気付けば虹色の荒波に呑まれようとしていた。

姿なく押し寄せるその流れに、夏佳は一人で立ち竦んでいた。

‡

二学期の始業式。先生の口から今週末の夏佳の転校が告げられた。

銀行員の転勤は急で、その話が出た一週間後には次の部署へ移らなければいけないらしい。父は先に東京へ住まいを移し、夏佳たちは次の土曜に引っ越しをする。昨日の夕方には母と職員室へ行き、転校のことを報告した。先生は夏佳に、自分の口からみんなに説明するか、と尋ねたが、夏佳は首を横に振った。できれば、何も告げずに学校を去りたいくらいだった。

クラスメイトは途端にざわつき始める。夏佳より狼狽《うろた》えている。自分に視線が集まるのはどうにも居心地が悪く、夏佳は俯きがちに目を彷徨《さまよ》わせる。すると、視界の片隅に秋穂が映った。目を大きく見開き、悲しそうにこちらを見ていた。

そんな顔をしないで欲しい。

夏佳は苦しくなる。でもそれは、別れが悲しいからじゃない。別れを諦観《ていかん》している自分が悲しいからだ。自分とみんなの間で心の温度が違うことに、何だか絶望してしまうからだ。

朝礼が終わると、クラスの女子たちが寄ってきた。みんな眉を八の字に下げて、気遣いの言葉を夏佳に掛ける。夏佳は何とか心の熱量を上げ、周りの悲しみの感情に報いようとする。この集団の中に秋穂の姿はなかった。秋穂は夏佳の心情を多少は察してくれたのかもしれなかった。

机の周りの女子たちと話をする傍《かたわ》ら、夏佳はちらりと十太を見る。前の席に座る十太はこちらを振り向かず、ただ窓の外を見ている。外は曇天《どんてん》だった。天気予報だと降水確率は五分五分。放課後まで天気はもつか怪しい。

今日は自主練の日だった。そして、最後の自主練だった。十太は今日もプールサイドに来るのだろうか。もし来るのなら自分と何を話すのだろうか。

天気が崩れないことを祈った。

雨は降らなかった。

放課後、自主練習の時間。肌寒い曇り空の中、夏佳はプールへやって来た。

どれだけ心が揺らいでも、やることは変わらない。プールに入り、ウォーミングアップを始める。習慣で何かを殺しているような感覚。その感覚すら殺している。

二十五メートルを泳ぎ、人の気配を感じて水面から顔を上げた。十太がプールサイドに立っている。ギターを背負い、手にはラジオを持っている。そのラジオからはノイズが垂れ流しになっている。

「……おはよ」

夏佳がその姿に向かって言う。十太が視線を寄越す。

「……午後だよ」

「……そうだね」

ぎこちない間《ま》が降り立つ。

会話は続かず、十太はこちらへ背を向ける。アンプを取りに行ってしまった。夏佳はその背中を眺め、自分の泳ぎに戻る。やがて、十太のギターの音が聞こえてくる。繰り返される、あの耳残りのいいフレーズ。夏佳の脳裏でずっと響いていた、あのフレーズ。

十太から鼻歌が漏れる。その声はいつもより大きい気がする。

夏佳は泳ぎを続けながら、耳を澄ませて十太の音に意味を見出そうとした。何かを伝えているんじゃないかと期待した。でも、何も読み取れず、まだ期待を重ねる自分が馬鹿に思えた。

本当にいつも通りの練習だった。

下校の時間になった。曇りがちな空の西側、海の先に夕日が滲《にじ》む。制服に着替えた夏佳はプールサイドを歩く。ギターを弾く十太の前に立つ。

「私、そろそろ帰るよ」

十太は顔を上げる。その前から夏佳の存在には気付いていたと思う。

「……うん」

一瞬だけ夏佳と目が合うが、十太はすぐに視線を逸らす。その仕草《しぐさ》はどこかぎこちない。

ふと、悲しくなる。

夏佳は十太と話がしたかった。今は十太の言葉が欲しかった。でも、いつもなら夏佳と十太の間に言葉はいらない。互いがプールに揃っているだけでいい。だから、わざわざ意味を持って話し出すことができない。

日常が繰り返され、凝《こ》り固まってしまった。繰り返すというのは何かに囚われることなのかもしれないと思った。

十太がギターを仕舞い終える。もう後はプールを出て、鍵をかけるだけだ。この時間が終わってしまう。

そのときだった。

どこからか、ギターのメロディが流れ始めた。ノイズ交じりの曲、英語の歌詞、しわがれた男の声。途切れ途切れだが、微《かす》かに音楽が聴こえる。

「ラジオ……」

十太が呟く。十太の手元、ラジオからの音だった。夏佳もそのラジオを凝視する。そして、顔を上げる。

十太と目が合った。今度はどちらも目を逸らさない。しっかりと互いを見つめた。途端に胸が詰まる。十太はいつも遠くを見ていたけれど、今だけは夏佳にしっかりと焦点が合っていた。

「行こう」

十太が夏佳の右手を手に取った。そのまま駆け出す。鍵もかけないままプールを出る。

「いつも、海の方から聴こえるんだ。海に近づけば、電波も強くなるんだ」

十太は夏佳を見てはいない。でも、その手を決して放そうとしない。ラジオを聴かせてあげるという、いつかの約束を果たそうとしてくれるらしかった。でも理由なんて何でもいい。今の夏佳にとって、きっと十太にとっても、何でもよかったのだ。

そのまま校門を出る。帰宅する生徒たちが夏佳たちに驚いている。でも、そんなことを構っている場合じゃなかった。夏佳は十太に掴まれた指先の熱をひしひしと感じながら、手を引かれるままに駆けていく。

電波を追っているはずだった。それなのに、逃避行《とうひこう》のように思えた。


海へ近づくほど、ラジオの音は鮮明になった。

十太に手を引かれながら、路地の階段を下りる。細く延びる道の先には、橙に染まる海がある。この町は美しい。でもその感情は、いつか夏佳がこの町を出ていくから、この町が人生の中で見飽きるほどの故郷にはならないから、心の中にあり続けたのだと今なら分かる。

この一瞬だって同じように美しい。もう二度と訪れない一瞬なのだから。

もう互いに駆けてはいなかったのに、夏佳と十太の手は曖昧に繋がれたままだった。

ラジオの音が強くなる方へ進み続け、海岸線までやって来た。ちょうど夕日が沈み始め、一際《ひときわ》眩しい光線が辺りを包む。愛想のないコンクリートの堤防が延々と続いている。カーブミラーに自分たちの姿が映り込んでいた。今は見逃してくれてもいいのに、と思った。

どちらともなく堤防に腰掛ける。一抹《いちまつ》の切なさを帯びながら手が離れ、二人の間にラジオが置かれる。電子音交じりのギター音が、ノイズを帯びて流れている。揺れ動くような曖昧な音が、波のように押し寄せて消える。不思議な曲だけど、綺麗だった。

十太がぽつりと言った。

「ちゃんと話したかった」

「私も」

互いの視線はじっと海へ向いていて、水平線の彼方《かなた》でしか交わっていない。夏佳は言葉を継ぐ。

「結局、この潮の匂い、最後まで好きになれなかった」

生き物をどろどろに溶かし込んだような重たさへ、夏佳はいつまでも慣れなかった。

「プールの塩素臭の方が好き？」

「うん。都会育ちだし、仕方ないのかな」

「東京に戻るの？」

「うん、葛西《かさい》の辺り。……十太、分かる？」

「分かるよ。東京住んでたし。俺が住んでたのは蒲田《かまた》だけど」

東京の地名とこの町の海の景色がどうにもアンバランスで、夏佳はくすぐったくなる。

「そういえば、十太はどうしてこの町に引っ越してきたの？」

ふと気になって尋ねると、十太は遠い目をしながら呟く。

「父さんが死んだから。ここ、父さんと母さんの故郷なんだ」

夏佳は慌てて「ごめん」と呟く。そうか、十太の父が死んだのは、それほど昔の話ではなかったのか。気まずいことを聞いてしまった、と思ったが、十太は「いいよ、別に」と首を横に振る。

「十太はさ、何でギターを弾くの？」

「何で……」

十太は黙り込む。いつも静かな十太だが、さらにその沈黙を深めている。

長いこと考え込み、ようやくぽつりと口を開いた。

「……安心、するから」

夏佳は目を見開く。思ってもみない答えだった。

「ギターを弾いていれば、このまま進んでいける。後は勝手に進んでいける」

ぼーっと十太は海を見る。十太自身も導かれている。

あのフレーズを思い出す。大会前、脳内に流れ続けていた十太のギター。それは体を包み込み、そして大きな結果を引き寄せた。

十太が夏佳に未来を連れてきたのだと思った。濁流《だくりゅう》のように押し寄せる、力強い未来。

ラジオから新たな曲が流れ出す。美しいギターの音が響く洋楽だ。「これ、知ってる」と十太が呟き、鼻歌でメロディを追う。少し嗄《しゃが》れた声は、どうしようもなく異性を意識させる。愛しさよりも数倍大きい悲しみが夏佳に押し寄せる。この曲が終わらなければいい、と思う。

でも、終わってしまう。

ラジオは再びノイズを垂れ流す。「放送、終わったみたい」と十太は口惜《くちお》し気に言い、ラジオを切る。静かな波の音が辺りに舞い降りる。日が沈み、頭の上から藍色の幕が迫る。海は暗く、わずかな光だけが水面で砕けている。

この時間を繋ぎ止めたかった。

「ねえ」

「何？」

「私、十太が」

その先の二文字を言いかけた。真横に座る十太と目が合う。十太が夏佳に焦点を合わせている。でも、夏佳がプールサイドで見惚れていたのは、ずっと遠くを見つめている十太だった。遠く向こうを望む十太だった。

「……十太のギターが好き」

十太が目を見開いたのが分かった。夏佳は海を向く。十太の視線を横目に感じながら、海を見続けて呟く。

「あのフレーズ弾いてよ。いつも鼻歌交じりに弾いている、あれ」

十太は夏佳の横顔からゆっくり視線を外していった。

「……うん」

背負われたケースからギターが取り出される。十太が弦を撫でて音を確認する。アンプとスピーカーを通らない、そのままの軽い音。初めて十太とプールサイドで会った日、十太がプールに飛び込んできた日に聴いた音だ。

そして、いつものフレーズが始まる。

胸がきゅっと詰まる。何度も聴いたはずなのに、もう一度聴きたくなる。心を満たしてくれないのに、いつまでも脳裏に流れ続ける。情動が迸《ほとばし》る。

夏佳は呟いた。

「海ってこんなに真っ黒なんだね。呑み込まれそう」

もう辺りは暗くなっている。雲がわずかに切れ、か細い光の星が瞬《またた》く。水平線を境に二色の黒が隣り合う。十太の音を聴いていると、説明のつかない言葉が零《こぼ》れてしまう。情緒だけで言葉が溢《あふ》れ、分からなくなる。

「黒い海……」

突然、十太の言葉が混じった。夏佳が驚いて十太を見ると、「歌詞、今決めた」と呟く。

そしてもう一度、歌う。

黒い海は凪《な》ぎ　ラジオはノイズ吐き出し
予感はまだまやかし　波打つ繰り返し

それは歌というより朗読に近かった。メロディよりも言葉が先行している。夏佳はぞくぞくした。

十太はメロディを繰り返す。夏佳の言葉を待っているようだった。十太の中でも何かが始まっていた。止められないまま夏佳は呟く。

「私ね、東京の水泳スクールからスカウトを受けていたんだ。……私は決められなかった。ずっと望んでいたものが手に入りそうなのに、今の私は別のものの方がよっぽど大事だった。……祭りの日、十太がワンピースに気付いてくれて嬉しかったんだよ。……でも雷が鳴って、全部終わった」

夏佳は膝に顔を埋《うず》めた。フレーズを何回か繰り返し、また十太が歌った。

遠雷はどこかへ去り　君のワンピースも波
心をたぶらかし　吐き切れない苛立ち

夏佳は呟く。

「……たぶらかしたのはそっちじゃん」

十太からの返事はない。

「……私は泳ぎに身を捧げられなかったし、泳ぎから逃げることもできなかった。宙ぶらりんな私はどうすればいい？　教えて、どうすればいい？」

「泳ぎ続けて」

「え？」

十太がぼそりと呟くのを、夏佳は聞き逃さなかった。

いつまでも途上に立ち　祈りを繰り返し
水平線の先　また出会う二人

十太は海のずっと遠くへ視線を向ける。真っすぐ先を見る。この遠い目を、夏佳はいつも横から眺めていた。その目があったから憧れを追い続けられた。

十太がまた呟いた。

「夏佳、泳ぎ続けて」

その言葉だけで十分だった。

一瞬、すべてを諦め、隣にいる十太を見てしまいそうになった。でも、十太は遠くを望み続ける。夏佳もこれまでずっと憧れを追って泳ぎ続けた。二人は真っすぐ先を向き続ける。

決して一人じゃない。戦っているのは、自分だけじゃない。

「十太もギター、弾き続けて」

夏佳も呟く。

十太は夏佳の言葉に応えるように、一層強くギターを鳴らす。もう一度、歌詞が繰り返される。

黒い海は凪ぎ　ラジオはノイズ吐き出し
予感はまだまやかし　波打つ繰り返し
遠雷はどこかへ去り　君のワンピースも波
心をたぶらかし　吐き切れない苛立ち
いつまでも途上に立ち　祈りを繰り返し
水平線の先　また出会う二人

フレーズに合わせて、ラララ、と十太がコーラスを歌う。気付けば夏佳もコーラスを重ねる。二人の歌声は叫びとなり、波音の間を切り開いて響く。

暗い海、光る星、揺れる水面、そして遥か遠くの水平線。

夏佳と十太は海を見つめている。その先に、互いの姿を見出している。二つの視線は海の彼方へ平行に伸びる。でもその線は、いつかどこか、水平線のずっと奥でもう一度交わる。

心の底から信じていた。

‡

トンビのよく通る鳴き声が、人知れず朝の始まりを告げている。

土曜日の朝六時。町に唯一《ゆいいつ》ある小さな駅のロータリー。夏佳はパーカーを羽織り、縁石《えんせき》の上に立っていた。目の前には荷物をパンパンに詰んだ車が停まる。夏佳の家の車だ。先に東京へ行った父が、引っ越しのために戻ってきていた。これから父と母はこの車で東京へ向かう。荷物の関係で、夏佳は電車に乗って東京へ行くことになった。

「一人で大丈夫か？」

父が窓を開けて心配そうな顔を見せたので、「引っ越しのときはいつものことじゃん」と口を尖らせる。父は「そうか」と呟き、夏佳に向かって小さく笑う。そのとき、父の目に色んな感情が去来《きょらい》したのが夏佳には分かった。

「……別に、引っ越しのこと、怒ってないから」

夏佳が小声で言うと、父は目を伏せ「ありがとう」と呟いた。夏佳が口下手《くちべた》なのは父譲りだった。母が車の中から声を掛ける。

「夏佳、友達が来てるわよ」

見れば、ロータリーの方へ歩いてくる人影があった。ジャージ姿でポケットに手を突っ込む、肌の焼けた女の子。秋穂だった。

「じゃあ、先に行くな」

父が窓を閉め、車を発進させる。タイヤの音が余韻を残して消えると、秋穂が横までやって来ている。

「来てくれたんだ」

夏佳が呟くと、秋穂は「この時間の電車、一時間に一本しかないし、もしかしたら会えるかなって思って」と笑う。秋穂には、朝に電車で東京へ向かうとだけ告げていた。

秋穂とともに駅のホームへ入る。錆《さ》びついたトタンの屋根の下で、二人は横並びに立つ。秋穂がぼやく。

「東京には改札のない駅なんてないんだろうなあ」

「でも、空《す》いた電車なんてのもないよ。満員電車のことを考えると気が重い」

「東京まで一人で行くの？　大丈夫？」

「お父さんみたいなこと言わないでよ」

「ええ？　私も老《ふ》けたかな」

そんなことを話して、くすくすと笑い合う。夏佳たち以外に人のいないホームで笑い声が響く。いつもと変わらない会話にふと切なくなった。

会話が途切れ、朝の清廉な空気に沈黙が舞い降りる。そして、また秋穂が話し出す。

「私、今朝さ、夏佳の連絡先を何にも知らないんだって気付いた」

「え？」

考えてみれば、秋穂から家に電話が掛かってくるなんてことは一度もなかった。携帯電話など持っておらず、東京での住所も教えていない。

「あ、引っ越し先の住所、知りたい？」

夏佳が言うと、秋穂はゆっくり首を振り、「手紙とか送られてきても、夏佳は困るんじゃない？」

と、にやつく。図星だ。過去にも何回か、引っ越し後に手紙をもらったことがある。でもそのやり取りはすぐ途切れる。その虚《むな》しさを知っていた。

「秋穂、私のこと、よく分かってるよね」

夏佳が呟くと、秋穂がぼそりと言う。

「……そうだね。例えば、夏佳がこの町を自分の居場所じゃないって思ってることとか」

「そ、そんなことない」

「本当に？」

秋穂に首を傾げられ、何も答えられなくなる。

「夏佳はさ、やっぱり遠くへ行くんだね。私も夏佳を追い駆けてこの町から出られたらいいのに」

「……」

秋穂の目が不思議と十太に似ていて、どきりとした。

「……『夏の後ろを秋が追う』、じゃなかったっけ」

「追いたかっただけだよ。私は夏佳と違うから」

諦めるような、突き放すような声。秋穂は続ける。

「別に私、東京に行きたい訳じゃないんだ」

進路調査票のことを思い出す。結局、あの紙を夏佳が提出することはなかった。

「東京に行くって言っていれば、何か始まるんじゃないかと思ってた。でも、そんなことはないんだね。東京が輝いてるんじゃなくて、夏佳と十太が勝手に輝いてただけだ」

「……そんなことないよ」

「そんなこと、あるんだよ」

ホームに、まもなく電車が参ります、とアナウンスが流れた。

「夏佳、本当は十太に見送って欲しかったでしょ」

「え」

「違う？　二人で学校から走って出ていったんでしょ。噂になってた」

夏佳の顔が火照《ほて》る。からかい口調だった秋穂は少しだけ頬を緩《ゆる》ませたが、すぐに目を悲しげに細めた。

「来たのが私でごめん。……でも、どうしても見送りたかった。夏佳の姿、見届けたかった。電車に乗っても私のことは考えなくていい。十太のことを思っていて。夏佳、あなたはどうか止まらないで」

秋穂の熱っぽい声が終わらないうちに電車がホームに停まる。秋穂は俯き、また顔を上げる。

「……なんてね」

「え？」

「さあ、乗った乗った」

「え、ちょっと、秋穂」

「私に湿っぽいのは似合わないや。夏佳、東京でも気張《きば》ってよ」

秋穂に無理やり促され、夏佳が電車に乗り込む。乗客のいない車両。急ぐ客などいないのに、扉は無常に閉まっていく。

「じゃあね」

「秋穂！」

ありがとう。

その言葉を言い終えないうちに扉が閉まった。秋穂がホームから笑っている。その笑顔に夏佳は何度も助けられてきた。どうにも人の間に入り込めない夏佳を、秋穂は見ていてくれた。

ごめんね。

ゆっくりと秋穂との距離は離れる。その姿が見えなくなり、やがて町を抜けるトンネルへ差し掛かる。この町を訪れることはもうないのだろう。ドアの窓に映る自分の顔を見ると、そこには何かを見据《みす》える瞳があった。

もう迷うことはない。東京で泳ぎ続けるのだ。

ガタリと扉が鳴るとともに、トンネルを抜けた。真っ青な海が開けた。

背後の朝日に照らされ、水面がきらきらと瞬いている。焼きつくほど眩しい光景に夏佳は目を細める。でも、顔を逸らしはしない。

夏佳は着ていたパーカーのポケットに手を突っ込んだ。角の丸い、三角片。十太のピックだった。その瞬間、音楽が流れ出す。十太のギターが聴こえる。

ピックを返し忘れてしまった。いや、忘れてなんていなかった。確信犯だ。

『夏佳、泳ぎ続けて』

十太の声が蘇る。

泳ぎ続けた先、いつかまた十太に会える。そのとき、このピックを返すのだ。

夏佳はあの十太の歌を思い返す。脳内で反芻し続ける。

大切な事は繰り返さなければ。忘れてしまわないように、負けてしまわないように、ちゃんと貫けるように。

夏佳は繰り返す。何度も、何度でも。

二章　白ゆき

二〇〇九年　聖来

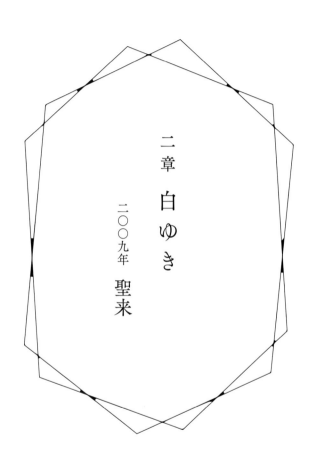

死にたい。

小崎聖来《こさきせいら》は早川に体をまさぐられながら思う。

放課後、本館三階の授業準備室。普段使わないこの本館は全体的に埃《ほこり》を被《かぶ》っていて、その中でも各階にある準備室は物置と化している。今、聖来に覆《おお》い被さっている早川は、どういう訳か三階準備室の鍵が壊れていることを知っていた。

左右から棚の迫る狭い部屋の中に、聖来と早川の乱れた呼吸が響く。早川はどこか必死そうで、それが無性《むしょう》に申し訳なくなる。

早川は隣のクラスにいる、大人《おとな》しい帰宅部の男子だった。聖来とはクラスで一人選ばれる美化委員の仕事で一緒になり、出会った。聖来は自分から委員を引き受けるほどの真人間《まにんげん》じゃない。くじを引かされ、たまたま選ばれてしまった役職だ。その事情は早川も同じで、そこから話が弾《はず》んだ。月に一、二度ある校内の清掃活動で近い距離を保っていたら、デートに誘われ、結局は告白された。

聖来はそのまま付き合った。前の彼氏と数か月前に別れていて、また誰かと付き合いたくなってきた頃合いだった。

でも、どうしてだろう。付き合い始めた瞬間、乾いた絶望が押し寄せる。誰と付き合っても同じだ。自分の欠陥《けっかん》を思い知らされる。

そういうとき、聖来はツイッターを眺めた。

聖来は一年前からツイッターに登録していた。フォローしているアカウントのツイートが、タイムラインの欄《らん》に流れていく。

『死にたい』『お腹減った』『このコスメかわいい』

聖来も感情をツイートにして垂れ流す。すると、時折自分のことをフォローしているアカウントから反応が来る。

『元気出して』『わかる』『確かに』

相手は大体、友達の友達だったり、近所の高校や大学の学生だったりする。現実には会ったことのない相手も多い。

ツイッターには広く公開されるツイートのやり取りだけでなく、一対一の非公開でやり取りするダイレクトメッセージという機能もある。

『大丈夫？　よかったら今度会って話してみない？』

そんなダイレクトメッセージが送られてくることもある。

『ぜひ！　〇〇さんと会って話してみたかったんです！』

彼氏がいても、いなくても、そんな返信をしている自分がいる。本当は話したいのではない、求められたいのだ。

会って、話す以上のことをしていた。

他の男と会っていることを早川に知られたのが一か月前だ。それ以来、早川はますます感情を表に見せなくなった。聖来をこの準備室に呼び出し、沈鬱《ちんうつ》そうな顔で襲うようになった。

ごめんね。

聖来は内心で呟《つぶや》く。自分は愛されていたいのだ。でも、どれだけ愛されても満たされないという事実に絶望してしまう。

窓の外からは高校校舎とグラウンドが見える。土地に困らない田舎《いなか》だからグラウンドも無意味に広く、野球部とサッカー部が悠々《ゆうゆう》と部活動をしている。一方、校舎の方からは放課後なのに賑《にぎ》やかな音が聞こえる。喋り声に始まり、ドライバーやトンカチなどで何かを工作する音も響いてくる。

学園祭が翌月に迫っていた。聖来は高校三年生、つまり今年が最後の学園祭になる。聖来には何の思い入れもないが、他の生徒たちは浮足立っているようだった。

早川がにわかに聖来から体を剝《は》がす。カチャリとベルトを外す音がする。聖来は後ろから腰を摑まれ、いよいよ挿《い》れられるのか、と身構える。

固い感触が聖来に当てられたときだった。

突如、どこからかギターの音が響いた。

聖来は思わずびくりとする。一方の早川は聖来よりも慌《あわ》てている。腰に当てられた手から動揺が伝わってくる。

ギターの音は止まない。どうやら、下の一室で誰かが練習しているらしい。滑《なめ》らかな連符、きめ細かい響き。その演奏は素人《しろうと》でも分かるほどにうまい。聖来は、スカートをたくし上げられながら音に聴き入る自分の滑稽《こっけい》さをふと思い、軽く笑ってしまう。すると、その笑いを嘲笑《ちょうしょう》と取ったのだろうか、早川が一気に聖来を貫いた。体に痺《しび》れが走った。
早川は体をぶつけてくる。いや、体だけでなく、得体の知れない心ごと、聖来にぶつけている
ようだった。聖来は呼吸を乱す。思考が薄れていく。
早川に何度も打ちつけられる傍《かたわ》ら、ギターが同じフレーズを繰り返している。その音はどこか
切なく、欠けている音に聞こえた。何故《なぜ》そんな風に聞こえるかは分からない。だが、聖来は無性
に音へ同情したくなる。こんな状況なのに、聖来の心象風景の中に早川は見当たらない。
聖来は目を瞑《つむ》る。自分の喘《あえ》ぎ声が遠のき、ギターの音だけが脳に響く。
心の奥底が安らいだような気分だった。
早川の呼吸が大きく乱れた。ペースが速くなる。聖来は自分の体が反応していることをやけに
俯瞰的《ふかんてき》に思いを馳せていた。

事が済むと、早川は気まずい顔をして部屋を足早に出ていく。そこにはろくな会話もない。聖
来を置いていく早川の心境は分からない。
一人残された準備室にはギターの音がまだ響いている。聖来はその音がどこから聞こえてくる
のか気になった。これを弾《ひ》いているのがどんな人間なのか見てみたい。
準備室を出て二階に向かうと、音がどんどん大きくなった。聖来は廊下《ろうか》を歩き、理科室の前で
足を止める。音はそこから聞こえている。少しだけ戸を開けて、中を窺《うかが》う。
そこには男子生徒がいた。白のカッターシャツに小柄な図体《ずうたい》、長い前髪。沈鬱な少年といった

像が浮かぶ。真っ赤なギターを肩に提《さ》げ、錆《さ》びた丸椅子に腰掛けている。机の上には卓上アンプが置かれ、そこから軋《きし》みを含んだ音が聞こえる。安易にすっきりとしないコードの連なりを弾く。

孤高だと思った。

彼がふとこちらを見た。一瞬目が合ったが、彼はすぐにギターへ視線を戻す。気まずかったというより、聖来には興味がないといった様子だ。それが気に障《さわ》ったので、聖来は思い切って戸を開け、部屋の中に入った。

理科室には薄い薬品臭と埃臭さが混じっている。西日が差し込み、糸くずがちらりと橙《だいだい》を反射する。本館はどこもかしこも埃を被っていて、聖来はそれが嫌いじゃない。

彼は何も変わらない様子でギターを弾く。演奏がコードから単音になり、音が細かく揺れて移り変わっていく。正確に素早く動く左手を、飼い慣らした動物を見るように、彼は遠い目をして眺めている。

「こんなところで練習？」

聖来は声を掛けた。よく通る甘ったるい声だと自分でも思う。そんな声を当たり前のように作る自分に嫌気が差す。彼は手を止め、ようやくこちらをちゃんと見た。

「うん」

「一人で？」

「……悪い？」

「そうじゃないけど、どうしてこんなところで弾いているんだろうって思って」

彼は少しだけむっとして窓の外を見る。

「音楽祭の練習で、先生が貸してくれた」

音楽祭は学園祭の中で行われるイベントだ。体育館をステージにして、生徒たちのバンドが演奏する。どこにでもある、取るに足らないものだ。が、狭い世界ではその些細《ささい》なイベントも大きなトピックスになる。誰が出演する、誰がボーカルをやる、誰が格好良い、そういう話題が校内を飛び交っていた。

「こんな隅っこの部屋を借りたの？　他のバンドは普通に教室を借りてた気がするけど」

「……バンド、解散した」

「え、今？　もう学園祭まで一か月ぐらいしかないじゃん」

彼は黙り込む。表情は変わらないけれど、不貞腐《ふてくさ》れたように見える。その様子が何だか可愛《かわい》く見えて、聖来は俄然《がぜん》、彼に興味を覚える。

「何で解散しちゃったの？」

「……分からない」

彼は遠い目をして呟く。

「人といるとうまくいかない」

聖来にはその言葉が自分のもののように思えた。

高校に入学して、聖来はハンドボール部のマネージャーを始めた。しかし一年で辞めてしまった。人間関係が荒れて、部にいられなくなったのだ。男子部員の数人から求められてしまった。求められたら断れなかったし、何より求められたかった。部室で響いた怒声を覚えている。自分はまともではないのだと、あのときやっと気付いた。

「その気持ち、分かるよ」

聖来の呟きを彼は無視する。そしてまたギターを弾き始める。

「ねえ、名前は？」

ギターに負けない声で聞く。彼はこちらを向こうとしない。

「名前くらい教えてくれてもいいじゃん」

聖来が数回顔を覗《のぞ》き込むと、彼は根負《こんま》けしたのかやっと口を開いた。

「……霧野《きりの》」

「下は？」

「十太《じゅった》」

「じゃあ、十太君ね。私は聖来」

聖来は十太の顔を覗き込む。頭を近づけ、髪の毛の匂いを漂わせる。「君の匂いが忘れられない」と過去に言われたのを思い出した。誰に言われたかは思い出せなかった。

「……聖来」

十太が口を開いた。が、まさか向こうが躊躇《ためら》いなく自分を下の名で呼ぶとは思わなかった。

「服の裾、クシャクシャ」

「嘘っ！」

　事の最中、早川は聖来のスカートの上から腰を摑んでいた。そのせいで皺《しわ》が刻まれてしまったのだろうか。慌てて下を向き、スカートを確認する。しかしそこには何の痕跡《こんせき》もない。思ってみれば、授業準備室を出る前に乱れた衣服はちゃんと整えた。

「……何それ、はったり？」

　聖来は十太を凝視《ぎょうし》する。どこまで気付かれているのか分からない。十太は困ったように頭を搔《か》く。

「……そのワンピース、何か汚れて見えた」

　聖来は首を傾げる。

「これ、ワンピースじゃなくてスカートだけど」

「あ」

　聖来の言葉に十太は狼狽《うろた》えていた。スカートとワンピースを間違えることなんてあるのだろうか。どこまで見抜かれているか分からないが、その鋭さとは裏腹に、変な隙が十太にはあった。

「十太君、面白い」

　聖来の呟きは無視される。

‡

死にたい。

「……死にたいけれど、お弁当って鮮《あざ》やかで、どれも美味《おい》しいんだよねえ」

聖来は卵焼きに箸《はし》を差し、窓に透かして呟く。卵焼き、プチトマト、ブロッコリーはお弁当三原色として名高い。この三つを押さえた聖来の弁当には今日も技術が光っている。

「差し箸は行儀《ぎょうぎ》が悪い」

十太はそれだけ言い、パンをかじる。平日の昼休み、本館の理科室。聖来と十太は昼ご飯を食べている。

先日、昼休みにパンとギターを持ってどこかへ消える十太を見つけ、後を追った。するとまたこの理科室へ辿《たど》り着いた。十太は基本的にこの理科室にいるらしく、聖来も勝手にこの部屋に居座ると決めたのだった。

初めて理科室で十太に会ってから、聖来は十太の後をついていくようになった。昼と放課後は予定がなければこうして十太の隣にいる。十太はついてきた聖来に驚きはしたものの、断ったりはしなかった。だからといって向こうから擦《す》り寄ることもなく、少しも心を開いてくれない。ただ聖来が十太を追い駆けるという構造があった。

その距離が無性に聖来を安心させる。

「お母さん、毎日お弁当作ってくれるんだ」

彩《いろど》りのいいお弁当を見ながら聖来は呟く。中学生のときからずっと弁当は母の手作りだった。よほど機嫌の悪い日でなければ、いつも母は早くに起きて台所へ立っている。

「最近はあんま殴《なぐ》られないし、お弁当はいつも通りだし、幸せなはずなんだけどね」

聖来は十太をちらりと窺うが、やはり淡々とパンをかじっているだけだった。十太は何を言ってもほとんど反応してくれない。こういうことをツイッターで呟けば、すぐに同情の言葉が飛んでくるのに。

小学生の頃まで聖来は母にいつも殴られていた。しかし最近は母も落ち着いてきたのだろう、手を出すことは減り、母からの暴力は罵倒《ばとう》にシフトしていった。父は昔と変わらず、今日も聖来と母のやり取りに見ないふりを決め込んでいる。家庭は荒《すさ》んでいたが、波立ってはいなかった。

母が諸悪の根源であることは分かっていた。でも、聖来は母が大好きだった。屈折しながら届く愛情が嬉しく、自分がこんな娘であることを申し訳なく思った。

「そういえば十太、進路はどうするの？　調査票、渡されたよね」

学園祭で浮かれている生徒に釘を刺すように、進路調査が始まっていた。

「上京する」

十太はパンを咀嚼《そしやく》しながらぽつりと言う。

「食べながら喋んない方がいいよ」

聖来が言うと、十太は黙ってしまう。つまらない。聖来はまた聞いた。

「上京かあ。東京で何するの？」

「ギター弾く」

「何それ。ここでもできるじゃん」

「でも、もう決めてるから」

覇気《はき》はないが、また迷いもない。十太は未来をただ粛々《しゅくしゅく》と遂行《すいこう》しようとしているように見える。

この町を出るなんて、自分はこれっぽっちも考えたこともなかった。

聖来は何も考えず、調査票にこの辺りの大学の名前を書いた。母は聖来が家から出ないなら大学に行く費用は出してくれるようだった。ほら、愛されている。

「将来……やだなあ」

聖来は呟く。返事はない。

「ねえ、十太は将来、もっと先は何をするの？」

「え？　……ギター、弾き続ける」

「またそれかあ」

聖来が拍子抜けした声を出すと、十太は不服そうな顔をする。

「弾き続けるって、約束したから」

「それ、誰と？」

十太は答えてくれなかった。聖来の視線を知ってか知らずか、十太はパンを食べ終え、小さく手を合わせてごちそうさまをする。そのままギターを取り出し、いつも机の上に置いたままになっているミニアンプへ繋ぐ。組んだ脚の上に置き、弾き始める。

どこか切ない音色。聴き手の欠損を炙《あぶ》り出すような響き。遠い目をした十太は淡々と音を重ねていく。コードがわずかな変化を重ねながら、どこかへ進んでいく。

十太は時折、姿の見えない誰かの存在を仄《ほの》めかす。まるで自らの影を失ってしまったような心もとなさが十太には纏《まと》わりついていた。影のような、本来は不可分だったのに引き裂かれてしまった存在を追い求めているんじゃないだろうか。だからギターを弾いているんじゃないだろうか。

そんな妄想を許すような空白が十太にはあった。

「……まあ、早くこのクソみたいな人生が終わってたらいいな」

聖来は呟き、窓の外を見る。

今この窓から飛び出せば、あっという間に終えられる。そんなことをする勇気なんてどこにもないのに、聖来は身を投げる姿ばかり思い浮かべる。

‡

死にたい。

教室から窓の外を眺めていると、そうとしか形容できない空っぽな気持ちが湧いてくる。いわゆる地方都市、特徴のない町。山の向こうの隣町は海に面していて、その町の中学校から見える景色は鮮やかで美しかったと聞く。不自由はないが自由も大してないこの町で生まれ育った聖来からすれば、少し羨《うらや》ましい。

『死にたい』

ケータイからツイッターにそう呟くと、すぐに他人からお気に入りの星がつく。そのお気に入りの数に安堵《あんど》する自分がいて、また死にたくなる。顔の知れない人間に肯定されたところで何が嬉しいというのだ。安い感情の波に振り回され、今日も生きている。

チャイムが鳴り、はっと聖来はケータイから視線を上げる。気付けば授業が終わり、放課後になっている。

生徒たちが帰り支度《じたく》を始める。用事のない聖来はしばらく教室を眺めてみる。受験のために慌ただしく塾へ向かう人、就職先を決めて放課後を謳歌《おうか》する人、高校生活を最後まで部活に捧げる人、徐々に近づく学園祭へ心躍らせる人。高校三年生、教室へ束《たば》ねられたそれぞれの人生は、あと数か月でばらけ行く。

自分はどこへ行くんだろう。

縋《すが》れるものがなく、ただ母とともに家で朽《く》ちていく未来が見える。

「あきほー、今日ひま？」

そんな声が横から聞こえてきた。あきほー、と呼びかけられたのは、聖来の隣に座る関秋穂《せきあきほ》だ。人を引きつけるクラスの中心人物で、聖来ともたまに話す。ぎりぎり友達と呼べるだろう。

聖来には友達がいない訳じゃない。けれど、流動的に入れ替わる。深い関係になれば、男女問わず、必ずどこかで破綻《はたん》してしまうのだ。何かが下手《へた》くそなんだと思う。

「学園祭の準備でちょっと手伝って欲しいんだけど、忙しい？」

秋穂に話しかけたのは、クラスの学園祭係だった。秋穂は申し訳なさそうに頭を掻く。

「あー、ごめん。今日、塾あるんだよね」

「あ、そっか、ごめんごめん」

「盛り上がってるからめっちゃ手伝いたいんだけどね。今日、音楽祭の出演バンドも発表されてたよね」

「あ、そうだね」

二人は頷《うなず》いている。聖来も、掲示板に張り出された音楽祭のタイムスケジュールを既に見ていた。『BUMP OF SHIKEN』『高校事変』『madwimps』……、誰の曲のコピーをやるのか明け透《あす》けなバンド名が多い中、十太は『the noise of tide』という名前を引っ提げて、トリから二番目の位置に鎮座《ちんざ》していた。

潮の雑音――。

確か十太は海に面した隣町に住んでいたはずだ。目を細めた十太を思い出す。

「そういえば、秋穂ってどの大学志望だっけ」

「え、あそこだよ」

そう言って、秋穂は県庁所在地にある大学の名前を挙げる。

「あれ、東京行くとか言ってなかった？」

「……えー、そんなこと言った？」

「言ってたよ。ほら中学のとき、東京が私を待ってるんだー、とか何とか言ってたじゃん」

「中学の話するのはズルだよー、あと、『とか何とか』って雑に言うのひどくない？」

秋穂は苦笑《にがわら》いしている。話しかけている相手は同じ中学の出身らしかった。「確かに言ってたけどさー」とぼやき、少し黙る。そしてまた口を開く。

「……別にもう、東京行く必要はないかな」

秋穂はそう呟き、微笑《ほほえ》んでいた。その表情から、どういう訳か目が離せなかった。刻々と印象が揺れ動いていている。

ポケットの中が揺れた。

はっと我に返り、二つ折りのケータイを取り出す。見ればメールが来ている。

早川からだ。

『今日、また準備室で』

心が静かになるのを感じる。それは安堵といった類《たぐい》のものじゃない。心が沈み、底につくような感覚だった。

本館三階、授業準備室。

聖来が中へ入ると、もう早川はそこにいる。雑に置かれた椅子に腰掛けて、ケータイを眺めていた。

「……早川君」

聖来は何かを伝えるでもなく名前を呼ぶ。すると早川が「遅《おせ》えよ」と呟き、椅子から立ち上がる。聖来が思わず竦めた肩を、早川が摑む。そのままキスされる。

最近の早川はいつもこうだった。聖来を準備室に呼び出し、すべての段階をすっ飛ばして、聖来に迫る。いわゆるデートというものをちゃんとしていたときもあった。だが聖来が他の男とも関係を持っていることを知り、早川は変わった。もともと何を考えているか表に出ない人だったけれど、その感情は得体の知れない塊《かたまり》となって聖来にぶつかるようになった。

心が沈黙する。どんどん俯瞰的になり、自分を嘲笑する自分が現れる。早川に体を漁《あさ》られながら、聖来は棚にしがみつく。呼吸が荒くなる。

きっと早川が求めるものは自分の中に存在しない。早川が望むものを、自分は与えることができない。それでも早川は求め続けている。ないものを求め続けている。

ごめんね。

また死にたくなる。人間とどう接すればいいのか分からない。自分が本当に人間なのか分からない。

聖来は俯《うつむ》き、早川に体重を半ば投げ出す。そのとき、ギターの音が聞こえてきた。

はっと顔を上げる。

下の理科室から聞こえてくる、軋んだ響き。切なくうねる六弦の音の重なり。また十太がギターを弾いている。聖来を思うこともなく、遠い目をして弾いている。

痛い。早川が聖来の髪を摑んでいた。

「……うるせえ」

聖来のショーツを強引に脱がせる。そして、有無を言わさず挿れられる。

「ま、待って！」

ゴムのないそのままの感覚。避妊せずに事を行おうとする早川に、本能的な恐怖が芽生える。

だが聖来がいくら拒《こば》んでも、早川は離れてくれない。

「聖来、お前、昼休みいつもあいつといるよな」

「っえ？」

「霧野だよ、今ギター弾いてる」

早川の手が聖来の首を摑み、やんわりと力が加わった。顔に血が溜《た》まる。聖来は命を握られたような気分になる。でも、早川が求めているのは自分の命なんかではないことも分かっている。

「お前、何であいつと一緒にいるんだよ！　何で俺と付き合ったんだよ！　……何で俺じゃダメなんだよ」

何でって、自分でも分からない。

でも確かなのは、何をしても自分の欠陥は埋まらないということだ。

聖来の答えは言葉にならない。ただ喘ぎ声が漏れるだけだ。声の裏で、十太のギターがひたすら繰り返される。いつもの同じフレーズが、聖来を搔き消すように響いている。それだけが救いだ。それだけが……。

ボンッ。

「ひっ」

聖来と早川は思わず身を竦めた。大きな音がして、足元が揺れたように思えた。十太の演奏が止まった。そして下から怒声が響く。続けて椅子が倒れる音。

十太。

聖来は早川を思い切り突き飛ばす。早川の体が錆びた棚にぶつかり、「うがっ」と呻《うめ》き声が上がる。それでも聖来は早川を振り返らず、乱れた服を直しながら部屋を出る。

十太、ギターを弾いて。

階段を駆け下り、理科室へ向かう。

「おい霧野！　テメエどういうつもりだよ！」

理科室から語気の荒い声が聞こえてきた。聖来は躊躇せずに戸を開ける。ギターを提げた十太の襟元を、肩幅の大きい男が締め上げている。ギターの先に延びたシールドはアンプから外れていた。あの巨大な音は、それが抜けたときに鳴ったのだろう。

「止めて！　十太を離して！」

聖来が叫ぶと、男がぎょろりとこちらを振り返る。

「誰だお前。……霧野、バンド辞めて女といちゃついてたのか？　何がしてえんだよ！」

再び男は十太に向かって怒鳴る。十太は抵抗せず、細い首を折り、俯く。聖来はその間に無理やり入り、十太から男を離そうとする。

「違う。私が十太に擦り寄ってるだけ。十太は私のことなんて見ていない」

そう、見てなんかいない。男が戸惑ったような顔を一瞬浮かべた。聖来は男を睨《にら》む。

「一体、何があったの」

その眼光に怯《ひる》んだのか、男は苦虫《にがむし》を嚙み潰したような顔で言う。

「……こいつが突然、俺らのバンドを抜けたんだよ。ろくな説明もしないで、『一緒にやれない』とかぬかしやがる」

十太が口を挟む。

「あのままじゃ、音楽祭はうまくいかなかった」

「うるせえ！　そういう、全部分かってます、みたいな態度がムカつくんだよ！」

男が唾を散らしながら叫ぶ。

「今日、音楽祭のスケジュールを見たら、お前の名前が当たり前みたいに載っていた。しかも、大トリの俺らの前。お前、音楽祭に一人で出んのか？　そんなこと、誰も求めてねえよ。何がしてえんだよ、最後の学園祭なんだぞ」

十太は視線を逸らし、呟く。

「最後じゃない」

「は？」

「まだ、途上だ」

十太はどこかを睨む。ずっと遠くに焦点があるようだった。

途上は終わらない。いつまでも彼方《かなた》を見続ける。

男が声を荒《あら》らげた。

「……何だよ、知ったような顔してんじゃねえ！」

聖来を無視して十太にまた摑みかかろうとする。

そのとき、戸の向こうに別の人影が現れる。

「聖来」

早川だった。聖来の身が竦み、思わず十太の胸によろけると、硬質なギターのボディーが背中に当たった。

「霧野だけじゃなくて、こいつにも愛想《あいそ》振りまいてるのか」

独白のような細い声。「俺は関係ねえ」と、十太に絡《から》んだ男が反論するが、早川の表情はまるで変わらない。早川の勘違いだが、聖来はそのまま勘違いしてくれればと思う。軽蔑《けいべつ》し切ってくれればいい。

早川は呟く。

「どうして俺のことは見てくれないんだよ。……ちゃんと拒んでくれよ」

聖来は項垂《うなだ》れながら呟く。

「……ごめん」

心の底から思った。聖来と近しくなった誰もが、こうして聖来に怒り、離れていく。何度同じことを繰り返せば自分は気が済むんだろう。

早川は聖来に近づいた。

「俺、お前のこと、助けたかった」

胸が詰まった。けれど、気付けば言葉を返していた。

「私はもう救われないよ」

早川は一瞬だけ悲しそうな表情を浮かべ、そのまま理科室から立ち去っていく。階段を下りる足音がこちらまで響いてくる。

「訳分かんねえ……」

十太に絡んでいた男が頭を掻きむしり、苛立ちを露《あら》わにしながら身を翻《ひるがえ》す。

聖来と十太だけが残された。聖来は腰が半ば抜けたまま、身を十太に預けている。腰骨の後ろにギターが当たり、肩は十太に支えられていた。聖来が自分の力で立ち上がっても、十太は聖来の肩を抱えたままだ。

首を回し、十太の方を見る。十太は聖来より少し背が高いから、自然と見上げる形になる。そのまま目が合う。キスされるかと思ったが違った。その目はまたずっと遠くを見ている。十太とは焦点がどうしても合わないのだ。

十太の左腕が聖来の腰に回った。聖来の頭に右手が置かれ、そのまま撫《な》でられる。十太が聖来の肩に頭を預けた。十太の耳が、聖来の中を聞くように首元へ当てられる。十太は遠くを眺めながら、聖来を撫で続けた。

ああ、十太も満たされないのか。

聖来は思った。

十太には何かが欠けている。それは人なのか、物なのか、他の形をしているのか……分からない。だが確かに空白がある。そしてその空白に理由はない。宿命とか、運命とか、そういう類の空白もあるのだ。十太はきっと、それを埋めようとして生きている。でも埋まるはずがない。パズルの穴を埋める一ピースは、初めから存在していない。

聖来だって欠けている。今日も愛を求めている。けれど本当は、どれだけ愛されたってこの欠損は埋まらないのだ。誰かと付き合うたびに絶望するのは、愛されたところで満たされないということに気付いてしまうからだ。

十太は聖来を愛してくれない。何故なら、十太の欠損は聖来では埋まらないから。でも受け入れてはくれるはずだ。何故なら、十太も欠損を埋めようとしているから。

聖来は十太に撫でられ続けた。

二人で学校を出る頃、太陽はほとんど沈んでいた。十太は最寄りの駅まで歩き、隣町へ帰る。一方、この町に住んでいる聖来は自転車通学だ。

聖来は自転車を引き、高校から駅まで十太の隣を歩く。

「聖来の家はこっちじゃない」

「今さら、駅までつきまとっても文句言わないでしょ」

十太は感情の読めない顔のまま、無視を決め込む。会話らしい会話もないまま、五分ほど歩けば駅に着く。じゃあね、といつものように別れて、聖来は帰路につく。

人気《ひとけ》のない住宅街へ自転車を漕《こ》ぎ進める。アスファルトと自転車のタイヤが、乾いた摩擦《まさつ》の音を響かせる。

十太の存在をどう形容すればいいのだろう。

聖来はいつも、自分を愛してくれるように相手を仕向けていた。相手が好む表情、着こなし、化粧をいち早く覚え、相手の好意に感覚を澄ませた。自分を愛してくれる人間だけを近くへ置くようにしていた。それは訓練の賜物《たまもの》だ。物心ついた頃から心が飢《う》えていた。

けれど、いざ相手に愛されると、途端に気持ちが沈んでいった。人間関係にばかり執着する自分が虚《むな》しくなり、劣等感で心に穴が開く。絶対に幸福になれない自分に絶望する。

十太が特別なのは、彼が聖来を受け入れつつも愛そうとはしないからだ。十太は音楽に必死になり、音楽では埋まらない欠損に喘いでいる。

辺りは次第に暗さを増していく。住宅街の白い街灯が等間隔で灯《とも》る。その中で、色彩の違う明かりにふと気付く。鳥居に掛かった、薄橙の行灯《あんどん》。いつもは気にも留めない小さな神社が、今日は何故か目に付いた。

神様。

そんな言葉が聖来の中に降り立った。十太は、神様。小さく呟いてみれば、十太という存在が聖来の中で一気に整理されていく。聖来は自転車を止めて境内《けいだい》に入る。

神社に入るなんて何年ぶりだろう。そういえば、神社のおまじないなんていうのも流行《はや》ったっけ。切り出された大きな石が敷かれた参道《さんどう》、心もとない行灯の明かり、空の闇にほとんど溶けた木立の影。聖来はふらりふらりと足を進める。

十太はどれだけ近づいてもこちらを見ようとしない。どれだけ求めても聖来に心を開くことはない。でも、だからこそ聖来は望み続けることができる。薄い渇望《かつぼう》で身を包めば、満たされないという絶望に気付かなくて済む。

本殿《ほんでん》の前に立ち、手を合わせて頭を下げた。

『十太と一緒にいられますように』

そう祈っていた。十太は聖来の神様だった。

‡

死にたい。

学園祭の喧騒《けんそう》が満ちる渡り廊下、聖来は人を掻き分け進んでいる。人がたくさんいる場所は嫌いだ。誰もが幸せに見えて、自分は幸せにはなれないという劣等感に襲われる。

本当は学園祭なんて休もうと思っていた。でも、一つだけやらなきゃいけないことがあった。

十太の歌を聴くのだ。

音楽祭は体育館のステージで行われている。渡り廊下を抜けて体育館の入り口へやってくると、既に中から重低音が漏れていた。暗幕をくぐって中に入れば、高まった熱気が襲い掛かる。

十太の前のバンドだ。演奏している曲は、今年流行したバンドのコピーだった。

観客はステージ周りを立ち見で取り囲んでいた。ちょうどステージに立つバンドの演奏が終わり、歓声が上がる。ステージの上が幕間《まくあい》用の薄暗い明かりに切り替わる。人が入れ替わる合間を見計らい、聖来は観客の中へ入る。周りの人間がタイムスケジュールを確認している。

「あと二組で終わりだね」「大トリのバンド楽しみ」「次のやつ、誰？ ザ、ノイズ、オブ……？」

十太のことは誰も知らない。彼らしい。

薄暗い舞台に、ギターを提げた十太が現れた。白いカッターシャツ、黒い学生ズボン、ダサい上履《うわば》き。いつもと何も変わらない。でも、どうしてか様《さま》になっている。十太は音の確認を始める。ギターを軽く弾き、時折、単音を混ぜる。観客のざわつきが自ずから静まっていく。マイクに口を近づけ、声変わりを引きずったような嗄《しゃが》れ声を出す。曲の体《てい》をなしてはいないのに、音が遠くで像を結んでいるように、確かに音楽になっている。

体育館の中が気配で充満し、十太の音楽以外を沈黙が包む。確認が終わったらしく、マイクの前でゆっくりと目を閉じる。呼吸音をマイクがわずかに拾う。

照明が点《つ》いた。

十太は真っすぐ前を見る。観客の方ではなく、そのずっと向こうで焦点が合っている。また遠い目をしている。

息を小さく吐き、口を開く。

「ノイズ・オブ・タイド」

the noize of tide

十太が素早くギターを掻き鳴らした。そのまま揺れ動くコードを畳《たた》み掛ける。有無を言わせない演奏は、波のように観客を呑み込んでいく。解決感のないまま、じりじりと転がっていく、ささくれ立った響き。心の上を何度もなぞるような、微《かす》かに歪《ゆが》むギターの音色《ねいろ》。十太が足元のペダルを踏むと、音が太く激しくなる。どこへ辿り着くか分からないフレーズに翻弄《ほんろう》され、音が抜け、穏《おだ》やかなコードに戻る。

すごい。

聖来は息を呑む。理科室で見る十太から何も着飾っていないのに、彼はステージと一体になっている。

インストゥルメンタルのまま演奏は穏やかな方へ向かっていく。そして気付けば、いつものフレーズが始まっていた。十太が理科室で何度も弾き、聖来が上の準備室で何度も聞いた。寄せては返す波のような音。それが繰り返されるたび、感情が流れ去る。

「凪《なぎ》に溺《おぼ》れる」

十太がそう呟く。それが曲名だと気付く前に、十太は歌い出す。

黒い海は凪《な》ぎ　ラジオはノイズ吐き出し
予感はまだまやかし　波打つ繰り返し

聖来はこの曲に歌詞があったことを初めて知る。それは歌というより朗読のようだ。再びフレーズが入る。ふらふらと揺れ、また同じフレーズに戻る。十太はまた歌い出す。

遠雷はどこかへ去り　君のワンピースも波
心をたぶらかし　吐き切れない苛立ち

ああ、十太の頭で揺れていたのは、このワンピースだったのか。誰のワンピースなんだろう。精子に汚れた聖来のスカートでないのは確かだ。十太はこの曲を理科室では歌おうとしなかった。この曲は聖来には決して明け渡されない曲なのだ。十太が遠くを見る。宙に浮かぶ、ワンピースの蜃気楼《しんきろう》を見る。

いつまでも途上に立ち　祈りを繰り返し
水平線の先　また出会う二人

十太が理科室で胸倉を摑まれていたとき、こう言った。

『まだ、途上だ』

十太は途上にいる。だから聖来には振り向かない。

ララ、と十太がメロディだけを歌う。言葉にならない大きな感情が、体育館に渦巻くのを感じる。

「……ララ」

横から声がする。振り向けば、あの秋穂が立っている。ステージを食い入るように見つめ、十太の後を追うようにメロディを口ずさむ。目元が歪んでいる。

秋穂につられ、堰《せき》を切ったように合唱が始まった。控えめに、しかし確かに、観客からの声が聞こえてくる。声の主は増えていく。その一つ一つが切実な響きを帯びている。

十太は遠く向こうを望み続ける。聖来のことを見てはくれない。その事実をもう一度思い知る。

苦しい。

でも、この苦しさがあるから、聖来は絶望しなくて済む。人間でいられる。

気付けば大合唱になっている。誰もがステージの上を呆然《ぼうぜん》と眺める。食い入るような目をしていながら、無心で歌っている。

十太が声を張り上げ、ギターを荒く鳴らす。最後の一掻きが激しく響き、放り出されるように曲が終わる。

沈黙。

十太は小さく頭を下げ、ステージを去る。彼が幕内に捌《は》けるまで誰も口を開かなかった。その姿が見えなくなってようやく、戸惑いのようなざわめきが辺りを覆った。観客の誰もが呆然としていた。

聖来は立ち尽くす観客を押し退《の》けて、その場を離れようとする。十太に会いたい。十太を自分の近くに繋ぎ止めたい。目が合わなくたっていいから隣にいたい。聖来はどうしようもない焦りに駆られた。鬱々《うつうつ》とした思いを吹き飛ばすような衝動を、聖来は初めて感じていた。

誰もが動けなくなっている。頭へ流し込まれた衝動に戸惑い、十太のコーラスに続いてしまった自分に気付く。あの合唱は隠された渇望の発露《はつろ》だ。観客は自分たちが渇《かわ》いているということを知り、救いを求める。その渇きが自分を生かしているということを悟る。

すべてを見透《みす》かす十太には敵《かな》わない。

今日、十太は本当の神様になった。

三章　うまれる

二〇一五年　正博

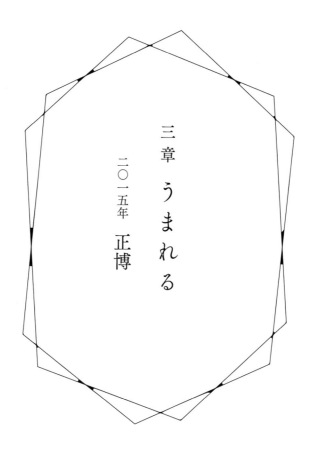

一メートルの段差が世界を変える。

木枯《こが》らしが吹く十一月、雑居ビルの地下一階。防音扉の中に入れば、世界と区切られた空間が現れる。水蒸気が飽和し、ライトの筋道が交錯《こうさく》する。粘り気はあるが、どこかひんやりとした空気。だが肌は熱く火照《ほて》っている。

石田正博《いしだまさひろ》はステージの上で、ギターが鳴らないよう気を付けながら水を飲む。一挙手一投足《いっきょしゅいっとうそく》が観客に観られているのだ。人に観られる立場という自覚は、油断すればすぐに忘れてしまう。

といっても観客の大半は、センターに立つ十太《じゅった》を観ているのだろうが。

下北沢《しもきたざわ》にあるライブハウス。いつも面倒を見てもらっている先輩バンドからの誘いでthe noise of tideは出演していた。四組中、二番手。ほどほどの演順。ライブハウスのキャパは百人で、今は七十人ほどが入っているだろう。少し窮屈ながら、まだ余裕を持ってライブを聴けるほどの入りだ。

正博は観客から見て右側に立つ。左側にはベースの金木梓《かねきあずさ》。後ろにはドラムの原田弘毅《はらだひろき》。それぞれの準備が終わると十太が口を開く。

「ありがとうございます。……次がラスト。今、新しい音源を作っています。そこから一曲」

持ち時間がどれだけでも、十太はほとんどMCをやらない。十太が喋《しゃべ》るのはバンドメンバー紹介（これもサークルの先輩に言われてやり始めた）と曲名紹介ぐらいだった。場の熱を重視するバンドが多い中、十太はそれに少しも価値を置いていないようだった。このフロントマンは明らかに異質だ。

十太がギターコードを弾き始める。

どこへ行くのか分からないコードの連続。十太の技量が為す音だ。ここにドラムとベースが加わる。音楽にメリハリがつき、全体像が見えてきた頃、正博のギターアルペジオが始まる。それと重ねて、十太が端々の嗄《しゃが》れた声で歌い出す。

the noise of tideが貫いてきたオルタナティブな音。

正博が大学二年生の頃にバンドを組み、もう四年が経った。こうしてライブハウスへ上がり始めたのは三年前。その頃からバンドの活動が本格的になり、今も活動を続けている。

今日も音は合っていた。綺麗《きれい》にパッケージされたような音が出ている。

……息苦しくなるほどに、まとまった音。

ふと、そんなことを思う。

初めてステージに上がったときの音はもっと無茶苦茶だった。到底、聴いていられないような代物《しろもの》だっただろう。でも、あのときにあって、今はないものがあった。

何かを得るためには何かを失わなければならない。しかし、得るものと失うものの総量には釣り合いが取れるのだろうか。

我に返る。

二番のサビが終わって、曲はCメロ、最後のサビへ駆けるパートに入っている。十太の敷いたコードの上で、正博のギターソロが無意識に動き回っていた。音楽に任せていた体の焦点が急激にずれ、自分のギターに向いたとき。

場違いな音。

一瞬だけ曲に違和感が立ち込める。正博のミスだ。思わず顔が歪《ゆが》む。が、何とか堪《こら》えてソロを弾き切る。振り返る暇はなく、これで崩れるほどやわでもない。

曲は大サビを迎える。観客は十太を観ている。もうミスに気を留めている人はいないだろう。十太に揺らぐ様子は一切ない。

起伏の小さい、朗読のような歌声。十太はいつも真っすぐ前を見つめて歌う。だが観客に焦点が合ってはいない。雑居ビル地下のライブハウス。低い天井、閉じた空間。こんな狭い場所で、十太には何が見えているのだろうか。

正博は十太の視線を追う。しかし、そこには黒い壁しか見えない。


ライブハウスにチケットノルマを支払い店を出る。地上へ繋がる螺旋《らせん》階段には、冷えた重い空気が流れ込む。ライブ中の熱はどこかへ消えた。正博は身震《みぶる》いし、着ていたトレンチコートを掻《か》き抱《いだ》く。ライブ後はつい辺りを見回すのが癖になっていた。青いジーパンの男を探す。しかし、その姿は今日も見当たらない。

螺旋階段の先で、ロングコートを着込んだ梓がこちらを見下ろす。背中には大きなベース。ベースはギターよりも大きく、梓の身長を軽々と上回っている。

「今日、チケット何枚出ました？」

バンドの金銭管理は正博の管轄《かんかつ》だ。梓に聞かれ、頭の中で枚数を数える。

「えーと、二十三枚」

「……いいですね。黒字」

梓が振り向くと、長い黒髪が揺れる。地上の街灯がその髪を透かした。

ライブハウスから課せられたノルマは一回のライブで二十枚。この枚数分のチケット代を出演料として納めるから、正博たちはこの枚数だけチケットを売らなければならない。このノルマをクリアできるようになったのは二年前。あのときバンドは絶好調だった。破竹《はちく》の勢いでライブ畑の階段を上っていると思っていた。

「よっしゃ、今日の打ち上げ代はゲットっすね！」

正博たちの会話に上機嫌なのは弘毅だ。バンドの賑《にぎ》やかし担当。聞こえは軽薄《けいはく》だが、この担当は意外と大事だ。こいつがライブの打ち上げで騒ぎ、色んな人間に顔を売ってくれたお陰で、チケットも捌《さば》けるようになった。

「ビール、ビール！」

弘毅は自身の重要な役割を知ってか知らずか、早くも騒ぎ始めている。正博は半笑いで溜息をつく。螺旋階段を上り切れば、そこは人々が雑多に行き交う駅前だ。正博は連絡事項を思い出し、言う。

「打ち上げ前に次の確認。明後日《あさって》の十七時からスタジオで制作な」

十太がライブのＭＣでも言った通り、今は新アルバムを制作していた。ライブと制作を繰り返す日々が続いている。

「十太もそれでいいよな」

「了解」

先にいた十太は小さく頷《うなず》く。長い前髪、百七十センチに届かない身長。茶色のダッフルコートを羽織《はお》った姿。青年というよりは少年という風貌《ふうぼう》。ステージの上で見た大きな背中は幻だったのだろうか。ライブが終わるたびに思っている。

正博たちは歩き出す。行く先は今日のライブハウス御用達《ごようたし》の安居酒屋。ともにライブに出た三組のバンドもそこにいるだろう。チェーン店の看板の眩《まぶ》しさに目を細め、腹減ったなあ、と呑気《のんき》なことを考えていた。

目の前の十太が足を止めた。

人混みの中、十太の正面に小柄な女が立っている。黒いポンチョコートを羽織り、冷たさを帯びて前に出る。

「お疲れ様」

「……聖来《せいら》」

十太の声のトーンが少しだけ落ちる。

「ライブ観てたよ。行こ」

そのまま聖来は十太を連れていこうとする。梓が「ちょっと！」と声を掛けるが、聖来は振り向きもしない。

聖来は十太の彼女だ。そしてヤバイ女だと正博は思っている。病的なところがあり、こうして突然、十太を束縛《そくばく》しようとするのだ。

しかし十太は文句を言わない。ただわずかに困った顔をするだけである。

「今から打ち上げなんですってば！」

梓は叫ぶが無視されてしまう。十太も「ごめん」とだけ言って立ち去ろうとする。が、突然、聖来は正博の方を振り返った。

「ねえ」

「……何だよ」

「十太の横でミスるの止めてよ」

思わず胸が冷えた。聖来は静かな怒りを込めて正博を睨《にら》んでいる。

「神様の邪魔をしないで」

飾りや大袈裟《おおげさ》さを少しも纏わず、聖来は芯《しん》のある声で言った。そのまま踵《きびす》を返す。正博の中に、神様、という言葉がエコーする。思わず奥歯を噛み締める。

聖来の冷たい目、そして十太の遠い目。

人混みに消えていく後ろ姿をただ見送る。横で梓が文句を連ねる。

「あの女、本当に何なの。何も言わない十太さんも十太さんだけど……」

「まあまあ、色んな人がいるから……」

横で弘毅が梓を宥《なだ》めている。でも、その声は正博の耳にほとんど入っていない。

神様。

その言葉が妙に脳裏へ張りついた。十太はどうして一切の迷いなくステージに立てているのか。いつまでも、正博には十太のことが分からない。

‡

十太と出会ったのは、四年前の三月。

高田馬場《たかだのばば》、正博の大学の最寄り駅。昼には通行人が往来するだけの駅前広場も、夜になると姿を一変させる。装いを整えて誰かを待つ男女、飲み会でもあるのか集合するどこそこのサークル部員、ダンスの練習をする若者。夜が深まれば顔ぶれも変わる。下心を下に隠し切れず誘いを捲《まく》し立てる男、躱《かわ》そうと笑う女、酩酊《めいてい》のまま植え込みに崩れる屍《かばね》。

当時、正博は大学一年生だった。勝手の分からない一人暮らしやリセットされた交友関係、期待を上回らない大学の講義。学生生活を一年終え、諸々《もろもろ》に慣れた頃だった。

賑やかな広場を傍目《はため》に、正博は足早にそこを通り過ぎようとする。俯きがちの視線にふと何かが飛び込んでくる。驚いて顔を上げると、そこには桜の木立。夜に映《は》える淡い花弁《はなびら》。

東京に来てから季節が一周したのだと思い知る。少しも成長せず、同じ場所へ戻ってきてしまった気分だ。

何かを変えたかった。

大学に入ればすべてが始まる。そんな期待をして高校時代を過ごしていた。高校の軽音部で続けたギターは劇的な人生のための下準備だった。東京は渦を巻く街だ。そう信じて飛び込んだ。大きな波が勝手に立ち現れ、正博を搦《から》め捕《と》るのだと思っていた。

でも、何も起こらなかった。

期待を胸に入った軽音サークルは楽しかったが、楽しいだけだった。高校の軽音部と変わらない、音楽の真似事《まねごと》の延長線に思えた。人付き合いに遊びに酒。にこやかな周りの人々を見て、正博は楽しさと同じだけの空っぽさを感じていた。

歩みを進めるたび、背負っていたギターが骨と擦《す》れる。白のストラトキャスター。フェンダー社の下位ブランドの一品を、バイトで稼いでどうにか買った。十万円を超える買い物は人生で初めてだった。あのときの昂揚《こうよう》を確かに覚えている。しかし、感じた熱は残滓《ざんし》すら見当たらない。

溜息をついたときだった。

雑踏の中、重たい空気が揺れる。硬質なギターの音。

はっと目が開く。後ろから聞こえた。振り向くと、植え込みの前に立つ男がギターを構えている。正博と同じか、それよりも幼く見える男だ。いかにも大学生という茶色のダッフルコートを着ている。何より目に付くのは赤いエレキギター。街灯の光を跳ね返す艶《つや》やかなボディー。

高校生が胸ポケットにナイフを忍び込ませるような、どぎまぎする鮮烈さ。

通行人は誰も足を止めず、彼をいないものとして扱う。そんな中で男はギターを掻き鳴らす。少しずつ変化するコードの連なり。緩急《かんきゅう》を持って混じるアルペジオ。堂々と立ち、表情ひとつ変えずにギターを弾く男の姿。

　知っている曲のコピーだと遅れて気付く。

　正博が昔よく聴いたインディーズバンドの曲だ。自主レーベルで九年の間ずっと活動を続けたこのバンドは、前の年の六月に突如解散した。たまたまネットニュースでそのことを知り、最近あまり聴いていなかったくせに胸が締めつけられたのを覚えていた。

　気付けば正博はその男に近づいていた。男がマイクもないまま歌っていることに気付く。少し嗄れた淡い声が嫌味なく響いている。心をぼーっと揺らすような音だ。

　男はただ弾き語りを続ける。その目はどこか遠くを見ている。彼だけに見える何かを追い駆けているようだった。迷いがなく、澱《よど》みもない。

　そのとき、正博の心の底で何かが目覚めた。

　彼の見ているものは、自分がずっと求めていたものなんじゃないか。

　演奏が終わる。男はわずかに余韻《よいん》を感じて目を閉じた。音を吐き出す彼の世界は、実のところ、よほど静かだ。凪《な》いでいながら、さざ波がもっと遠くへ進もうとしている。

　その姿がどうしようもなく美しく見えた。このまま別れてしまったら絶対に後悔する、そんな予感に身が震えた。あまりに鮮《あざ》やかな情動だった。

「なあ」

　正博は話しかけていた。男が驚いている。何を言うか考えていなかったことに気付き、必死に言葉を探す。

「……その、すごく、よかった」

出てきたのは陳腐《ちんぷ》な感想で、自らの感情の昂《たかぶ》りはまるで表せていない。でも、何かが通じたのかもしれない。似た者同士だった……というのは驕《おご》り過ぎだろうか。

「……ありがとう」

男は俯き、呟《つぶや》いた。「ありがとう」と、もう一度言った。

これが十太との出会いだ。


十太は毎週、駅前広場に立っていた。正博もそのタイミングで広場に行き、十太の演奏を聴いた。インディーロック、ギターポップ、エレクトロ、オルタナティブロック……。音楽の趣味が無性《むしょう》に合った。やがて聴いているだけでなく、いつしか正博もその場で演奏していた。もうオーディエンスは必要なかった。

同い年くらいに見えた十太は、正博の一つ上だった。そのことを知るまでにタメ口が板についてしまったので（十太はなかなか自分のことを語らないのだ）、正博は今も敬語を使わずに喋っている。当時の十太は大学生だったが、授業へほとんど行っておらず、結局は大学を辞めてしまった。物静かで、他者と交流を持とうとせず、漫画喫茶のバイトをするほかには社会との接点が見当たらなかった。

そのくせ、駅前広場で堂々と歌っているのだ。

ちぐはぐさと同じだけの意志が確かにあった。

十太の演奏は聴けば聴くほど引き込まれた。オリジナルの曲をいくつか持っていて、そのどれもがじりじりとしたコード進行で奏《かな》でられる。ピントが彼方《かなた》で合っているような曲だ。派手ではないが、心がぐっと連れ出される。正博の好みの音であり、なおかつ途方もない器量《きりょう》を感じさせる。

音楽のセンスでは十太に到底敵《かな》わない。

ただ、正博にも得意なことはある。ギターに加えて、パソコンでの音楽制作ができた。ガジェットを触って育った子供だという自覚があり、大学も情報学部に通っていた。電子音の制作や音の加工、機材の調整……音作りや裏支えには自信があった。

出会ってから数か月が経つと、正博たちは自然と曲を作り始めていた。互いの家やスタジオから、日々、新しい音が生まれていくようだった。十太は遠い目をして、遥か向こうから新しい音を引っ張ってくる。

梅雨《つゆ》入りが発表された六月初め。梓と再会したのはこの頃だった。

「先輩、お久しぶりです」

いくつかの大学軽音サークルが合同で行ったライブイベント。その打ち上げで話しかけられ、梓も上京したのだと知った。彼女は一つ下の高校の後輩で、同じ軽音部に所属していた。楽器はベースだ。

「髪、伸びたな」

高校時代、梓とはそこまで親しかった訳ではない。でも彼女がかつてはショートヘアだったことぐらいは覚えていた。梓は怪訝《けげん》そうに首を傾《かし》げる。

「いきなりそこですか」

「大事だろ」

「何故《なぜ》？」

そりゃあ……。

「女性ベーシストは黒髪ロングって相場が決まっている」

正博の信条だった。

「偏見《へんけん》ですよ」

そう言う梓はクスクス笑う。

「あれか？　失恋したからショートカットにする、みたいな。いや、でも髪伸びてるな」

「何で自問自答してるんですか」また梓は笑う。「本当にそんなんじゃないですよ」

「じゃあ何だよ」

「髪伸ばしたら、何か変わるかなあって思って」

どういうことだよ、と軽い言葉を言いかけて、口を噤《つぐ》む。

『何かを変えたかった』

似たようなことを、正博だって数か月前に思っていた。

「私、何にもできないんです」

梓は笑っている。でも、目に少しだけ影が差す。

「……ベースが弾けるだろ」

「それだけです。何となく東京に出て、ほどほどの大学に来て、だらだらベースを続けて」

梓が小さな溜息をつく。

「私はその程度なんです」

正博はその溜息を知っているような気がした。

「……変わりたいか?」

「え?」

バンドを組むにはベースが必要だった。


「どうも!　弘毅って言います!」

スタジオで会って早々、馬鹿みたいに大きな声で自己紹介が飛んできた。ドラムセットの後ろにガタイのいい男がいる。正博と梓は顔を見合わせる。

梓を十太に引き合わせようとした日、ちょうど十太も別の人間を連れてきていた。それが弘毅だ。弘毅は嬉々《きき》として喋った。

「十太さんはバイトの先輩なんです。いつもギターを持ってきてて、俺はドラムやってたんで、ずっと気になってたんすよ。それに十太さん、無口でカッコイイじゃないすか、こういう人と演奏してえって思って……」

ペーラペラペラペラ……。

マシンガントークが続き、それを十大は無言で眺めている。内容をかいつまむと、弘毅は梓と同い年で、高校からドラムを叩《たた》いていたらしい。今は工業の専門学校に通っているそうだ。十太と正反対の賑やかさを誇る。しかし、相変わらず無口な十太と隣に並べてみると、妙に収まりがいい。

そして何より、ただ賑やかな男ではなかった。

「俺、専門学校に通うって親父と約束して、東京に出てこれたんすよ。でも、だらだら毎日暮らしてたら、あっという間に時間が経ってて。もう、パッとしない人間、みたいな。……何か感じたいんすよね。俺はこの街で生きてるんだー、って胸を張りたいんすよ」

弘毅はポリポリ頭を掻き、口を閉じた。

人が溢《あふ》れそうになりながら生きるこの街を、正博は水の満ちたコップのようだと思った。やって来る人がいて、追い出される人がいる。その流動を分かっていながら、そこへ飛び込むだけの勇気を確かに出した。

それはきっと、東京でしかできないことがあると信じたからだ。

弘毅も正博と同じものを信じたのだろう。

今、自分はあのときの勇気に報《むく》いて生きているだろうか。

正博と十太が作った曲の中に、一曲だけバンドアレンジの為されたものがあった。ベースとドラムは打ち込みで作った。でも、今なら生音《なまおと》で弾くことができる。

それぞれが無言で練習した。二時間しかスタジオを借りていなかったから、いきなりだがサビだけをやることにした。練習中の断片的な音だけでも正博は鳥肌が立った。いける。

皆が同じ頃合いに練習を止めた。ふと顔を見合わせる。誰からともなく頷き、呼吸が合う。弘毅がドラムのスティックでカウントを取り、一気に演奏に入る。揃《そろ》った。

体がビリビリと痺《しび》れた。二本のギター、ベース、ドラムが曲を一気に形作る。正博の調整したエフェクターが音を歪ませ、調和を生み出す。その上で、歌詞の決まっていないメロディを十太がラララと歌う。美しく嗄れた声が空間に沁《し》みていく。交わり、大きな音が響く。

音は空気の振動だ。振れて伝わるものこそ波だ。

波が襲い掛かる。正博の待っていた大きな波がついに形を持ったのだ。

夢中で演奏した。突貫工事のような練習だったから、音が完璧《かんぺき》に合う訳はなかった。それでも曲として成り立っていたはずだ。迸《ほとばし》る体を抑えながら、どうにか最後まで弾き切った。

弾き終わっても鼓動が高鳴ったままだった。左右を振り向くと、梓と弘毅が頰を紅潮させている。正博は続けて十太を見た。

十太は口元を強張《こわば》らせ、鼻を押さえて泣いていた。

目が合う。十太の目に涙が滲《にじ》んでいる。正博は初めて十太とちゃんと目が合ったと思った。ずっと遠くを見ていた十太が、初めて正博に焦点を合わせたような気がした。

弘毅がぼそりと呟く。

「俺、売れるまでこのバンド辞めません」

梓が聞く。

「……売れたら辞めちゃうの？」

「……売れても、辞めません」

誰ともなく顔を見合わせて笑う。まだバンドを組むなんて言っていなかったのに。

‡

白い壁、木の床、大きな窓。徹底的に温《ぬく》もりを考えられた設計なのに、冷えた命の気配を感じて身が竦《すく》む。

正博は都内の大学病院にいた。入院しているばあちゃんの見舞いだった。面会時間は十五時から。スタジオに行く前に顔を出しておこうと思った。

ギターを背負っていると、病院内で行き交う人に必ず注目されてしまう。音楽で癌《がん》は消えず、骨は繋がらず、血管は広がらない。悪かったなと思いつつ、もう来慣れた病室の戸を開く。

白いカーテン越しの陽光。

四人部屋で、ばあちゃんは窓側の一角にいる。仕切りを開き、文庫本を読んでいる。戸を開けた音でこちらに気付いたようだが、視線をすぐに手元へ戻した。見舞いが来れば多少は嬉しいと感じるのだろうが、ばあちゃんはいつも最初はこうして視線を逸《そ》らすのだ。どうやらそれがばあちゃんなりの年長者の配慮というものらしかった。

ようやく、ばあちゃんが顔を上げて言う。

「いらっしゃい」

「おう。元気?」

「元気なら退院してるよ」

「……それもそうだ」

ばあちゃんはカカカと笑った。元気そのものなのに、と思う。胸が痛いといって緊急搬送されたのが半年前。肺癌が見つかり、専門外来があるこの東京の病院へ移され、今も入退院を繰り返している。

「ほら、突っ立ってないで座んな。ギターはそこに置いて」

「言われなくても」

脇にある小さな椅子に腰掛ける。ばあちゃんは文庫本を閉じようとしない。退屈などしていない、というアピールなのかもしれない。

ばあちゃんの家と正博の実家は同じ町内にあり、両親が共働きだったこともあって、よく面倒を見てもらった。じいちゃんは正博が物心つく前に亡くなっていたから、ばあちゃんと二人の時間が多かった。正博は、自分の他者との距離感は、このばあちゃんとの時間によって築かれたと思っている。

ばあちゃんがためらいがちに聞いてきた。

「……最近、あんたはどうだい？」

「どうって……まあ、ぼちぼち？」

正博は持ってきた小さなラップトップを開く。「GAMPS_20151028.mp4」というファイルを開くと、貧弱な音とともにライブの録画映像が流れ出す。

「この前のライブ。結構盛り上がった」

ばあちゃんは「おお……」と驚いているのかいないのか曖昧《あいまい》な声を漏《も》らす。音楽を楽しんでいる訳ではなさそうだが、その横顔は嬉しそうだ。

身内で正博を認めてくれるのは、ばあちゃんだけだった。

正博は現在、大学四年生。とはいえ休学中で、もう大学には一年以上通っていない。十太は大学を中退し、アルバイトで食い繋いでいる。ベースの梓は大学三年生でこちらも休学中。ドラムの弘毅は専門学校を卒業して、親の反対を無視してフリーターになっている。この四人が、the noise of tideとかいう、よく分からない名前のバンドをやっている。

こんな息子、呆《あき》れない親の方がおかしい。正博が最後に帰省した（といっても実家は群馬《ぐんま》、そう遠くない）のは二年前。それからはほとんど連絡を取っていなかった。

「あんたも頑張ってるのねえ」

ばあちゃんはライブ映像を観ながら微笑《ほほえ》む。

「そんな、大したことじゃないよ」

「そうかい？　この前は大きなライブをしたんだろう？」

正博は思わず苦《にが》い顔をする。

「この前って、あれはもう今年の二月の話だよ」

九か月前、the noise of tideは初めてのワンマンライブを開いた。

出るライブごとにチケットが二十枚ほど売れ、ライブハウスのノルマをこなせるようになってきた頃合いだった。バンドの曲数も十曲を超えていた。自分たちにどれほどの実力があるか試したかった。

下北沢にあるキャパ百五十人のライブハウスをブッキングした。赤字覚悟の背伸びだったが、バンドの活路を開くための賭《か》けだった。すべてのコネを使って人を集めた。

八十五枚。

それが売れたチケットの枚数だった。

隙間のある客席をステージから眺め、これが今の自分たちだと唇を噛んだ。

ライブハウスから出ると、男が立っていた。正博たちより少し年上に見える、青いジーパンの男だ。小太りで縁の太い黒メガネをかけている。目立つところはないが、どういう訳か一介の観客とは違う雰囲気を湛《たた》えていた。

「横井《よこい》、と申します」

服装と釣り合わないほど律義にぺこりと頭を下げる。きょとんとしている正博たちに向かって、横井は名刺を取り出す。そこには『ワンダーミュージック　人材開発部　マネージャー』の文字。ワンダーミュージックといえば、有名なレーベルやアーティストをいくつも抱える、日本屈指の音楽企業だ。その名刺に面食らっていると、

「連絡先、教えて頂けないですか」

　横井が話しかけてくる。あれよあれよという間に連絡先を聞き出される。

「ライブ、よかったです」

　横井はそれだけぼそっと言い、立ち去ろうとする。

「え、あの、連絡、待ってます」

　正博が何とかそれだけ口にする。

「頑張ります」

　横井はまた律義に頭を下げ、去っていった。

　急なことにぽかんとして、遅れて興奮が込み上げた。あのワンダーミュージックの人間が自分たちのライブを観ていた。そして、名刺をくれた。とんでもないことだ。凄《すさ》まじいことが始まる気がした。

　けれど、連絡は来なかった。

　そんなもんだとは分かっている。けれど今もどこかで電話が鳴るのを待っている自分がいる。連絡が来てくれなければ困る、とまで思っている。どのライブ後も、あの日見た青いジーパンの

男を探してしまうのだった。

「このテレビであんたの姿を観られるのはいつだろうねえ」

ばあちゃんは脇のテレビを見て笑う。皮肉ではなく、心から言っているようだった。

「……その頃にはとっくに退院してるよ」

その頃とはいつになるのだろう。

「私があんたくらいのときは、全然違ったわねえ」

ばあちゃんは「昔話をしたがるのは悪い癖ね」と自嘲《じちょう》する。

「すればいいのに。暇なんだろ？」

「どうせ退屈な話にしかならないわ」

「いいよ。聞き流すし」

「相手の退屈な話に付き合うのは、相手を突き放すのと同じことよ。相手を相手自身の檻《おり》に閉じ込めてしまう」

「……捻《ひね》くれた老人は嫌われる」

「そうね、見舞いに来てくれるのは孫のプー太郎くらいだもの」

そう言って上品に笑う。

ばあちゃんは高校卒業後、すぐに毛織工場に勤めたらしい。ダラダラと大学に居座る誰かとは大違いだ。こつこつ働き、そのうち見合い話が来て退職した。その相手がじいちゃんだ。町の自動車整備工場で働いていたじいちゃんは、結婚後に大手自動車メーカーの技術者に転職した。もともと自動車を作りたかったらしく、転職後は仕事人間になったと聞く。帰りの遅いじいちゃんを、ばあちゃんはずっと待っていた。

ばあちゃんは薄いカーテンの向こうをじっと眺めている。

「まあ、若いというのは、いいものよ」

返事を求めない呟きだった。

正博は自分がばあちゃんにどのように見られているか気になった。ばあちゃんが見出すのは、懐古《かいこ》か、憧憬《しょうけい》か、未練か。ばあちゃんの表情には波一つ立たず、まるで感情を読み取れなかった。

「さあ、若者はそろそろお行き」

ばあちゃんに言われて時計を見るが、見舞いに来て三十分ほどしか経っていない。この静かな時間は嫌いじゃないが、そう言われちゃ動くほかない。正博は立ち上がり、ギターを背負う。

「……じゃあ、行くよ」

「あ、ちょっと」

ばあちゃんに呼び止められる。ばあちゃんは体を起こし、棚の引き出しを開けようとしている。手伝おうとするが、腕で止められる。

「はい、これ」

取り出されたのは可愛い犬のポチ袋だった。

「いや、いいよ別に」

身を引くが、強引に手へねじ込まれる。

「年寄りと若者を結びつけるにはお金が一番よ」

ばあちゃんは少しだけ悪戯《いたずら》の混じったような声で言う。

「やりたいことに使いなさい。やらなきゃいけないことじゃない、やりたいことに。いいね」

じゃあね、とばあちゃんは手を振る。その手の細さには見ないふりをしながら、正博も手を振り返す。

廊下《ろうか》に出て中身を見ると、三万円が入っている。

何かを託されているのだとして、自分はこのお金をどう使ったら報いられるだろう。頑張りたい。でも、バンドが売れるにはどこから頑張ればいい。

ずっと筋道を探している。

‡

見舞いが早く終わったこともあり、正博がスタジオに着いたのは十六時過ぎだった。スタジオの集合時間は十七時。時間があったので先に部屋へ入る。練習したいところがあった。

先日のライブでミスをした、あのソロパートだ。

『神様の邪魔をしないで』

聖来の言葉を思い出す。十太と去っていったときの捨て台詞《ぜりふ》。

アンプにシールドを繋ぎ、早速弾き出す。初めは動きが硬いが、二度三度弾いていればすぐに手が柔らかく動いてくる。そもそも自分が作ったフレーズなのだ。弾けて当然だとも思うし、やはり弾ける。

……なら、あのとき感じた違和感は何だ。

考え出すと演奏する手が止まった。そしてふと思い至る。こうして演奏を止めてしまうような、ぼんやりとした考え事があのライブ中にも脳を過《よぎ》ったのだ。心が、すん、と落ち着いて、先へと進むのを諦めてしまう。

首を振る。とにかく練習だ。またギターを弾き出す。

「……早いですね」

スタジオの入り口から声がした。手元から視線をずらすと、梓がベースを背負って立っている。赤いマフラーの上には寒さで赤くなった鼻。それでようやく我に返る。

「ばあちゃんの見舞い、早く終わって」

「ああ、入院してるんでしたっけ。病院ここから近いんですか？」

「ぼちぼちかな」

正博が病院の最寄り駅を告げると、梓が「ああ」と頷く。ここから電車で四十分ほど離れた駅だ。梓がそのまま尋《たず》ねてくる。

「おばあさん、元気でしたか？」

「……『元気なら退院してるよ』って言われた」

既に同じ轍《てつ》を踏んでいる。

梓が苦笑《にがわら》いを浮かべたとき、また入り口の扉が開く。十太がいつものダッフルコートを着て入ってくる。

「おはよ」

正博が声を掛ける。十太はわずかに頷くが、すぐに表情を強張らせる。

「……この前は、ごめん」

ライブ打ち上げを蹴ったことだろう。梓が、はあ、と溜息をつく。

「別に。弘毅が十太さんの分も騒いでくれたし、そもそも十太さんは静かだからいいですけど。聖来さん、何とかならないんですか?」

「聖来は……いや、ごめん」

十太はただ謝るだけだった。梓は不服そうに「まあ、いいですけど」と呟く。

聖来と十太の関係は長いと聞く。同じ高校の出身で、十太の上京に聖来もついてきたそうだ。聖来は学校に通っておらず、上京当時から完全にフリーターだった。どうして彼らが一緒にいるかは分からない。

梓と十太が楽器を取り出して弾き始める。そうしている間に、時刻は十七時十五分を過ぎる。

「弘毅、来ないですね」

梓が口を開く。「だなあ」と正博も呟く。弘毅がこうして予定に遅れるのは初めてのことじゃない。数か月前までは弘毅がバンドメンバーの中で一番暇そうだったが、最近は何やら忙しいらしく、皆のスケジュールが弘毅と合わないことも多い。

「すんません、遅れました！」

弘毅が勢いよく部屋へ飛び込んでくる。何が詰まっているのか、背負ったリュックサックがパンパンになっている。今日もガタイがよく、冬なのに額に汗が滲んでいた。

「遅い！」

梓から怒りの声が飛ぶ。

「ごめん！　間に合うかなあって思ったんだけど……」

「いいけど、遅れるならちゃんと連絡して！」

「へい……」

こうして怒られている様子も、いつもならどこかカラッとした雰囲気がある。しかし、今日は何だか空気が重い。冬だからか、とたわ言を思う。

the noise of tideの曲作りは主に正博と十太が進める。どちらかがメロディやコードを持ち寄り、そこにメンバーそれぞれが音を付けていく。歌詞は十太が書く。

正博が「とりあえず前回決まったところまで」と声を掛け、制作中の曲を合わせる。この曲は正博のギターフレーズに十太がコードとメロディを付けたものだ。耳残りのいい正博のフレーズとじりじりした十太のコード進行。そこに仮のベースとドラムが乗っている。悪くない響きだと思う。

「……で、どっから決める?」

一通り弾き終わり、正博は腕を組む。ここからは音の局所と全体をどちらも捉えて作らなければならない。聴き手を飽きさせない細かな音を加えつつ、全体のリズム感や粗密《そみつ》、曲のテーマを守る。それぞれのアイデアとバランス感覚が問われている。

「じゃあ、私」「俺から」

梓と弘毅が同時に手を挙げ、ともに狼狽《うろた》える。梓が手で弘毅を促《うなが》す。

「私、後でいいよ」

「いや、そっちが先でいいよ。決めちゃって」

「決めちゃってって何。ベース、そんな適当に決められると思ってるの?」

「いや、そんなこと言ってないし……」

結局、梓が先に弾き始める。音が走り気味で、梓の苛立ちが伝わってくる。最近どうにも細かい部分でささくれ立つ。歯車が空回りするような感覚。

「……どう?」

「え」

正博は我に返る。ぼーっとしてちゃんと聞いていなかった。もう一度弾いてくれ、とは言い出せない。

十太がすぐに口を開く。

「Bメロ、もう少しリズム感を抑えた方がいい」

梓が首を傾げる。

「そうですか？」

「Aメロから続き過ぎ、な気がする」

「でもこの曲はそういう曲かなって思って」

「……ドラムはどう？」

十太が尋ね、弘毅が「あ、叩きます」と指摘されたところを演奏する。梓がドラムに合うようなベースのリズムを探す。正博は置いていかれたまま、音を聴くふりをする。

心がやけに落ち着いている。

またか、と思う。ギターをミスしたときと同じ感覚。中身のない考え事。

かつての昂りがなかった。音楽を作るときに感じていた生みの苦しみ、生みの喜びが見当たらない。どんな音を作りたいか、誰に届かせたいかを考えられない。今までなら、四人で新たな曲を生み出すときの感情はこんなモノクロではなかった。

冷静ではなく愚鈍《ぐどん》なのだ。自分の心を罵《ののし》る。

「ここ、後ろにシンセサイザーの音、入れよう」

十太が言うので、正博ははっと顔を上げる。

「シンセ、ここに必要か？」

「いらないか？」

「……いや、入れてみる」

正博は開いていたパソコンを触り、シンセサイザーのソフトを立ち上げる。パソコンに繋いだ鍵盤を弾いて音を出しつつ、曲に合う音を探す。

「……違う、かな。もう少し、軽い音というか」

十太が言う。正博は強調する周波数を変える。通すエフェクトをあれこれ試し、音を探っていく。

「違う、なあ。もっと、サイン波が強めな気がする」

十太が言う。正博はシンセサイザーの出力する波形を調整する。

「違う、聞こえ過ぎかな」

十太が言う。正博は音量を下げる。

「違う」

十太が言う。

「違わないだろ」

正博は呟いていた。

しばらくして我に返る。十太が困ったような表情をしている。梓と弘毅も怪訝そうに正博を見る。自分は何を口から漏らした？

違う。

「……いや、すまん。もう少し調整する」

焦りながらパラメータを変え、鍵盤を押す。押せども押せども同じ音が出る。確かに別の音のはずなのに、正博には違いが分からない。

三時間ほど向かい合って音を鳴らした。曲の方向性は定まり、音も決まりつつあった。しかし進みがいいとは言えない。メンバーが互いにどこまで曲に納得しているかも分からない。

スタジオの退室時間が迫っていた。

「延長するか？」

正博は尋ねる。今後のバンドのスケジュールを考えると、制作をもう少し進めておきたい。

「私はいいですよ」と梓がすぐに頷いてくれる。

十太と弘毅からも反対意見は出なかったので、正博は席を立ち受付へ手続きに行こうとする。

「あ、ごめん」

十太が正博よりも先に席を離れた。スマホを持って部屋を出ていく。着信のようだ。扉の磨《す》りガラスの向こうで誰かと喋っている。正博はそのシルエットをじっと眺める。

やがて話が終わり、十太が部屋に戻ってきた。

「今日は帰りたい」

十太が頭を下げる。急な話で、正博は何も言えない。

「申し訳ない」

十太はただ謝る。梓が不服そうな目付きで言った。

「また聖来さんですか？」

十太は黙ったままだ。どうやら図星らしい。きっとまた呼び出されたのだろう。

「別に、帰ってもらって構わないですよ。私たちに止める権利はないし」

梓の呆れ声に、十太はぺこりと頭を下げる。

十太は聖来の呼び出しを絶対に断らない。

先に十太が出ていった後、正博たちもスタジオを退室した。駅前の雑居ビル街に出る。冷え切った路地が、店の看板によって寒々しく照らされる。冷えた空気を大きく吸うと、行き場のない胸の重たさが取れ、その解放感に逆に嫌気がした。バンドは自分を拘束《こうそく》しているとでもいうのか？

弘毅がパンパンのリュックサックを背負い直す。

「俺もまだやることあるんで先に帰ります」

「……そっか、じゃあまた」

正博が見送る。弘毅はすぐ人混みの中に消えていく。正博と梓だけが残され、駅の方へと歩く。電車の方向は途中まで同じだ。

梓がはあーっと白い息を出し、呟く。

「弘毅、十太さんが帰るって言って、絶対どっかで安心してました」

「え？」

「早く帰りたがってました」

「……本当に？」

「正博さん、鈍感ですね」

梓が冬よりも冷めた眼でこちらを見る。鈍感、という言葉が刺さる。昂りを見失い、さらに刺激を刺激として受け取れなくなったのか。これが老いか？　なんて言うとばあちゃんに睨まれるだろう。

「バンドがいい雰囲気じゃないってのには、気付いてるつもりだ」

正博は呟く。梓は何も言わず、その沈黙が肯定を示していた。

「十太はどう思ってんだろうな」

「何も思ってないんじゃないですか？　そういうことでブレる人じゃない」

「なるほど」

「まあ、聖来さんのことは気にかかるけど」

「梓、怒ってたなあ」

十太へ向けた梓の呆れ声を思い出し、思わず笑う。すると梓が何故かこちらを睨む。

「何だよ」

梓はまだ睨む。

「え、何……」

正博が思わず困ったような声を出すと、梓はぷっと笑う。正博は溜息交じりに呟く。

「俺は何で笑われてるんだよ」

「いや、正博さんはやっぱ分かってないなあと思って」

正博が文句を言う前に梓が口を開いた。

「私、聖来さんを怒れません」

「え？」

「聖来さんはムカつく女だけれど、私は彼女を責め切れない」

梓が微笑む。温度のない街の光に照らされる中、目にはどうしてか光が入らない。

「聖来さんを東京に連れてきたのは、十太さんらしいですよ。この前、聞いたんです。もともと聖来さんは地元に残るつもりだったけれど、それをかなり強引に東京まで連れ出した」

正博は意外に思う。十太がそこまで他人に干渉《かんしょう》するなんて。

「どうしてそんなことを？」

「『彼女はあの家にいちゃいけなかった』って言ってました。家が荒れてたのかもしれません。とにかく、聖来さんの事情は知らないけれど、きっと彼女は十太さんに救われたんですよ」

『神様の邪魔をしないで』

聖来の声が蘇《よみがえ》る。神様の定義は人それぞれだろうけど、聖来にとってはそれが十太だったのだろうか。

「聖来さんが十太さんを呼び出す訳、何となく分かるんです。冬って見えない何かに心を搦《から》め捕《と》られるような気がします。聖来さんもその何かを感じてる気がする。十太さんが奪われるような想像すらしてるのかもしれない」

黒く長い梓の髪の毛が街灯の冷たい光を跳ね返す。

「私も、冬は怖いんです」

見えない流れに呑み込まれ、嫌な方向へ進んでいる。そんな気がした。実体のないものに竦む自分が情けなく、しかしどこか本質的に思えた。

‡

十二月に入り、日に日に寒さが深まっていく。バンドの音源制作をこなす毎日。どこか噛み合わないまま日々は過ぎる。今日は久々にバンドと関係ない用事で、自分の状況が妙に客観的に見えた。

南キャンパスの奥深く。裏門から構内に入り、左に一回、右に二回折れる。しばらく歩くと突然に空気が変わる。小さな広場の向こうに古びたコンクリートの建物が現れる。

「おはようございます」

正博が玄関前に立つ男へ声を掛ける。

「もう昼だけどな」

男は冬だというのに半袖Tシャツを着て煙草《タバコ》をふかす。輝樹《てるき》だった。

ここは大学の自治寮だ。そして輝樹は正博の大学の先輩で、同じ研究室に所属している修士二年生である。この寮に住んでいて、こうして時折、正博を手伝いに呼び出す。休学中の正博は研究室との縁を輝樹に取り持ってもらっていたため、断る訳にはいかなかった。

輝樹が煙草を潰《つぶ》して寮内に入る。正博も後ろからついていく。玄関を入ってすぐ、廊下にものが散乱している。棚やコンロ、本の数々、箒《ほうき》、どこの国のものか分からない楽器。天井からは提《ちょう》灯《ちん》。壁には一面に張り紙、中には十年前の日付が載ったものもある。

無秩序。

正博は未だこの空間に面食らう。大学内にこんな場所があっていいのか、と首を傾げる。しかし、あってはいけない理由もない。確かに、よく分からない楽器を放置しても、天井から提灯を吊るしても、それが駄目な理由は特にないのだ。許容しうるものを許容しきる空間がここにあった。

輝樹に案内され、リノリウムの廊下や他人の部屋、ベランダを経由しながら彼の自室に入る(改築を繰り返された寮はあまりに複雑で、一人では辿《たど》り着けないのだ)。部屋に踏み入ると、どこか金属質な匂いを感じた。

縦長、六畳の和室。その長辺に自作のラックが立てられ、デスクトップパソコンが大量に並んでいる。二十台はあるだろう。パソコンのファンの音が重なり、甲高《かんだか》い響きが部屋に満ちている。床の残りは布団《ふとん》の敷かれた万年床《まんねんどこ》だ。

「……先輩、また拡張しました?」

「研究室から拾ってきた」

輝樹はにんまり笑った。この男は電気代が安いからという理由だけで寮に住み、その一室でパソコンを並列させ、その自家製スーパーコンピューター擬《もど》きの横で眠る、変態パソコンオタクである。

「で、今日は何を手伝えばいいんすか」

「この前のWayback Machineのネットワークモデル、あれを拡張したい。分析してみたら、かなり面白い数字が出た。インターネットはどんどん堅牢《けんろう》になっている。冗長性《じょうちょうせい》が保たれて……」

長い長い輝樹の話が始まる。

輝樹はこのスパコン擬きを使い、ネットワークの研究をしていた。ここでのネットワークとは物事の結びつきという意味だ。鉄道の路線図、日本中に延びる電線、この並列パソコンの繋がり方、もっと身近で言えば、人間関係……。物事がどう繋がりどう影響し合うかを調べる研究だ。

『すべてのものは繋がるべくして繋がっている』

それが輝樹の辿り着いた信条らしい。この台詞で女を口説《くど》くのだという。君と僕も、繋がるべくして繋がっているんだ。

この頃、輝樹はWayback Machineという、過去に存在したウェブページを閲覧《えつらん》できるサービスで、ウェブページのネットワークの進化について分析していた。正博も休学中とはいえ情報学部の端くれ。輝樹には及ばないが、それを手伝うくらいのコンピューターの知識はあり、今日もこうして分析用のプログラム作りを手伝わされている。

「……まあ、何となく分かりました」

正博は部屋の端に座ってノートパソコンを開き、プログラムコードの編集を始める。輝樹も布団に座り込み、こちらもキーボードを叩き始めた。

輝樹はパソコンを開いて数分で立ち上がり、缶ビールを持ってきた。

「正博、酒飲む？」

「飲まないですよ。俺、夜にバンド練習あるし」

「連れねえなあ」

「手伝いに呼んだのはそっちでしょ」

「素面《しらふ》じゃ作業は進まない」

まだ昼過ぎだというのに躊躇《ためら》いなく缶を開ける。脇には吸い殻がこんもり積もった灰皿。こんな人間なのに、正博は研究室でずば抜けて優秀な成果を出している。天才は見ていてやるせない。

一人で飲み始めた輝樹を尻目に、正博は黙々と作業を続ける。働かされているという体《てい》で輝樹の手伝いをしているが、正博にとってはこれだけがバンド以外のことを真剣に考えるまとまった時間だった。

勉強は嫌いじゃない。ここまでバンドにのめり込んでいなかったら、ちゃんと時間を取って研究に勤《いそ》しむ学生生活を送っていた気がする。目を閉じれば、大きな網《あみ》。真っ白の世界に、点と線の集合体が浮かぶ。ネットワーク。

ネットワークは成長しながら形成される。そしてそこには明白な法則がある。ウェブページ、生物の細胞、人間社会……どんな繋がりも、法則に支配される。そうして生まれたネットワークは、無数の関わり合いの果てに予測不可能な状況を生み出す。一つの小さな事件が繋がりの中で連鎖し、大きな現象が生じる。得体の知れない大きな流れが繋がりを辿って伝播《でんぱ》していく。

得体の知れない大きな流れ。

もし、バンドがその中にいるなら、一体その流れはどこからやって来たのだろう。この先には何が起きるんだろう。重く澱《よど》んだ空気はどこからやって来て、何を引き起こすのだろう。

繋がりの中で揺れ動く正博には、知り得ない事だった。

部屋の壁には大きなモニターが置かれている。しばらくすると、このモニターの画面が点《つ》いた。三次元空間にいくつものアイコンが散らばり、互いに線で結びついて球体を構成している。アイコンは顔写真や風景、イラストなど多種多様だ。

「何すか、これ」

正博が作業の手を止めて尋ねると、輝樹はモニターをぼんやり眺める。

「ツイッターのフォロー・フォロワーの結びつきを図にするプログラム。中心が俺のアカウントで、そこから一定範囲のアカウントを表示させてる」

輝樹が画面を拡大すると、確かに輝樹のアイコン（ビールの画像だ）が中心にある。そこから線が延びる。輝樹がまた操作すると、今度はthe noise of tideのツイッターアカウントが中心に表示された。ネットワークの図が書き換えられる。先ほどよりも少し小さい球体のネットワーク。ということはつまり、輝樹の繋がりよりもバンドの繋がりは小さいということになる。

「……もう少し頑張れよ」

「放っといてください」正博は口を尖《とが》らせる。バンドのツイッターを主に動かしているのは正博だった。

「悪趣味だ」

「研究なんて大抵悪趣味だ」

輝樹は斜《しゃ》に笑い、正博は溜息をつく。

「そうだなあ、このホームページが悪いんじゃないか？」

輝樹はthe noise of tideのアカウントのプロフィールにあるリンクをクリックする。画面にバンドのホームページが表示された。このホームページも正博が作り、管理している。

そのページを輝樹が一通り眺め、言う。

「もう少しカッコイイページにできるだろ」

「ほっといてください」

正博は思わず苦い顔をする。残念ながら、正博には致命的にデザインのセンスがない。プロフィール、これまでのアルバム、ニュース、ライブ日程、連絡先の情報を、そのまま文字に起こして貼り付けているだけである。ロゴは知り合いに頼んで作ってもらった。誇れるのはそこだけだ。

「それに、このページを変えたところで何か変わります？」

正博がむくれて言うと、

「それは分かんねえけど」

と輝樹は頭を掻き、ページを閉じた。互いにまた作業を始める。

画面では相変わらずネットワーク図がくるくると回っている。大半が数本の線しか延びていないアイコンだが、中には無数の線が延びるものもある。

数十人、数百人しかフォロワーのいない、小さな点のようなアカウントが大量にある一方で、数十万、数百万人に知られ、フォローされているアカウントは少数だが存在する。

しかし、大勢に知られるまで成長する方法については何も教えてくれない。

ホームページを作れば、ツイッターで告知をすれば、ライブハウスに上がり続ければ、またワンマンライブを企画すれば……何をすれば、成長する？　外側から眺めれば正博たちも小さな点の一つだ。法則に抗《あらが》えるのか。

ずっと筋道を探している。

「正博、今どこまで行った？」

「……どこまで行けるんすかね」

「は？」

見れば輝樹が顔をしかめている。

「シミュレーションのプログラム、どこまで進んだか聞いてるんだけど」

「え、……あ」

またバンドのことを考えている。

「今、Wayback Machineから安定してデータを引っ張れるようになったところです」

再び思考を目の前のプログラムに戻す。極力、戻そうと努める。しばらく互いに無言で作業を続けた。脳内をコードで洗い流すような時間だった。

正博のパソコンから通知が鳴る。正博ははっと我に返る。

梓：これ、どう思います？

梓：さっき、たまたま見ちゃいました

梓からのラインだった。続けて写真が送られてくる。正博はその写真を確認する。目を見開いた。

スーツ姿の弘毅だった。

どこかの駅前を駆けている。パンパンになったリュックはいつも通り。しかし、その装いは黒のスーツ。弘毅のこんな姿は見たことがない。手には資料のような紙束を持っている。

正博にも分かる。これはリクルートスーツだ。

「就活？」

輝樹が勝手に画面を覗き込み呟く。就活以外に何か考えられるだろうか。いきなり現実が、ずっと目を逸らしていた現実が流れ込んできた。

「……ぽいっすね」

力なく呟くと、輝樹が半笑いで言う。

「まともな人間は就職していくよな」

「俺らがまともじゃないみたいな言い草《ぐさ》だ」

「まともじゃないだろ」

何も言い返せない。その通りだった。

「輝樹さん」

正博はぼんやりと口を開く。

「何だ？」

「先輩、進路どうします？」

輝樹は大学院の修士二年生、卒業して就職するか、博士課程へ進むかの二択だ。ただ、輝樹は研究室のホープ、きっとこのまま研究の道に進むのだろう。道といっても、自分で切り拓く難儀な道だ。だがそれをする力が輝樹にはある。だから、聞いても無駄な気がした。

「……突然だなあ」

ぼやくように言い、パソコンから目を離さず言う。

「どうすんだろうな」

投げやりな声だった。自分はどうするんだろう。他人事《ひとごと》のように思う。

‡

十七時。

正博はスタジオにいた。今日も制作だった。

既に梓と十太が部屋にいた。梓は正博が入ってきたときわずかに挨拶《あいさつ》したきり、ほとんど顔を上げなかった。長く黒い前髪が彼女を隠す。その下の感情はまるで量《はか》れない。

隣の十太は淡々とギターを弾く。梓の様子を知ってか知らずかは分からない。しかし、気付いていたところで手を止めるような男ではない。

十七時十分。正博もギターを弾く。先日から繰り返している、あのギターソロ。やはり弾ける。しかし前のライブの違和感を思い出してしまう。そのまま手を止めたくなる。その気持ちを堪《こら》え、また繰り返す。

「すんません！」

扉が勢いよく開け放たれた。弘毅だ。あの画像通りのリュックサックを背負っている。服装はジーパンに長袖のニット。いつもの姿。

「バイトが長引いちゃって」

「ねえ」

梓がすぐに尋ねる。前髪をかきあげ、ベースをだらりと提《さ》げたまま弘毅を睨む。

「何すか、急に」

「スーツ、どこやったの？」

弘毅が顔を硬直させた。口を噤《つぐ》み、何も答えない。

「当ててあげようか」

梓は弘毅に近づき、背負っていたリュックを開ける。有無を言わせず中から何かを引っ張り出すと、その勢いで書類が落ちる。梓の手には、器用に丸められた服。それを開いていく。皺《しわ》がつかないよう、気を遣《つか》って仕舞われたスーツだった。

「いっつも膨《ふく》らんでるもんね、リュック」

梓の追及に弘毅は返事をせず、ただ小さく俯く。いつもの騒々しさが嘘のようで、だからこそ弘毅が本当に就活をしてるのだと分かった。

「この写真、どういうこと？　教えてよ」

梓がスマホの画面であの写真を見せる。弘毅はますます顔を歪ませ、画面から目を背《そむ》ける。まるでそんな自分は知らないというように。

「弘毅、言ったよね。売れるまでバンド辞めない、売れても辞めないって。まだ売れてすらないんだよ。ねえ」

梓が弘毅に詰め寄る。弘毅は一歩後ろに下がる。

「いつもみたいに、うるさいぐらい笑ってよ」

拳《こぶし》が握り締められている。梓は怒っていた。

「弘毅、ずっと笑ってたじゃん。打ち上げで一番賑やかにはしゃいでさ、次もよろしくお願いしますって、他のバンドとかライブハウスの人にさりげなく挨拶してさ、不安なんて全く口にしなかったじゃん。うまくいくって信じて疑ってなかったんじゃないの。約束、忘れたの」

最後は泣きそうな声になっていた。

『俺、売れるまでこのバンド辞めません』

四人が初めて集まった日、弘毅はこう言い放った。バンドを組むなんて言っていなかったのに、結局組むことになった。だから売れる見込みもないのに、結局は売れて有名になれるんじゃないかと、根拠なく信じることができた。

あのときの予感は本物だった。

それが偽物《にせもの》になったのはいつからだろう。本物だと信じ込もう、そう自分を欺《あざむ》くようになったのはいつからだろう。

「……すいません。俺、その」

弘毅が小声で話し出す。堰《せき》を切ったように、朧《おぼろ》げな言葉が溢れ出す。

「親父との約束の期限、もう過ぎてるんすよ。親父、町の工場の、といってもそんな大きい工場じゃないんですけど、そこでずっと働いてて。旋盤《せんばん》回して、金属削って、もの作って。その姿を俺は知ってて。俺、親父がその手で稼いだお金で、ここにいるんすよ。それなのに親父、期限が過ぎても、何も言わないんすよ……」

言葉が尻すぼみになり、途切れる。

もうこの辺りで降りさせてくれ。

正博にはそう聞こえた。

「ごめん」

十太が口を開いた。梓が泣き声で言う。

「どうして十太さんが謝るの」

「……全部、弘毅から聞いてた」

正博は思わず十太を凝視《ぎょうし》する。そんな素振り、十太は全く見せなかった。今だって少しも変わらず、どこか遠い目をしている。正博は尋ねる。

「いつから知ってたんだ」

「ワンマンライブが終わってから」

あのときか。

何かが変わったのは、あのライブだった。背伸びして借りたライブハウス。売れ残ったチケット。現れたスカウトと、来なかった連絡。何か烙印《らくいん》を押されたような気がした。

沈黙が部屋を覆《おお》った。すべての物音がスタジオの吸音素材に奪われる。ひりひりするほどの無音がそこにはあった。

「俺は音楽を続ける」

十太が言った。決意もなければ迷いもない、ただの確定事項を告げるような声。

「正博と梓は、どうする?」

こちらを見ている。見ているのに、焦点が合わない。

「……っ、続ける!　バンド、絶対に続ける!　正博さんも続けますよね!」

梓は正博ににじり寄る。しかし、梓に迫られても何も答えられない。

まるで動じない十太の姿をただ見つめた。

十太、とっくに覚悟はできているのか。

現実とか生活とか夢とか将来とか、そういう観念が十太からは全く感じられなかった。ただ音楽だけが人生に先行しているようだった。

どうしてそこまで苛烈《かれつ》に生きられる。十太の遠い目が虚《うつ》ろな目に見えてくる。空っぽ。正博になくて十太にあるものは何だ。……いや、正博にあり、十太にないものは何だ。

十太は何を求めている。

「考えさせてくれ」

渇《かわ》いた喉から出たのはそんな言葉だった。

自分と十太は違う人種なんだと強く思った。

‡

十二月半ば。見上げれば快晴の空、けれど青さよりも白さを感じる。寒さに身を縮めながら大学の寮まで来た正博は、そこで思わず足を止めた。

寮の外壁にLEDライトが張り巡らされている。

これはイルミネーションというやつなのか。広場の中心にはモミの木が立てられ、リースなどで飾りが付けられている。その脇には『サンタ粉砕』と書かれた看板。そしてトナカイの着ぐるみが枯れ葉掃除をしている。

正博はまた輝樹に呼び出され、寮に来ていた。クリスマスに向けた仕掛けが多すぎる一方、全体的にどこか雑さが漂うのは頂けない。

「クリスマスですね」

気付けば横に男が立っている。煙草をふかし、しみじみと呟いている。パッツパツの黒ジーパンに白いシャツ。この光景で違和感より先に季節感を感じられるのはよほどの手練《てだ》れに見えた。どう答えたものか考えあぐねていると、男はこちらの顔をまじまじと覗いてくる。

「あの、the noise of tideの方ですよね」

「……そうですけど」

「あ、やっぱそうですか」

そう言って、男は慌《あわ》てて煙草を潰す。正博はきょとんとしながらその様子を眺めている。あのバンドの……なんて声を掛けられるのは初めてだった。

「あ、俺、この寮でやるライブの責任者で」

そう言って、猫背がちにポケットへ手を突っ込み、「どこだっけなあ」とぼやく。しばらくするとボロボロの紙が出てくる。『寮楽祭《りょうらくさい》』という荒々しい文字と、来年の二月の日付が書かれている。

「出てくれませんか？」

「え」

いきなりのお誘いに狼狽《うろた》える。そんなとき、玄関から輝樹が出てきた。

「おう、正博。あれ、宮本《みやもと》もいる。どしたの？」

男は宮本というらしい。宮本は輝樹に話しかける。

「輝樹の知り合いか。この人、the noise of tideのギターだろ？」

「だな」

「寮にもこのバンドのファン多いから、寮楽祭、出て欲しいなあって」

正博は「そうなの？」と素《す》っ頓狂《とんきよう》な声を上げてしまう。自分で言うのもなんだが、そんなに知名度があったのか？　宮本は頷く。

「そうですよ。うちの大学のサークルから出て、ちゃんと音楽をやってるやつらがいるって評判で。派手ではないけど、いい曲ばかりだって」

輝樹に肩を軽く弾かれる。

「出てやれよ、おい」

「……前向きに考えます」

バンドがどうなるかは分からないですけど。その言葉は呑み込む。


「この寮、ライブなんてやってたんですね」

正博は独り言《ご》ちながら輝樹の後ろをついていく。相変わらず物の散乱した廊下を歩く。

「おう、毎年二月にな。どんどん寮も元気がなくなるから」

「え？」

「ほら、この季節になると、寮からどんどん人が出ていくんだよ。年度の終わりが見えてきて、自分は寮にまだ居ていいのかって迷い出す。廊下に整理された段ボールが少しずつ増える。寮内は静かなのに、人はそわそわしてる」

確かに、廊下には段ボールが散見していた。どこか人気《ひとけ》も少なく感じる。自分たちと通じている気がして、やり切れない溜息が出た。

輝樹の部屋までやって来た。今日も部屋にはコンピューターのファンの軽い音が満ちている。前来たときと部屋の様子は寸分も変わらず、やはり床の布団は敷きっ放しだ。

正博が座り込む前から、輝樹は冷蔵庫を開けている。あまりに素早い。

「ビール飲む?」

「……飲みます」

「え、マジ?」

てっきり断るものだと思っていたらしい。まだ時刻は十四時だ。

「もらいますよ」

正博は立ち上がり、輝樹の持っていた缶を奪う。一本で酔うほど弱くはない。缶を開けて一息に飲む。可もなく不可もない味に嫌気が差して、缶を置く。

ノートパソコンを開く。先日のWayback Machineのプログラムの続きに取り掛かる。輝樹は正博の機嫌を窺《うかが》っているのか、恐る恐るその場に座った。

無心でプログラムを眺める。心の隙間に入り込む考え事を撥《は》ね除《の》ける。でも本当は、避けてないでちゃんと考えるべきことなのだ。弘毅がバンドを抜けると言ってから一週間が経っていた。

アルバム完成まではバンドにいると弘毅は言った。明日はまた音源制作でスタジオに集まる。まだ十太に返事をしていない。覚悟の決まった十太に、音楽を続けるかどうか伝えられていない。

静かな時間が続く。気付けば一時間ほど経っている。

「女」

「へ?」

輝樹が突然言うから、正博は素っ頓狂な声を上げてしまう。

「違うのか?」

「いや、何が」

「女関係で揉《も》めたんじゃないのか。機嫌悪いし」

「……もっと色々あるでしょ。輝樹さんとは違います」

「失礼な」

輝樹は不服そうに缶に口をつける。しかし断言する。輝樹は遊び人だ。彼女はおらず、自由奔《ほん》放《ぽう》に街を闊歩《かっぽ》しているとかいないとか聞く。最後の彼女には浮気がバレて、この並んでいるパソコンを数台ほど破壊されたらしい。あまり考え過ぎると、この万年床に座りたくなってくる。

「正博が彼女と別れたのって三年前だっけ」

「そうですよ」

バンドが本格的に活動を始めた辺りで、正博はかつての彼女と別れた。バンドの方がよほど大切だった。未練は全くない。

「それから何もないのか」

「何もないっすよ」

「ほら、お前のバンドに可愛いやついただろ。あのベースの、お前の後輩。そいつとは何かないのか」

　梓か。

「……あいつは、そういうのじゃないんで」

　そういうのではない、はずだ。

　梓のことを思うと、第一にあの黒髪が脳裏に浮かぶ。

　彼女はいつも堂々としていた。静けさの中に鋭い目を秘めていた。十太にバンドを続けるかと問われたとき、梓はすぐに続けると答えた。正博の方を向き、訴えかけた。

　ロングヘアーの毛先まで満ちる凛《りん》とした気配。

　一度だけあの黒髪に指を通したことがある。何かのライブの帰り、ちょっと演奏がうまくいったとか、そんなくだらないきっかけだった。互いに熱を持って、無言で見つめ合った。髪を撫《な》でると甘い匂いがした。

　……でも、それだけだ。

　そこで互いに止まった。もしも唇が触れたら何かが崩れてしまうと思った。まだバンドの未来を信じていた。

「つっまんね。もうすぐクリスマスだぜ」

輝樹はぶつくさ言っている。

「野次馬根性、お疲れ様です」

「人間関係ほどくだらなくて面白いものはねえ」

「さすがネットワーク専攻」

「ほっとけ」

輝樹が鼻を鳴らす。その脇で、壁際のモニターがネットワークの図を映し続けている。この前も観た、ツイッター上のネットワーク。

「……これも、まあ、くだらねえけど面白いんだよな……くっだらねえ、くだらねえ」

ぼそっと呟く。正博は輝樹を見て驚いた。周りにビール缶が四本転がっている。モニターを観る輝樹の目元は赤い。いつの間にこれほど飲んでいたのか。

輝樹の表情はどこか暗い。

「……輝樹さん？」

返事はない。すっかり酔っている。

これはマズイ、と水を取りに立とうとしたとき。

「くだらないよな」

輝樹は投げやりに、しかし澱みなく喋り出す。

「俺たちは誰かと繋がってしまうし、誰かから得体の知れない影響を受けてしまう。自分は自分で人は人だ。テメエのことはテメエで決めればいい。……そのはずなのに、気付けば自分はさ、大きな繋がりの中で揺れる波の一部になってるんだ。後から整理すれば、自分の行動が自分の意志じゃなかったみたいに思える」

モニターを観る目の焦点は、とっくに合っていない。

「そんなもんだ、自由意志なんてくだらない」

その言葉は怒りに聞こえた。

「……輝樹さん、大丈夫すか」

「正博」

「……はい」

「あのWayback Machineの研究、お前に託すわ。それで卒論、書けるだろ」

「え、先輩が研究するんじゃないんすか」

「もう時間がねえ。俺、就職するから」

体が固まる。

「何て言いました？」

「……就職するって言った。教授の紹介で、システム保守の会社でエンジニア」

正博の中で、ぐらりと揺れる音がする。

「先輩、研究続けるんじゃないんですか。どうしてですか」

「そんなの分かんねえよ」

輝樹は溜息をついている。

「……分かんねえけど、怖くなったんだよな」

ぽつりと言う。

梓の言葉を思い出した。冬が怖いんです。

‡

翌日。

いつものようにスタジオへ向かった。その日はバイトもなく、音源制作以外に予定のない日だった。正博は何もしたくなくて、一時間前まで家のベッドに倒れ込んでいた。脳のスイッチを切っているようだった。

「おはようございます」

部屋に入ると梓がベースを弾いている。十六時五十分。梓はいつも十分前にはやって来る。

「おはよ」

努めて笑う。あまり顔を合わせないまま、正博はギターを取り出す。バンドを続けると叫んだ梓は迷うことなんてないのだろうか。自分は何に迷っているのか。

アンプにシールドを差し、ギターを鳴らす。開放された六弦がうねりながら音を響かせる。美しく力強い生音。そう分かっているが、心がうまく震えない。

いくつかバンドの曲を弾き、そして先日から弾き続けているあの曲のソロを弾く。自分の指が別の生き物のように動く。何度も練習したのだ、もう体が覚えている。でも、その手の動きが弱まる。いつしかピックを持った右手も止まり、重たい溜息が漏れる。

自分はこれまで何を思ってギターを弾いていた？

演奏を駆り立てる衝動が見当たらない。

三分前になり、まず十太が、そして弘毅がやって来た。十太はやはりいつも通りのぶっきらぼうな様子だったが、弘毅はばつが悪そうな顔をしている。

音源制作が始まる。

とても曲が作れる雰囲気ではなかった。それでも、今日は曲を作るために集まったのだ。作りかけになっていた曲のパート分けの作業を進める。簡易の録音をしながら、どこにどんな音が入るかを整理し、これをもとにレコーディングをする。といっても、本当にレコーディングをする日が来るのだろうか。それすら信じられなくなっていた。

忙殺《ぼうさつ》。

それだけが今の正博にできることだ。スタジオに来る前は何もしないで現実を避け、今はパート分けだけに集中して他の考え事を遠ざける。逃げ続けている自覚だけがあった。

ふっと意識が散漫《さんまん》になる。

ポケットに入れてあったスマホが揺れていた。気付いたときにちょうど連絡が切れてしまう。十太と弘毅が話す中、ちらりとスマホを確認する。そこに表示されていた宛先を見て、驚く。

母。

何故、突然。もう長らく連絡を取っていない相手だった。そして母は一時間前から五回も電話を掛けていた。間髪《かんはつ》入れずにまた着信が来る。やはり母だ。正博は「すまん」と席を立ち、恐る恐る電話に出る。

「……もしもし」

「やっと繋がった！」

久々に聞いた母の声は切迫《せっぱく》していた。母は正博に口を挟ませず、言う。

「ねえ正博、おばあちゃんの容態《ようだい》が急変して」

え。

母が何か言葉を続けているが、正博はうまく聞き取れない。ばあちゃん。

「早く病院まで行って！　私も今、向かってる」

母の言葉で、弾けるように体が動き出す。部屋に戻ると、他のバンドメンバーが心配そうな表情でこちらを見ている。

「入院してるばあちゃんが危ないらしい。……ごめん、ちょっと行ってくる」

すぐに扉から手を放す。ポケットには財布とスマホ。とりあえずこれだけあればいい。梓が何かを叫んでいる。でも振り返らず、正博はスタジオを飛び出す。

スタジオと病院はそれほど離れていない。タクシーをつかまえ、三十分ほどで病院まで着くことができた。受付へ走り、息も絶え絶えのまま、ばあちゃんの名前を告げる。

すぐに部屋まで案内された。ばあちゃんは、いつもの部屋から集中治療室に移されていた。医師の男が現れ、動転する正博に説明を始める。

「心停止状態になりましたが、救急措置《そち》で意識が戻り、今は安定しています。今夜はこの集中治療室で過ごしてもらい、いずれ様子を見て一般病棟へ……」

とにかく、一命は取り留めたようだった。

部屋に入る。機械に囲まれたベッドの一つに、ばあちゃんが眠っていた。一定間隔《かんかく》で鳴る機器の音の脇で、静かに目を閉じている。

「ばあちゃん、来たよ」

返事はない。

部屋を出て、そのフロアの椅子に座った。飾り気のないリノリウムの床に、薄暗い天井の明かりが鈍く反射する。肩を落とし、その光を眺める。

「正博！」

辺りに響く声。顔を上げると母がいた。横にはスーツ姿の父も立っている。会社から直接来たのだろう。

「ばあちゃん、とりあえずは大丈夫だから」

「そう……」

母は安堵《あんど》したようだった。父も張り詰めた意識を緩《ゆる》めた。そのとき、正博は突然、両親の老いを感じた。それが無性に悲しかった。

二人は医師の案内で部屋に入り、しばらくしてまた出てきた。どちらも重い表情をしていた。何となく落ち着かず、正博は立ち上がる。両親が小さな歩幅で正博に近づいた。

互いに顔を上げた。目が合う。

こうして顔を揃えたのは二年ぶりだ。バンド活動に反対する両親を突っぱね、正博は東京にいるのだ。正博は身構えた。怒られると思った。

「ちゃんと、食べてる？」

「え」

目尻に皺を寄せ、母はそんなことを言った。戸惑いながら答える。

「……おう」

「洗濯はこまめにしてる？」

「……ほどほどには」

「人様に迷惑かけてない？」

「……かけるときもあるけど、人並みだろ」

母は「そう」と呟き、目を合わせず小さく笑う。父は口をむっと閉じ、ただ黙っている。

「病院まで早く来てくれてありがとう。おばあちゃんのことは何とかするから」

母はそう言って、何かを納得するように小さく頷く。父はその様子を静かに眺めている。胸が詰まるような沈黙。

怒られた方がどれだけ楽だったか。

「下で、ギターを背負った女の子が立ってたわよ」

母が微笑む。重たい笑み。

「え」

「髪の長い子だった。手にもギターを持っていたけど、彼女はあなたの知り合い？」

梓だ。背負っているのはギターではなくベースだろう。正博は小さく「多分」と呟く。

「また、おばあちゃんのこと、連絡するわね」

母はそう言って視線を逸らす。そんなことを言われたら、この場を去らなければいけないじゃないか。そうやって人を遠ざけようとするのは、ばあちゃんも同じだった。そういう血筋なのか。手を握り締めながら、正博は小さく頷き、身を翻《ひるがえ》す。

ああ。

溜息をつく。

両親を安心させたいと思ってしまった。

病院の玄関を出ると、辺りはすっかり暗くなっていた。明けないのではないかと思うほど深まる冬の夜だ。トレンチコートに寒さが染み込む。

「正博さん」

すぐに話しかけられた。玄関脇に梓が立っていた。鼻が赤くなっている。「これ、置いていったギター」とギターを渡してくれる。一瞬、手が触れた。小さな手はすっかり冷えていた。

「わざわざ持ってきてくれたのか」

「……すみません、後日の方がよかったですよね。慌てちゃって」

「いや、助かる。よくここが分かったな」

「この前、たまたま最寄り駅を聞いていたので」

そういえばそうだった。梓が尋ねてくる。

「おばあさん、大丈夫でしたか」

「うん。意識は戻った。母さんと父さんもいるし、もうすることもない」

「よかった……」

梓は白い息をついた。それから、ふっと沈黙が舞い込む。

「……行こう。俺ももう帰りだから」

情けないけれど、一人になるのが嫌だった。


互いに無言で最寄りの地下鉄駅まで歩く。ショッピングビルの前の街路樹にイルミネーションが施《ほどこ》されていた。クリスマスの熱と冬の寒さがコントラストを成して街に漂う。

正博がぽつりと呟く。

「もうすぐ、クリスマスだな」

「ですね」

何となく思い出したことがある。

「……両親さ、頑《かたく》なにサンタの存在を主張してたんだよな。クリスマスプレゼントを持ってくるのは自分たちじゃなくてサンタなんだって、中学生のときまで言い続けた。俺に、クリスマスに何が欲しい？　って聞くのは母さんなのに」

梓は無言で頷く。つまらない話だとは正博も自分で分かっていた。

「さっき、本当に久々に両親に会ったんだ」

話さなくていいことなのに、口が開いてしまう。

「色々さ、……色々、考えちゃったんだよな。もう時間切れなのかな、とか、大人にならなきゃいけないのかな、とかさ」

もしかしたら自分は、梓に失望されたかったのかもしれない。

『正博さんも続けますよね！』

十太にバンドを続けるか問いかけられ、梓は正博へ叫んだ。あのときも今も、頷くことはできない。

「梓は、音楽続けるんだろ」

てっきり、呆れて突き放すような声が返ってくるのかと思っていた。

「……正博さんの顔見たら、迷っちゃいました」

「え」

「正博さんが続けるなら続けます。辞めるなら辞めます」

「それ、どういう……」

梓を覗き込み、口を噤む。梓がじっとこちらを見ている。イルミネーションの光が黒目に反射して滲む。目の中の宇宙。梓がぽつりと話し出す。

「私、バンドが売れることを自分の目標にしたかった。それを今の人生の指針にして、生きたかった。でも、結局は無理だったんですよね。ずっと気付いてたんですけど、黙ってました。……言える訳ないですし。最低ですよね、本当に」

乾いた笑い声。梓が頭を掻いている。

「ねえ、正博さん。このロングヘアー、ベース弾くとき、すっごく鬱陶《うっとう》しいんですよ」

梓が正博の手首を摑んだ。正博はその手を払い除《の》けることができない。梓がもたれかかるように正博の胸へ顔を埋《うず》めた。

「本当に、切っちゃいたいくらいなんですよ」

胸の中でぼそりと呟く。ぎゅっと正博の背中に手が回る。

女性ベーシストは黒髪ロングが相場だと言い続けていたのは正博だ。

「私は、正博さんについていきたい」

泣きそうな声だった。気付けば、正博も梓の背を抱いていた。

梓が小声で言う。

「……私は、その程度なんです」

梓はいつもの駅で降りなかった。

二十四時、電気の消えた正博の部屋。シングルベッドで正博と梓が眠っている。服を着るのが面倒で、互いに裸のままだった。梓の胸が規則正しく上下し、小さな寝息が漏れている。梓の黒々とした髪が、窓から漏れ入る光を鈍く跳ね返している。

正博は寝付けず、梓の横顔を静かに眺めていた。

そして、梓の手をそっと握る。

血の通った手の熱。凡人の温もり。もう遠く向こうを見続けることができない。もっと近く、すぐ隣に焦点を合わせたかった。

何が駄目だったのだろう。

ワンマンライブが奮《ふる》わなかったから。スカウトから連絡が来なかったから。弘毅がバンドを抜けると決めたから。輝樹が研究室の縁を取り持ってくれなくなるから。応援してくれていたばあちゃんが倒れたから。両親を安心させたいから。梓の好意を知ったから。梓の動機がバンドになかったから。

そもそも十太と違う人種だから。自分は夢を追える人間ではないから。

もう、潮時だから。

すべてが繋がっている。気付かないうちに始まっていた不穏が、ドミノのように連鎖して、あっという間にこの身を呑み込んだ。いつから駄目になっていたのか。気付かぬうちに、ずっと溺《おぼ》れていたのだった。

『自由意志なんてくだらない』

輝樹の言葉を思い出す。

翌日、梓と別れたのち、街へ買い物に出た。

チェーンの紳士服店に入り、スーツ一式を買った。どれも似たような造りで、色味ぐらいしか違いが分からなかった。

会計をする。二万九千八百円。ポチ袋に入れっ放しのお金は三万円。ちょうどだった。

‡

たまたま、クリスマスの日に全員の予定が合った。

「……バンド、辞めることにした」

「ごめんなさい、私も辞めます」

正博と梓が頭を下げる。

いつものスタジオ、いつもの一室。十太へ向けた言葉は、すぐ防音壁に吸収されてしまう。しんとした無機質な沈黙が辺りを覆った。

弘毅は少しだけ目を逸らしている。正博は頭を下げたまま、十太の言葉を待った。

「分かった」

顔を上げる。十太の顔は、わずかに優しく笑っているように見えた。きっとどこかで察していたのだと思う。こうなることが必然だと気付いていたのだろう。

また誰もが口を閉じた。互いの視線が交錯する。その度に、後ろめたいような、恥ずかしいような、言葉にならない一杯一杯の感情が込み上げる。収まるべきところに収まったような、妙な感覚だった。

大きな嗚咽《おえつ》が聞こえた。

「申し訳ないっす……」

弘毅だった。「全部、俺のせいっす……」と、大粒の涙を溢《こぼ》して話す。

「違うよ」

正博は首を振る。何が原因だったかなんて分からない。ただ、気付いたらこうなっていて、もうどうすることもできなかったのだ。

みんなで弘毅を宥《なだ》めた。いつも賑やかな弘毅がしんみりとしているから、次第にそれがどこかおかしく思えてきた。「もう、泣かないでよ」と梓が弘毅を叩く。そういう梓も半泣きだった。

いつしか、みんなが笑っていた。一抹《いちまつ》の切なさを帯びた笑顔だった。

弘毅が落ち着き、どこか柔らかい空気がスタジオを覆った頃、十太が口を開いた。

「俺、ちゃんとアルバムを完成させたい。最後のフルアルバム」

十太はまた遠い目をしている。でも今は、それがどこを向いているか分かった。

まだ見ぬアルバムの完成だ。

それからは、怒濤《どとう》の日々だった。年の瀬まで制作、年明けからまた制作。本当に辿り着けるか怪しかったレコーディングもすぐに目途《めど》が立った。今までの進みの悪さが嘘のように、話が進んでいった。

曲は手を入れるごとによくなっていった。音の像が頭の中で鮮やかに立ち上がる。自分がこの世で残せる最後の音だ。どんなわずかな違いも疎《おろそ》かにできない。

そういえば、十太と出会ったときも似たような感覚に包まれた。新しい音楽が生まれていく。文字通り夢中で、熱に浮かされて曲を作っていく。どこまででも行ける気がする。

……どこまでもは行けないのだ。

ふと我に返る。バンドを辞めると決めたからこそ、こうして歯車が嚙み合っている。終わりと引き換えに、前へ進む力を得た。

十太は相変わらず遠くを見ている。彼だけは進む力が違う。


二月の初め、ついにレコーディングが終わろうとしていた。レコーディングエンジニアは正博が担当し（もともとそういう役回りが好きだった）、バンドの先輩や知り合いに手伝ってもらいながらの制作だった。音を録《と》り、それぞれの音量を調整する。マスタリング作業、いわゆる音の最終的な調整は正博がもう少し行う必要があるものの、音源制作は大きな区切りを迎えた。

「できました？」

弘毅が正博のノートパソコンをぐいぐいと覗き込む。ドラムパートの録音はどの楽器よりも骨が折れるから、弘毅も進み具合が人一倍気がかりだったのだろう。

「うーん」

アルバムの最後の曲の録音パートを終え、正博は音量や響き具合、左右の音の開きを調整する。淡く鳴るギター、遠くで揺れ動くシンセサイザー、着実に音楽を支えるベースとドラム、そしてその上で響く十太の声。十太の歌声は他の音に綺麗に乗り、耳の深いところへ入り込む。

『黒い海は凪ぎ　ラジオはノイズ吐き出し……』

メロディの起伏が少ない、朗読にも似た十太の声。

最後は『凪《なぎ》に溺《おぼ》れる』という曲だった。十太がこれをラストにしたいと言って持ってきた曲だ。いつもはそれぞれの意見を取り込んで一つの曲を作るが、この曲は十太がバンドへ持ってくる時点で大枠が完成していた。というのも十太が昔に作ったものだったらしい。

その曲を初めて十太が歌ったとき、思わず鳥肌が立った。

「……よし」

正博の調整が終わった。それぞれの音を2mixという一つのデータにまとめ、確認のために全員で聴く。バンドメンバーがスピーカー前に集まったところで再生を始める。

正博が弾いたギターフレーズ。そこから音楽世界が立ち上がる。

体がぶわりと連れ出された。

作品にはそれぞれ器《うつわ》があると思っている。五感で知覚できる情報は氷山の一角で、その下にある説明のつかない塊《かたまり》こそ作品の肝《きも》だと信じている。十太が『凪に溺れる』を歌ったとき、得体の知れない存在を思った。器があまりに大きく、深淵《しんえん》を覗くようだった。でも作品を覗くということは、自分の中身を覗くことでもある。

曲により引き出された自らの影が、正博の前に大きく立ちはだかった。

弘毅と梓が息を呑んでいる。とんでもないものに立ち会っているという感覚があるのだろう。

ただ一人、十太だけがいつも通りの様子で立っていた。

この曲は十太が生み出したと言っていい。誰もが竦んでしまうような影を、この男は飼い慣らしている。出会ったときから変わらず遠い目をして、途方もなく大きな何かに焦点を合わせている。分かってはいたが、圧倒的だった。

やはり自分は十太の隣にいられなかったのだ。


「さあ、みなさん！」

馴染《なじ》みの居酒屋の座敷席。正博たちと手伝ってくれたメンバーたちが座る中、弘毅が立ち上がって音頭《おんど》をとる。バンドの賑やかし担当としての責任感が漲《みなぎ》っている。

「今日でついにレコーディング終了、お疲れ様でした！　乾杯！」

横並びになったテーブルから、乾杯、という声が上がる。音源制作に関して取りまとめていた正博は、心地いい疲労と充足感を感じていた。

計八曲、立派なアルバムになった。このバンドでしか出せない音楽を残せたような気がした。懇意《こんい》のライブハウスが抱える小さなレーベルで流通させてもらうという話もつき、アルバムに関して、今できるベストを尽くせたと思う。

「お前らも解散か」

横に座っていたギターの先輩が、小さな溜息を交えて正博に話しかけてきた。この人もバンドマンだったが、そのバンドは一年半前に解散し、今はライブハウスで働いていた。先輩に尋ねられる。

「お前ら、ラストライブはやるんだろ」

「はい。大学の寮で『寮楽祭』っていうのがあって、それがラストですね」

先日、宮本という男から受けたあの誘いを、結局は受けた。このバンドのラストライブになるかもしれないと伝えると、宮本は大きく悲しみ、演順を最後にしてくれた。そればかりか『寮楽祭』の目玉として宣伝してくれるとも言う。

何となく、ラストという響きがあの寮に合っているような気がした。春を前にして、住人たちも進路を迷っている。胸の詰まるような雰囲気が立ち込めるあの空間を思い出し、そこへ集まる聴衆に最後の音を聴かせたくなった。

「……寂しくなるけど、まあ、ライブは楽しみだ」

先輩が頷く。正博もいいライブにしたいと思った。

「まさひろ～」

突然、横から抱き締められる。見れば、早くも酔い始めた弘毅だった。

「ちょっと！　ビール溢《こぼ》すな！」

梓が弘毅の首根っこを摑み、正博から引き剝《は》がそうとする。十太がテーブルの向こうで、唐揚げを持ちながら笑っている。

それは、本当に楽しい夜だった。

賑やかな一次会が終わり、二次会はバンドメンバーだけですることになった。手伝ってくれた面々が気を遣ってくれたのだ。学生御用達《ごようたし》（といってもこの中でまともに学生をしているやつなんていなかったが）の安いバーで飲み直した。

いつまでも思い出話に花が咲いた。打ち上げで弘毅がライブハウスの偉い人に寝ゲロをして、出禁になりかけた（でもその縁は切れず、結局そのライブハウスのレーベルから今回のアルバムを出すのだ）話。ライブリハーサルで何故か正博が上半身裸になり、梓にブチ切れられた話。先輩バンドが主催したイベントでトリ前（最後から二番目）を務めたとき、大きなチャンスだと思って渾身《こんしん》のパフォーマンスを見せ、トリの先輩から「お株を奪いにきた」と文句を言われた（でも先輩は嬉しそうだった）話。色んなことがあった。まるで昨日のことのように思い出せる。あっという間の日々だった。

店を出ると、酒で火照《ほて》った体に底冷えした外気が沁み込んだ。ぼーっと頭上を見ると、ビルの隙間の狭い空に、大きなオリオン座が浮かんでいる。その変わらない姿にどこか安心し、少しだけ意識が覚める。

全員がしっかり酔っていた。いつもはほとんど飲まない十太も、今日は珍しくできあがっている。足元がひどく覚束《おぼつか》ない様子だった。

「十太、一人で帰れるか？」

正博が聞くものの、十太からは「うーん」と曖昧な返事しか返ってこない。時刻は終電ギリギリで、十太はとても一人では動けそうにない。これは駄目だと、正博がタクシーで送っていくことに決めた。

梓と弘毅とはここで別れ、タクシーを拾った。十太を強引に押し込み、続けて正博も乗り込む。十太の家の住所をざっくりと伝えた。そういえば、バンドを組む前はよく十太の家へ行った。一緒に音楽を作り続けていた。

あの頃はとにかく楽しかった。十太に会ったときに感じた、とんでもないことが始まる予感。その延長線上で、胸の震える音楽が無数に生まれた。遮《さえぎ》るものは何もなかった。

……けれど、もう今は違う。自分は大人にならなければいけない。

諦めなければいけない。

タクシーの窓から空を見上げる。やはり大きなオリオンが梶棒《こんぼう》を構えている。

突如、その姿が高層ビルで隠れた。焦点がぶれ、別の像に意識が向く。

誰だ。

窓枠に肘をつき、薄《うす》ら笑《わら》う男。陶酔《とうすい》した目で空を覗くが、その目は十太の遠い目とは訳が違う。卑《いや》しいとすら思える、腑抜《ふぬ》けた姿。

次に見えたのは、窓に反射する自分だった。

思わず「ひっ」と息が漏れた。自分は今、こんな姿だったのか。一気に酔いが覚める。一体、何を達観ぶっているんだ。何を分かった気でいるんだ。

「んん……正博……」

十太が正博の肩にもたれかかってくる。

「……して……んだよ……」

何かを言おうとしている。正博は耳を近づけた。

「どうして……辞めるんだよ」

はっとした。

十太は必死に声を絞り出す。

「初めて誰かと……音楽……できたんだよ……一人じゃ……なかったんだよ……」

そんなの、聞いていない。

みんなで音楽やれたのが嬉しいとか、そういう当たり前の感情を十太からは聞きたくない。だってお前はそんなのを顧みない、ずば抜けた男じゃなかったのか。

「正博……俺を……」

「俺を?」

言葉を待つ。吐息だけの声が聞こえる。

「……置いていかないでくれよ」

呼吸ができなくなった。喉がカラカラに渇いていた。

いつも十太は遠くを見ていた。自分とは別の人種だと、正博は思い込んでいた。でも違った。十太も迷っていたのか。十太が一番、迷っていたのか。

大きな流れが正博たちのバンドを呑み込んだ。繋がりの中でどこからともなく生まれ、伝播《でんぱ》し、うねり、襲い掛かった。十太はその流れには無縁なのだと思っていた。でもそんなことはない。こいつも流れに呑まれていた。それでも堪えて、十太はその場に立っていた。周りが流される間、ずっと一人で。

諦めなければいけない？

違う。

自分が諦めたかっただけだ。

「ごめん」

気付けばそう呟いていた。

他の誰のせいでもない。自分が逃げ出したのだ。

「ごめん、ごめん、ごめん」

十太は小さな寝息を立てていた。

‡

まだ春は遠く、弱々しい日差しの太陽はあっという間に沈んでいった。真っ暗な空の下、寮と向かい合うように建てられた屋外ステージに、煌々《こうこう》と光が灯《とも》っている。

寮楽祭、当日。

既にライブは始まっている。この寮に出入りする劇団のスタッフなどが運営に噛んでいるらしく、豪華な照明のついた立派なステージが組まれていた。人も既に大入りの状態で、二百人は優にいるだろう。これほど大きなイベントは、正博たちも経験したことがなかった。

ライブに出演するバンドは九組、そしてthe noise of tideはその最後を飾る。寮楽祭担当の宮本の計らいで、持ち時間も四十五分とたっぷりもらえた。完成したばかりのアルバムも、かなりの枚数が会場で売れている。どうやら、自分たちが思っている以上に、この空間での知名度は高かった。

ステージ脇のテントで、正博はライブ演出の最終確認をしている。

「じゃあ、こんな感じで照明は大丈夫ですね」

スタッフの女性に聞かれたので、正博は頷く。その女性は正博よりも年齢が少し上に見える。

「今日で解散なんですか？」

そう尋ねられ、正博が小さく「はい」と答えると、スタッフの女性は小さく微笑んで言った。

「頑張ってください。悔いのないように」

つい言葉に詰まる。

「……いいえ、この後悔を忘れちゃ、駄目なんです」

スタッフの女性は目を丸くしている。余計なことを言った、と正博は自分に悪態をついた。打ち合わせを終えて、控室となっている寮の一室へ戻る。

「確認、終わった」

正博が言うと、楽器を触っていたそれぞれが手を止めた。梓が「ありがと」と笑う。弘毅と十太もこちらを見ている。

高鳴る鼓動にやり切れない感情が混じった。

十太はあのタクシーでの呟きを全く覚えていなかった。飄々《ひょうひょう》とした姿を見せるばかりで、弱音を吐くような素振りは少しもなかった。

今日、正博たちは音楽を辞める。十太の前から去っていく。

それでも十太はギターを弾いている。これからも弾いていく。


夜は深まるが、会場の熱気は増す一方だった。正博たちがステージに現れると、大きな歓声が上がる。眩しい照明の奥に、広場を埋める無数の観客がいる。寮の入り口前ではドラム缶で火が焚《た》かれている。寮には窓を開けてステージを眺める住人もいた。正博はある一室を探す。

……いた。輝樹がこちらを見ていた。一瞬、目が合ったような気がする。

『自由意志なんてくだらない』

その言葉をいつまでも覚えている。正博は何が自分をこのステージに立たせているか分からなくなる。けれど、今はちゃんとこの足で立てている。

音の微調整が終わる。

十太が観客に背を向け、こちらを見た。それぞれが互いに目を合わせる。昂揚感に体が浮かされる一方で、どこか妙に落ち着いている。既にバンドの呼吸が一つになっていた。

わずかに十太が頷いた。

再び十太が前を向く。正博からは、十太の背中と、光に照らされる横顔だけが見える。その目はずっと遠くを見ている。

高まる歓声を切り裂くように、十太がコードを鳴らした。

ライブが始まる。

途方もない予感が身を包み、正博もまたギターを弾いた。

もう、それは身を任せるような時間だった。音が響く。ひたすらに時間をかけて練り上げたバンドサウンドが重なり合う。十太が曲名を呟く以外にMCはない。ひたすら音を積み上げていく。それは大きな世界を持って、この空間を呑み込んでいく。

流れ。

どこからともなく繋がり、揺れ合い、増幅する。無数の波の周期が少しずつ合わさっていく。その波が、大きな振幅を持って、この場を伝わっていく。どこまで行く。どこまで行ける。とにかく遠くまで届いて欲しい。

ああ、そうか。

十太が見ていたのは、この波の果てなのか。

今だけは、十太と同じものが見えている気がした。あの日の高田馬場、一人で歌う十太を思い出す。祈りに近い小さな叫びが、理《ことわり》の下にある繋がりを経て、ずっと遠くで結ばれる。途方もない大きさを持って、人の心を連れ出していく。

気付けば、練習で何度も詰まったあのギターソロを弾き終えている。

曲の終わりに連続して、十太が同じフレーズを弾く。耳残りのいいフレーズが何度も響く。

「『凪に溺れる』」

十太が曲名を告げた。最後の曲だ。

何度もフレーズが繰り返される。そして一斉に、他の音が合わさる。ぱっと音の世界が開ける。畳《たた》み掛けるように、十太が口を開く。

黒い海は凪ぎ　ラジオはノイズ吐き出し
予感はまだまやかし　波打つ繰り返し
遠雷はどこかへ去り　君のワンピースも波
心をたぶらかし　吐き切れない苛立ち
いつまでも途上に立ち　祈りを繰り返し
水平線の先　また出会う二人

十太が歌う。いや、歌わされているようにも見える。この流れにもう誰も抗えず、ただすべてを預けることしかできない。みるみるうちに曲が進む。このバンドが演奏する最後の曲だ。

終わらないでくれ。

正博は願っている。最後のサビを終え、コーラスが始まる。

ラララ、と十太がメロディだけを歌う。自然と観客も歌い出す。それに負けないよう、正博はギターを弾く。声が重なり、音がすべてを呑み込んでいく。ステージの向かいにある音響席に、演出の確認をしてくれた女性が座っている。ふと見てみると、その人が泣きながら歌っていた。その奥、寮にも目を向ける。窓が開かれ、住人が顔を出す。その窓からも声が響く。輝樹を見る。わずかに口が動いている。

誰もが流れの中にいる。

なあ、十太。歌い続けてくれよ。

そんなことを思った。

大きな流れの中で、誰もが何かを諦める。それを大人になるとか言い換えて、のうのうと生きている。そんなもんだ。

……そんなもんだけど。

自分は諦めたことを誇りたくない。一生、生傷《なまきず》として抱えていたいのだ。納得なんかしてたまるか。この痛みを痛みとして引き受けられないのなら、本当にくだらない人間になってしまう。

無責任なのは分かっていた。でも、十太には歌い続けて欲しかった。売れて欲しかった。自分に、音楽を辞めたことは間違っていたのだと後悔させて欲しかった。逃げた自分が正しかったなんて言いたくなかった。

頼む。

十太は何度も歌い続けた。

正博はそれに応えてギターを弾いた。

冬の寒空に、いつまでも歌声が響いていた。

四章 blind mind

二〇一八年　北沢

音の響かない部屋。

四ツ谷駅から歩いて少し。ワンダーミュージック自社ビルの最上階にある一室が北沢《きたざわ》の仕事部屋だった。大きな窓の横に置かれた重厚《じゅうこう》なオフィスデスク。その前には黒いチェアーセット。棚に置かれた花瓶《かびん》と、壁に掛けられた絵画。花の種類や絵の作家の名は知らない。

早すぎる出世だ。

北沢は溜息をつく。この部屋にいるとどうにも気が削《そ》がれる。

音楽業界に飛び込んだのは二十年以上前。組んでいたバンドが解散したとき、知り合いに声を掛けられ拾われた。インディーズバンドのマネージャーからのスタート。そのバンドの音作りからパフォーマンスまで徹底的に付き合い、今や彼らは日本のロックバンドを牽引《けんいん》する存在までに成長した。彼らを筆頭に、様々なバンドを手掛けてきた。絶対に売れさせようとこの身を捧げて仕事をしてきた。バンドマンの人生を左右する仕事だ、自分一人の命を捧げたって足りないくらいだ。

バンドのプロデューサーから一レーベルのディレクターへ、さらにそこからレーベルの統括《とうかつ》部、ワンダーミュージック全体の音楽統括……。気付けばこんな座り心地のいい椅子と、長たらしい肩書を与えられている。

実際にバンドと接する時間は減った。今は企業全体のビジネスや、より大きなプロジェクト、直近ではオリンピックの音楽プランニングなどの仕事を任されている。今も会議から戻ったところだ。昔は滅多に着なかったスーツ姿だった。

扉がノックされる。

「横井《よこい》です」

「おお、どうぞ」

青いジーパンに長袖Tシャツというラフな装いの男が入ってくる。

「……お前、また太ったか？」

「ほっといてください」

横井は脂肪のついた横腹に手を当てた。横井は不摂生《ふせっせい》をしていると太るタイプだった。一方、北沢はガリガリに痩《や》せていくタイプである。

「で、用件は何だ」

北沢が聞くと、横井は無言で手元のファイルを寄越す。横井が姿を見せた時点で、北沢には用事が分かっていた。

タレコミみたいなものである。

横井はスカウトだ。今は横井が直接仕切っているレーベルの人材開発担当、いわゆるアーティストの原石を見つけるセクションに属している。北沢は横井が新人の頃から彼の面倒を見てきた。横井の目は極めて鋭く、若手ながらも既に新世代のアーティストを発掘している。昨今では彼が見つけてメジャーデビューしたバンドのシングルがオリコン八位に食い込んだ。北沢は横井が自らの後進になっていく気がしていた。

横井に渡された資料を手に取る。バンド名は『the noise of tide』。

「どんなバンドだ」

「バンドではなくソロです。今はサポートで人に入ってもらっているようです。昔はバンドだったんですが、そのバンドが解散した後にソロで活動が続いています。そして」

横井はそこで勿体《もったい》をつける。面倒な癖だが、北沢は嫌いではない。冴《さ》えた風貌《ふうぼう》はしていないが、その奥ではギラギラと野心が煮え滾《たぎ》っているのだ。

まだ横井は若い。

「ソロになってから、音が一気によくなりました。ボーカルの才能へ邪魔がなくなった」

……ありがちな話だった。

横井が部屋の脇にあるコンポーネントを操作し、持ってきていた音源を再生する。部屋に取りつけられた大きなスピーカーから、ライブ音源が流れ出す。

北沢は小さく目を開く。

美しいギターの音。でも、無難な繰り返しに入らず、どこまでも音が斜めにズレていく。それでいて音楽の全体像が保たれているから、驚いた。ベースとドラムが静かに加わり、きめ細やかな電子音が上に乗る。

そしてボーカル。掠《かす》れながらもよく響く、抑揚《よくよう》のない声。

息を呑んだ。たまたま北沢の個人的な記憶と重なった。

「どうですか」

横井がいつの間にかソファに座り、北沢を窺《うかが》っている。

「……もう少し聴きたい」

北沢は音に再び集中する。

やはり横井はスカウトの才能がずば抜けている。この曲には芯《しん》があり、嫌なエゴはなく、工夫に富み、熱がある。確かに聴ける音楽であり、きちんと育てれば売れるアーティストになる。

それにしても。

北沢は不思議に思う。いつも音を聴くときには、売れるか売れないかという軸だけが頭の中にあった。しかし、この曲は何故《なぜ》か無性《むしょう》に懐かしくなるのだ。この懐かしいという感情はどこから来るのか。

……しばらく考えて、この音楽がただ自分の好みに近いのだと気付く。遅れて、自身の好みを忘れていたことに笑えてくる。

かつて北沢はバンドを組んでいた。最高の音楽を作っている自信があった。横井の持ち込んだ曲は、そのとき自分たちが作っていた曲に似ていた。ボーカルの声まで何となく似ていたから驚いた。

「……北沢さん？」

横井に声を掛けられ、我に返る。気付けば音楽は止まっていた。ああ、と北沢は聞く。

「このバンドは今、どれだけ客を呼べているんだ」

「……それが、かなりの人数です。下北沢《しもきたざわ》のライブハウスでは、平気で百人弱は集まるようでした。熱烈なファンが多くて、神様みたいに崇《あが》められている。……少し、狂気を感じるほどに」

「……そこまでか」

「ライブ運びが天才的です。十太《じゅった》の一挙手一投足《いっきょしゅいっとうそく》すべてに注目が行ってしまうようなオーラを出しています」

「十太？」

北沢が尋《たず》ねると、「ボーカルの名前です」と横井が答える。手元の資料に目を落とす。

身が凍った。

霧野《きりの》十太。

年齢を見ると、二十七歳。そして出身地を見ると、北沢と同郷。

すべてが符合する。

「……北沢さん？」

横井に呼ばれるが、北沢の意識はボーカルの名前に釘付けだった。

北沢の組んでいたバンドのボーカルは霧野久太《きゅうた》という男だった。

‡

「やはり、もっと昂揚感《こうようかん》を打ち出すべきだ」

広告代理店の男が言う。

汐留《しおどめ》の高層ビルの四十三階からは東京湾のウォーターフロントが一望できた。人の生み出した地形。ビル群が続き、その隙間を海が伝う。遠くの煙突《えんとつ》が赤い光を周期的に点滅させる。煌々《こうこう》としたビルの明かりが、紅《くれない》をわずかに帯びた夜空に映《は》えている。

オリンピックの協賛企業が集まる、全体のイメージ会議だった。オリンピックに向けて、この手の会議が増えていた。どういうプロモーションを行っていくか、どんなデザインをするか、どんなテーマを据えるか。足並みを揃《そろ》えるための、根底部分の擦《す》り合わせだ。ワンダーミュージックも協賛企業に名を連ねている。北沢はオリンピックの音楽ディレクターとして、会社の何人かと同席していた。

二十数人が机を取り囲んでいる。この状態を会議というにはあまりに参加人数が多すぎる。話の方向性は既に決められていて、それを聞くだけで時間が過ぎていく。

昂揚感。一体感。躍動感。そんな語彙《ごい》が飛び交う。しかし言葉になった時点で、何かが死んでいる。まるで感情を設計していくような会議だった。

観衆は設計された感情にそれほど簡単に感情を明け渡してしまうのか。……明け渡してしまうから、この会議は成立している。一人一人を動かすのは難しいが、大局《たいきょく》を押し流すのは力があれば簡単だった。この場に生きた感情はなかったが、一方で力だけはあった。

ふと思う。

作られた感情に、価値なんてあるのか？

……我ながら、青臭く懐かしい感想だった。

きっと、この前に聴いた、あの曲のせいだ。

会議が終わると北沢は足早にオフィスを出た。予定時間を十五分延長していた。会議の開始時刻はあれだけ守るのに、どうしてケツをちゃんとしない。これだから日本は、と主語の大きな悪態をついてみる。中年臭いだろうか。すぐにタクシーを拾い、下北沢のライブハウスの名を告げる。

横井からライブチケットを受け取っていた。the noise of tideのライブだ。

動悸《どうき》を感じる。心がここまで動くのは何年ぶりだろうか。ただ、自分が何を思っているか、北沢自身にも分からない。ただ感情の大きさだけをひしひしと感じ取る。

運転手が静かにアクセルを踏むとともに、北沢は目を閉じる。腰に響くエンジン音へ意識を傾ける。未だにエンジン音を聞くと蘇《よみがえ》る。

音楽とともに車を走らせた追悼《ついとう》の日々。懐かしく思う。

北沢の故郷は海の見える町だった。辺りで栄《さか》えていた地方都市まで電車で一時間半、その電車の本数もじりじりと減らされているような田舎《いなか》だ。早くこの町から抜け出したいと思い続けた青春時代。

その時代を支えたのはラジオだった。唯一《ゆいいつ》、音楽と出会える場。ふとラジオで心高鳴る音楽に出会い、眠れなくなり、目を瞑《つむ》っても頭に曲が流れる。そんな夜が無数にあった。

霧野久太、つまり霧野十太の父親であり北沢のバンドのボーカルだった男は、高校の同級生だった。北沢と久太が知り合ったきっかけもラジオだ。久太と級友だったとき、席が隣になり、同じラジオ番組を聴いていると知ったのだ。

久太は落ち着いた男だったが、静けさの裏でロックを愛していた。どんなバンドの話を振っても、ああそんな音楽もあるね、と穏《おだ》やかに頷《うなず》く。その博識ぶりは音楽通を自負する北沢の上を行っていた。

久太は自分でギターを弾いているのだという。音楽は聴くもので、弾くという考えが頭になかった北沢だが、あの物静かな久太がどんな演奏をするかを見てみたくなった。久太の家に上がり込み、二階の自室でギターを見せてもらった。

真っ赤なボディー、丸みのある硬質さ。埃《ほこり》の舞う畳の一室で、武器のようにてらりとした光を放つ。ギターをこんなに近くで見るのは初めてだった。禍々《まがまが》しくも思えるそのギターを、久太は当たり前のように肩に提《さ》げる。小さなアンプを繫ぎ、ピックを振り上げる。

音が鳴る。

電灯を、本棚を、引き戸を、天井を、北沢を震えさせる。

ラジオで聴く音とは訳が違った。音は体で聴くものなのだ。

久太はギターを弾き、コードを奏《かな》でる。今思えば久太の当時の技術は素人《しろうと》に毛が生えたようなものだった。でも、そんなことは関係なかった。久太が目の前で曲を生み出している。自分の知らない世界と繫がり、大きな音楽を引きずり込んでいる。

「俺だけじゃなくて、みんなでやれば、もっとすごい曲ができる」

久太に言われたあの瞬間、人生が変わった。バンドを組むため、北沢はドラムを始めた。

北沢は久太と町にある寂《さび》れたスタジオへ通った。あの当時でも寂れていたのだ、今ではもうなくなっている。スタジオにいるのはジャズをやる大学生や大人たちばかり。高校生の姿は珍しく、久太と北沢はどこか気恥ずかしい思いをしながら通っていた。

そこで出会ったのが吉田加奈《よしだかな》だ。

「こんなクソバンド、辞めてやる！」

彼女が叫んでスタジオから飛び出すのを呆然《ぼうぜん》と眺めたのが出会いだった。北沢たちの学校の制服を着ていた。同じく制服のままだった久太と北沢に向こうが気付き、「あんたたち、誰？」と話しかけられる。強気な少女に、シャイな音楽少年二人は縮《ちぢ》こまるばかりだった。

加奈は同級生で、町の大学生がやっていたジャズバンドでベースを弾いていた。北沢にとって大学生は（今思えば数歳しか離れていないのに）ずっと上の存在で、そんな人々とバンドを組んでいた加奈はよほど大人びて見えた。しかし加奈に言わせれば、やっているのは古い曲ばかり、そもそもジャズはもう古い。ラジオで聴いたような甘い歌声とファンシーなギター、激しいドラム、その中で図太いベースを弾きたいそうだ。

品定めをするような目付きで加奈はこちらを眺めた後、何故か彼女もスタジオに入ってきた。真似事《まねごと》でいいから、と言って譜面《ふめん》を渡される。曲名を知っていた。あのラジオ番組で聴いたことのあるものだ。

北沢がドラム、加奈がベース、そして久太がボーカル兼ギター。役者は揃った。

三人で音を合わせる。初めの一音から身震いしっ放しだった。

夢中でドラムを叩《たた》く。無茶苦茶なリズムかもしれない。けれど、これほどまで楽しい演奏は初めてだった。この手から音楽が生まれる。ラジオで聴くだけだったものが目の前にある。

最後にシンバルを叩く。余韻《よいん》に痺《しび》れ、つい顔がにやける。久太と加奈が北沢を見ていた。にやりと笑っていた。

バンド結成の瞬間だ。

奇跡に似た感動を覚えたが、それは音楽をやる人間にとってありふれたものだった。それでも人生は一度しかなく、北沢たちにとっては特別な一瞬だった。

それからは三人で学校から帰ると、すぐにスタジオへ向かった。どんどん息が合い、曲が洗練《せんれん》されていく。何にもないちっぽけな町から、とんでもないことが始まろうとしている。根拠もなく確信していた。

自分たちのバンドの曲がラジオで日本中に響く。三人で海岸沿いに座って、そんな空想をして笑い合っていた。海より青い炎が灯っていた。ずっと遠くへ行こう。そう決めた。

北沢たちは高校を卒業した後、三人で上京した。窮屈な町を抜け出し、霧がかった青春に別れを告げるのだ。どれだけ反対されたって止まらなかった。東京へ行く夜行バスで隣に座っていた加奈は、人生がめちゃくちゃだと口を尖《とが》らせた。しかし目には笑みを浮かべていた。

その姿にどうにも惹《ひ》かれて、加奈への淡い気持ちを自覚した。

期待と不安を抱えて出てきた東京で、それぞれバイトを見つけながら、バンドもステージに立ち始めた。北沢たちの音楽は少しずつ磨《みが》かれ、聴いてくれる人も増えた。順調に階段を上っていると思った。

しかし、若さゆえの魔法のエンジンは、気付けば失われているものだ。

自主制作のCDを二枚作り、ライブハウスにもすっかり常連になった頃、少しずつ喧嘩《けんか》が増えてきた。ドラムの入りが最近少し早い、いやいやベースが遅い。最近、ボーカルのパフォーマンスの調子が悪いんじゃないか。MCが上滑《うわすべ》りしてるぞ。些細《ささい》なことだった。

どこからか何かが崩れた。

うまく前へ進めなくなり、バンドの音が揺らぎ始めた。何故こうなってしまったのか、当時は頭を抱えた。しかしそのきっかけを探しても無意味だと今は分かる。結局は器《うつわ》が足りなかったのだ。音楽を飼い慣らすアーティストとしての器だ。

久太が加奈との間に子供を作った。

そう打ち明けられたとき、すべてが終わった。東京に来て六年が経っていた。

北沢はずっと加奈への気持ちを秘めていた。それは原風景として心に書き込まれ、いつまでも消えることがないようだった。けれど、久太の言い表せない魅力も分かっていた。北沢自身、それをひしひしと感じていた。

加奈が久太に惹かれ、バンドが壊れる。

二人は自分を置いてどこかへ行ってしまった。音楽と恋と野心と希望、北沢を突き動かしていたすべてを持ち去ってしまった。絶望した一方、何故かそれが必然に思えた。

北沢だけは音楽業界に身を残した。知り合いに拾われバンドのマネージャーを始めた。いつか見た海の青さが、まだ脳裏に焼きついていた。

身を粉にして働いた。音楽を作るセンスはなかったが、聴くセンスはあったようだった。バンドが目指すべき音楽を探し、ライブの見せ方を模索《もさく》する。賢くなければバンドは生き残れない。北沢自身の経験だった。

初めて担当したバンドが大きく売れた。北沢の評判が業界で広がる。いくつかのバンドを手掛け、彼らも順調に育っていった。辣腕《らつわん》プロデューサー、といった呼び名が定着した一方、北沢は心の瑕疵《かし》をいつまでも感じ続けていた。この手で音楽を奏でる感覚が忘れられない。

十年を超える月日が流れたとき、久太が死んだ。

高校の友人からたまたま聞かされた。若年性の病《やまい》だったそうだ。話を知ったとき、既に久太の死から一か月が経っていた。それほどの小さな死だった。強烈な虚《むな》しさに襲われた。随分《ずいぶん》と時間が経ったはずなのに、未だにこれほどの衝撃を受けるとは思ってもいなかった。

きっとまだ、心に期待が巣喰《すく》っていたのだ。

北沢は会社に長い休暇を請《こ》うた。会社も、これまで頑張り過ぎてきたのだから、とすぐに認めてくれた。北沢が面倒を見ていたバンドは他の人間へ引き継いだ。ちょうどそのバンドとしても頃合いだった。

空っぽな頭に唯一あったのは、かつて自分たちが作った音楽だった。自分たちのバンドの曲がラジオで日本中に響く。昔の空想がどうしても忘れられなかった。

ミニFMと呼ばれるものがある。小さな送信機から微弱《びじゃく》な電波を発信する放送で、届くのはせいぜい数百メートルほど。電波法にも引っかからない。

機材と軽バンを買った。送信機から音楽の電波を飛ばし、車を走らせた。既にラジオの時代は終わり、インターネットの時代が始まろうとしていた。あの頃、ラジオの趨勢《すうせい》なんて考えたこともなかった。懐かしいことばかりだ。

いつも眺めていた故郷の海辺に軽バンを停めた。そこで寝泊まりしながら、思い出の音楽たちをFMラジオに乗せて何日も流した。かつて擦《す》り切れるほど聴いたロックの数々、そして自分たちで作った曲。音楽を売るプロになってから聴いてみれば、その曲は欠点だらけで到底売れるものではなかった。けれど、全く駄目という訳でもない。耳を傾けたくなるフレーズもあって、手を尽くせばバンドも日の目を見られたのかもしれない。

でも、もう過去の話だ。

何日も同じ音楽を流し、ようやく悟り始めた。これはもう過去の話だ。

久太の死は二度目の死だった。一度目は久太が加奈を孕《はら》ませたとき。あのときもうすべてが死んでいて、終わっていた。そして二度目、本当の死。ゼロだった可能性が、もう一度ゼロになった。

北沢は音楽を流すのを止めた。

やっと諦められたように思えた。

絶望的な出来事の数々は、今となっては感情の伴《ともな》わない思い出になっている。かつて感じたはずの痛みは、もうその欠片《かけら》すら思い出せない。

でも十太、久太の息子の音楽は、その思い出に再び色を与えるような音だった。

北沢はタクシーを降りた。目的地へ着いた頃にはライブが始まる少し前になっていた。雑居ビルの地下一階にライブハウスはあった。螺旋《らせん》階段を降りると、軽い金属の音がコツンコツンと反響した。受付にチケットを渡して、分厚い防音扉を開けてもらう。外とわずかに気圧の違う空間に、粘り気のある空気が充満《じゅうまん》している。

ステージに男が立っていた。目を隠す長い前髪、よれた白いシャツ。キマっているという訳ではないのに人目を惹く。綺麗《きれい》に舞台に収まり、その空間を我が物にしている。

何より、真っ赤なギター。久太と同じフェンダーのテレキャスター。

霧野久太の面影《おもかげ》をそのまま纏《まと》い、霧野十太はそこにいた。

ステージの前には多くの観客が詰め寄り、陶酔《とうすい》するような目で十太を見つめる。後ろにあるテーブルの一角から手招きをされる。そこには横井がいる。北沢もそのテーブルに肘《ひじ》を置き、また無言でステージを眺める。

照明が落ちる。観客のざわめきが静まる。

淡い音のギターフレーズが聴こえてきた。何度も何度も繰り返されるその音は、耳の中で増幅していくようにも思える。照明が少しずつ点《つ》き、十太とサポートメンバーを照らし出す。

場の熱量が上がっていく中、十太はすっと歌い出す。嗄《しゃが》れた声が耳を撫《な》でるように聴こえてくる。ステージで展開される世界に巻き込まれる感覚。

うまい。

パフォーマーとしての間の取り方と音楽の技量、全体のまとまり。すべてが高い水準にあった。安定感があり、観客を魅了する力を持っている。やはり、横井が見つけた逸材《いつざい》なだけある。

十太の表情を見ると、彼の目線が気になった。十太は遠い目をしている。ギターにも観客にも焦点が合っていない。その目を見て、何か引きずり込まれるような気持ちになる。ふと集中が切れた。

北沢たちのかつての音楽がどこかで重なる。派手ではないが、無性に続きが聴きたくなる音。十太もその父のギターを聴くことがあったのだろうか。

十太は演奏する表情の節々《ふしぶし》に久太を匂わせ、ときには加奈の姿も映し出す。確かに彼らの子なのだと、北沢に思い知らせる。続きを見せられているような気がする。かつて断ち切られたものの続きだ。いつしかの希望と絶望がない交ぜになって、とにかく大きな振幅をもって、襲い掛かってくる。

この歳になり狼狽《うろた》えるとは思っていなかった。

「『凪《なぎ》に溺《おぼ》れる』」

十太が曲名を告げる。気付けば、身構えている自分がいた。

長い長いフレーズの後に、十太は歌い出す。

黒い海は凪《な》ぎ　ラジオはノイズ吐き出し
予感はまだまやかし　波打つ繰り返し
遠雷はどこかへ去り　君のワンピースも波
心をたぶらかし　吐き切れない苛立ち
いつまでも途上に立ち　祈りを繰り返し
水平線の先　また出会う二人

かつて北沢たちのバンドもあの町で海を見ていた。この水平線の先までも、どこまでも行けると思っていた。行ってどうするのか、なんて考えなかった。どこか遠いところへ行きたかった。どこでもよかった。

あのときは体に衝動を纏っていた。

予感に身を突き動かされるのは、どれだけ美しい経験なんだろう。

霧野久太は北沢に多くのものを与え、そして一気に奪っていった。北沢の人生をぐちゃぐちゃに荒らした。北沢は長い時間を経《へ》てやっと静かな日々を取り戻していた。

しかし今、その息子が北沢の前に現れた。

また北沢に何かを与えようとしている。長い時間をかけてようやく諦めることができたものを、再び目の前にちらつかせている。この期《ご》に及んで北沢の平穏《へいおん》を荒そうとしている。

怒ってもいいだろう。泣き叫んでも許されるだろう。

不条理だと思えるほど、その存在は北沢の人生を掻《か》き乱す。

ライブが終わると、北沢たちは足早にその場を去る。螺旋階段を上り、ひとまず地上へ出た。

横井が北沢に聞いてくる。

「どうでした？」

「……よかった」

「ですよね」

そこで横井が口を噤《つぐ》む。北沢の表情に何かを察したらしい。

「俺があのボーカルに話してもいいか？」

北沢は横井に言った。横井は困惑《こんわく》するような表情を浮かべている。これまで北沢はレーベル所属にゴーサインを出すだけで、直接アーティストと話しに行くことはなかった。

客が出ていった頃合いを見計らい、再び地下に戻る。出口に立つスタッフに名刺を見せ、十太が出てくるのを待たせてもらう。

やがて扉が開いた。背の低い男がギターを背負って出てくる。霧野十太だ。少年を思わせる小さな背中。ステージに立っていた男とまるで別人だ。演奏を終えると姿が様変《さまが》わりするところまで久太に似ている。

北沢は話しかける。

「すみません」

「……はい？」

ぼんやりと、怪訝《けげん》そうな顔をしている。あいつもいつだって無自覚な顔をしていた。

北沢は名刺を取り出し、十太に渡す。

「ワンダーミュージックから……いや、俺のところから、デビューしないか」

もう後悔していた。しかし、抗《あらが》えなかった。

また予感に身を投じようとしていた。

‡

十太は話を受けてくれた。

これはつまりメジャーデビューという話だ。ワンダーミュージックの力をもってして音楽を出回らせるということになる。普通のアーティストなら顔色を変えて飛びつくようなことだ。

しかし十太は少しの動揺《どうよう》も見せず、小さく頷いただけだった。

……彼は、デビューを望んでいるのか？

北沢は分からなくなる。十太にエゴを押しつけているだけのように思えたのだ。

それから一週間が経った。北沢は新宿の居酒屋にいた。

イタリアンを出す小洒落《こじゃれ》た店だ。席も広く、落ち着いている。気張《きば》りたくはないが、いいものは食べさせてあげたい（どうせメジャーデビューしても、いつも行くのは安い居酒屋や焼き肉屋だったりする）と、北沢がバンドマンたちを連れてくる馴染《なじ》みの店だった。

十太とはここで落ち合う予定だった。まずは色々な話をしたい。デビューに関してもまだ何も決まっていないし、どう面倒を見ていくかも練る必要がある。何より、北沢が何者なのか、十太の両親とどういう関係なのかを打ち明けたい。聞きたいことや言いたいことがいくらでもあった。

「……中々、来ないですね」

横井が呟《つぶや》く。既に約束した十九時を十分過ぎている。とりあえず頼んだビールは泡が引いている。横井には北沢から十太との関係を話していた。どうやら横井も緊張を覚えているようだった。

「だな」

北沢は店員を呼び、小鉢を頼む。ビールに口をつけ、また黙る。

十太はやはり現れない。

別のテーブルから、「遥《はるか》さん、誕生日おめでとうございまーす」と賑《にぎ》やかな声が聞こえてくる。見ると、三人の店員がケーキを持って、カップルの座る席にやって来ていた。サプライズのようで、遥と呼ばれた女性が目を丸くしている。向かいの男が微笑《ほほえ》んでいる。

さらに十分が過ぎる。

さすがに遅い。メジャーレーベルの人間に呼ばれ、遅れるアーティストがいるのか？　そう思い、自分の驕《おご》りに苦笑《にがわら》いする。わずかな苛立ちと、それ以上の胸騒ぎを覚えていた。

電話が鳴った。

はっと驚き、ポケットからスマホを取り出す。もしもし、と答えるが、ガサリガサリという物音しか聞こえない。

「もしもし？」

「……霧野です……すいません」

十太の声が息切れに混じって聞こえてきた。

「ごめんなさい。……ちょっと、間に合いそうもないです。本当に……すいま……」

ノイズが酷《ひど》い一方、声は切実さを帯びている。北沢は胸騒ぎが増すのを感じながら尋ねる。

「どうした？　何があった？」

「……が、危ないんです」

「え？」

十太の声がノイズに埋もれる。

「彼女が……って言い出して……」


バンッ。


鈍い音が響いた。

「おい！　大丈夫か！」

電話は繋がったまま、しかし返事はない。路肩にいるような音が聞こえる。そして、人の悲鳴が響く。怒号《どごう》のような、切迫した声が覆い被さる。救急車、という声が聞こえた。

「おい……おい！　返事をしてくれ！」

気付けば北沢は立ち上がり、叫んでいた。居酒屋の客がこちらを見る。横井も心配そうな顔を向けている。しかし構っていられない。スマホの向こうから返事はない。

「おい！　十太！」

予感が、嫌な予感がする。また大きな振幅が襲い掛かってくる。

しかしどこかで、必然な何かが起きたような気もしていた。

五章　破顔

二〇一九年　光莉

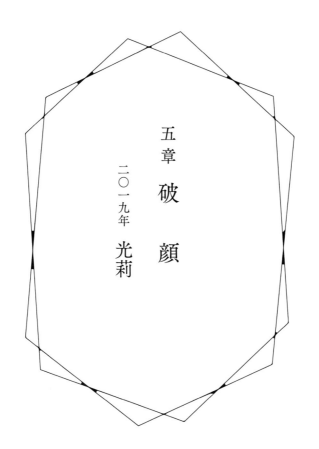

どこかから救急車の音が聞こえる。

相葉光莉《あいばひかり》ははっと我に返り、キーボードへ向かう手を止める。時刻は二十三時を回っていた。デスクの明かりだけが灯《とも》り、暗い部屋の壁に自分の大きな影が映っている。記事の原稿を直していたら、いつの間にかこんな時間になっている。手元のカップには冷め切ったコーヒーが三分の一ほど残っている。

もう今日は終わりにしよう。

席を立ち、散らかった六畳の部屋を出る。十月ももう終わろうとしている。冷気が素足《すあし》を撫《な》で、思わずつま先立ちになる。我が家の狭いキッチンの流しに、酸化し切ったコーヒーを捨てる。コーヒーを淹《い》れる、ということが光莉の仕事のスイッチになっていた。飲むことはそこまで主眼にないから、いつも少し残ってしまう。こうして色んな事が型にはまっていく。喜ばしいのか、寒々しいのか。

出版社に勤めて二年、会社を辞め、フリーライターになってさらに三年が経った。背伸びをした独立だと自分でも思っている。前の勤め先のツテから仕事を回してもらい、自転車操業の日々を続けている。

スマホを見ると通知が一件。母からのラインだ。光莉は思わず苦《にが》い顔をする。母の反対を押し切り、光莉は東京で仕事を続けている。地元へ帰らず東京で就職すると言ったときには卒倒《そっとう》しかけ、出版社を辞めたと告げたときには卒倒していた。育て甲斐《がい》のある娘だと思う。

『次はいつ帰ってくるの？』

はあ、と溜息が出る。いつでもいいでしょ、とすぐに返信したくなるが、さすがに堪《こら》える。正直、帰りたくない。帰っても母からは小言《こごと》が漏《も》れるだけ、結婚の話なんて特に聞きたくない。大学のうちは大丈夫、と身ままな恋路を歩んでいたが、大学の頃から堅実なお付き合いを営《いとな》んできた周りの友人ばかりが結婚していく。ツケが回ってきた。

再びデスクに戻り、エディターを閉じてブラウザを開いた。ＵＲＬを叩《たた》けば、細々《ほそぼそ》とやっているブログが出てくる。新規投稿のボタンをクリックし、空白の入力欄《らん》を眺める。

しばらく腕を組み、何か書くことがあるか考える。なければないでいい。誰かに見てもらうためのブログでもなく、ただ自分のために書き残している。仕事の内容から離れ、こうして自由に言葉を練るのが、光莉にとって大切な時間だった。

『もともと文章を書くのが好きだった』

そんな書き出しになった。

もともと文章を書くのが好きだった。物語を生み出したい、というタチではないけれど、自分の思考を言葉にしていく作業が好きだった。中学生の頃の日記帳が残っている。まめに付けていた訳ではなく、内容もその日の宿題は何だ、とかいう雑多なものだったけど、それでも見返してみれば、どこかじんわりと心が温《あたた》かくなる。

自分には過去があったのだと安心できる。

記録を残すことの大切さに気付いたのは最近で、それは大抵、後悔を伴《ともな》って気付かされるものなのだと知った。

言葉を扱う人になりたくて、大学を卒業して大手出版社に入社した。編集者の採用には落ちてしまったが、それでも言葉に近いところに行きたいと、営業職に応募した。けれど言葉はずっと遠くにあった。自由な文章を書く機会はほとんどなかった。

日々の隙間にいつも違和感があった。母の反対を撥《は》ね除《の》けて東京に残ったが、それに見合うものが見つからない。コツコツと自分の役目を果たしていく人間を尊敬していたが、それは自分がそうなれないことの裏返しだったのかもしれない。

視界は暗く、色彩がない。

働き始めて一年半でそんな状況になっていた。

大学の後輩から連絡が来たのは二月。大学生の頃は大学の寮に入っていて、今もその寮で出会った人間とは親しい。大学生っぽい雑な自治が展開されていて、常識というものが概《おおむ》ねない場所だった。そもそもこの世に常識なんてないのだと知ることができた。

その寮で音楽祭をやるらしく、その人手が足りないから手伝って欲しいと頼まれた。後で聞いてみれば、光莉の潰《つぶ》れっぷりを見かねて、息抜きにと声を掛けてくれたらしい。気分転換に、と藁《わら》にも縋《すが》る気持ちで話を受けた。

そして本当に縋るべきものを見つけた。

あの日、確かに出会った。信じるべきものに出会ったのだ。

会場ではライブの演出チェックのスタッフをしていた。お祭り騒ぎのようなムードが久々で心地いい、なんてことぐらいしか考えてなかった。そんなとき、大トリのバンドが現れた。彼らはこのライブを機に解散するらしい。バンドのギターが演出の確認に来たとき、少しだけ話す機会があった。

光莉は「悔いのないように」といった言葉を掛けたのだと思う。何の気なしに口にした。しかしギターの男は、少しの沈黙の後、こう言ったのだ。

「……いいえ、この後悔を忘れちゃ、駄目なんです」

男はすぐ身を翻《ひるがえ》し、その場を去った。光莉は呆然《ぼうぜん》とその後ろ姿を眺めていた。

光莉は他のスタッフに頼み、音響席に入れてもらった。ステージを一望できる特等席だった。ギターの男の言葉が心に残り続けていた。

ステージ上にそのバンドが上がる。先ほどのギターの男はどこか神妙《しんみょう》な顔をしている。体格のいいドラム、長い黒髪の女性ベース、そして、真っすぐ遠くを望むボーカル。不思議と視線が引きつけられた。

会場の集中は冬の寒さで研《と》がれ、すべてがそのバンドへ向いていた。

彼らは互いに頷《うなず》き合った。最後のライブが始まった。

ボーカルが前を向き、コードを鳴らした。初めの一音で息を呑む。複雑に揺れ動いていくコードに他の楽器の音が加わる。力強く、かつ清廉《せいれん》。誠実なのに空っぽ。スピーカーから吐き出されるのは大音量だが、それが意味するのは静寂なのだ。気付けばボーカルが歌い出している。夢に浮かされるような曲だった。呆然と聞いていた。

これまでのバンドとは明らかにオーラが違った。彼らはまるで観客を見ていないようにも思えた。盛り上がりとはまた別の、異様な雰囲気を生み出していた。

会場の初めの戸惑いが、曲を重ねるうち、次第に一つの方向へ導かれていく。困惑した観客の表情は、次第に切実なものへ変わる。肌がビリビリと痺《しび》れる。最後は観客全員が何かを求めている。

何だこれ。肌が震える。とんでもないものを目にしている。

自分の身があっという間に呑まれていく。こんな大きなもの、いったいどこに隠れていた。いや、そもそもこの世では、目に見えない流れが無数に重なり合っているのか。その方向が合わさり、取り出されている。

最後の曲が始まる。

どんな歌詞だったか覚えていない。どうしても思い出せない。同じフレーズが繰り返され、歌詞が終わってもボーカルは「ラララ」と歌い続ける。会場の誰もがボーカルに合わせてメロディを口ずさむ、いや、叫んでいる。自分だって叫んでいる。

どういう訳か予感がした。何かが始まる予感だ。

かつて確かに願ったものがあったのだと思い出す。それが形を成して遠くで待っているような気がする。まだ諦められていないのだ。きっと後悔になる心残りが、胸の中でヒリヒリと痛んだ。

文章を綴《つづ》りたい。言葉を紡《つむ》ぎたい。自分を残したい。

大きなものをずっと望んでいた。いまさらになる直前に思い出した。

自分はまだ、どこへでも辿《たど》り着ける。

ぐるぐると頭を巡っていた考えが、一気に整理された。視野が広がり、ステージが眩《まぶ》しく見えた。こうしてライブの様子が言葉になった。長らく封じ込められた自分の言葉が、また文章になって、頭の中へ一気に流れた。

そして今、自分はこうしてフリーライターをしている。あのとき感じた流れのようなものを信じて、会社を辞めて、言葉を書いている。

……。

光莉はキーボードを叩くのを止めた。肩の力を抜き、窓を見る。カーテンは開けっ放しで、その向こうにはじっとり息を潜《ひそ》めるような住宅街が広がっている。

投稿ボタンを押すのが躊躇《ためら》われた。

あのライブを観ていたとき、確かに信じたものがあった。でも時折思うのだ。

会社を辞めていなければ、と。

不安定な生活の中、常に戦っているような気分になる。どうして戦わなければいけないのか、何故《なぜ》こんな選択をしてしまったのか。あのとき感じた流れを見失い、凪《な》いだ水面で、じたばたと藻搔《もが》いている。

自分は何を信じたのだろうか。

その一言を付け加えて、投稿のボタンを押す。

何かをインターネットに投稿するときは、数時間おいてから、冷静になってアップロードするものを再確認しましょう。

‡

中高生向けの文章で、そういうのを見たことがある。ごもっともだよなあ、と光莉は自分の昨日の投稿を見ている。

電車に揺られ、出版社へ向かう。元勤務先、今はクライアントだ。女性誌の記事をいくつか振ってもらっていて、今日は巻頭インタビューの取材だった。それなのに寝不足でメイクの乗りが今一つ。

手元のスマホには自分のブログが表示されている。これが二十八歳の文章か、と思えるほどに自制なく垂れ流された内容だった。仕事の記事なら客観的になれるが、自分の趣味の文章だとそれが難しい。

……けれど消すつもりはない。

寮でのライブを綴った文章を残していなかったことを、光莉は心から悔やんでいた。あの日、脳に言葉が溢《あふ》れた。耐えられずに、家に帰ってベッドへ突っ伏してしまった。翌朝、頭に残っていたのは、会社を辞めるという決意、いや、決意したという事実だけだった。彼らがどんなバンドだったたか、その全貌を知ることはもうできないのだ。あれ以来、どんなことでも書き残そうと決めている。

電車を降り、スーツ姿の会社員に揉《も》まれながら階段を下る。光莉は装飾の控えめな服を着ていたが、ともすればこれからデートに行くという説明でも通ってしまうような姿だった。かつての職場の駅名が書かれた、期限切れの定期ICカードから、今日も残金が引かれていく。

会社のビルに入った。かつてはゲートに社員証をかざせばオフィスエリアへすぐ行けたが、その社員証は過去のものだ。受付に立ち寄ると、見知った顔がある。

「あ、遥ちゃん。お久しぶり」

遥は光莉に気付いていたらしい。可愛《かわい》い笑《え》みを向けてくれた。

「光莉さんもお久しぶりです」

遥は光莉がこの出版社に勤めていたときから今も受付で働いていて、友達と呼べる間柄だった。飲み会ではよく喋《しゃべ》ったものだ。よく介抱《かいほう》してもらった、とも言える。

「最近、彼氏とはどう？」

挨拶《あいさつ》代わりにそんな質問をする。遥には長く続いている彼氏がいた。メーカーで働いているらしい。

「ぼちぼち順調ですよ」

「ぼちぼち」

「揚げ足取らないでください。長く付き合えば、そんなもんじゃないですか」

「そんなもん」

「止めてくださいって」

遥が口を尖《とが》らせる。その一挙手一投足《いっきょしゅいっとうそく》が可愛いから、そりゃあ彼氏ともうまくいくだろう。

遥に許可証をもらってエレベーターに乗る。雑誌の編集フロアへと上がり、仕事を振ってくれた編集長に挨拶をして、またエレベーターで最上階へと上がる。そこにインタビュー用の応接室があった。部屋に入って荷物を置き、担当編集者に挨拶する。些細《ささい》な考え事はすべて棚に上げて、仕事モードに入る。今日のインタビュー相手は、十時にここまで出向いてくれる予定だ。カバンから資料を取り出し、もう一度目を通す。

大宮夏佳《おおみやなつか》。

二十八歳の水泳選手。昨年の日本選手権、女子二百メートル平泳ぎの部で優勝。成績低迷で年齢のこともあり引退が囁《ささや》かれていたが、そんな噂《うわさ》を撥《は》ね除《の》けるような番狂わせだった。その優勝を皮切りに各大会で好成績を残し、東京オリンピック出場やメダル獲得が期待されている。

同い年か。光莉は内心で呟《つぶや》く。プロフィールの上に載った写真がどこか眩しい。

十時ちょうどに、夏佳はマネージャーとともに現れた。紺のジーパンに黒のブラウス、シンプルな出で立ちだが、一般人と違うオーラが漂う。光莉よりも十センチほど高い背丈に、すらりと伸びた体軀。脚の線が綺麗《きれい》に現れている。モデルのよう、いや、それよりも美しく思える。ついじろじろ見てしまい、慌《あわ》てて姿勢を正す。

編集者が光莉を大宮に紹介する。

「相葉光莉と申します。今日はよろしくお願いいたします」

「大宮夏佳です」

大宮選手は綺麗に腰を折る。声が遠くから響くような印象がある。緊張しているのかと思い、光莉はなるべく笑顔を心掛けた。しかしよく観察すれば緊張という訳ではなさそうだ。自然体だが隙がない。感情が読めないのだ。

光莉、編集者、大宮選手、マネージャーに加えてカメラマンが合流した。打ち解《と》け話をするような空気ではなく、どこかピリッとした雰囲気が漂う。

「それでは色々とお聞かせ願えればと思います」

光莉はICレコーダーを回し、インタビューを始めた。大宮には事前に簡単なアンケートに答えてもらっていた。それも参考にして、質問を振っていく。

「まずは昨年の日本選手権、優勝おめでとうございます」

「ありがとうございます」

「大宮さんの大きなターニングポイントであり、好調のきっかけだと思うのですが、何かご自身でも思い当たる好成績の理由はありますか？」

「……そうですね、何かを大きく変えた訳ではありません。ただ、これまでの積み重ねがようやく形になったような印象があります」

「それまでに迷いというのはあったのでしょうか」

「……具体的な練習法には試行錯誤《しこうさくご》がありました。どれが適切かをコーチと相談しながら、色々とやり方を変えてきました」

「ではその反面、優勝したときの喜び、安堵《あんど》というのは感じられましたか？」

「……ああ、よかった、とは思いました。このやり方で合っているという確信が次の大会にも繋がっていったように感じます」

淡々とした会話。

光莉は質問を続ける。大宮は打てば響くような答えを返す。ブレがなく、既にどんな問いに対しても答えが用意されているようだ。

ただ、光莉は他のインタビューでは感じたことのない得体の知れなさを覚えた。木に話しかけるような手応《てごた》えのなさ、しかし一方で、その存在に潰されるような息苦しさがある。光莉は続けて尋《たず》ねる。

「……今年、婚約を発表されましたね。おめでとうございます」

大宮は同期の元水泳選手（既に引退していて、今は名門高校でコーチをしている）との婚約を発表していた。

「ありがとうございます」

「先を越されました」

「……え？」

「私、大宮さんと同い年なので」

「あ、そう、ですか」

愚痴《ぐち》を溢《こぼ》してみたら、大宮は気まずそうな顔をしていた。初めて人間味のある反応が返ってきた。

「何か、婚約して心境の変化はありましたか?」

「……いえ、特に。彼とは自然な流れでそういう話になったので、あまり大きな変化はなかったです。一つ、人生の節目《ふしめ》を付けた気はしましたが」

静かに答えが返ってくる。あまりに静かだった。何となく、それで分かった。

彼女には語る欲がない。

人には誰《だれ》にでも、己を語りたいという欲があるように思う。言葉にすることで自分を確定させて安心したいと望むのだ。だから、インタビューでは裏話などが漏れる分、整理のための嘘が混じる。いや、それを嘘と呼ぶのは苛烈《かれつ》すぎるかもしれない。見逃されるべき誤魔化しだ。

しかし目の前の大宮は淡々と事実を述べる。きっと自分の中で整理が完結している。明確な軸があり、他者を通じて自分を整理する必要がないのだ。

再び手元のアンケートに目を落とす。気になっていた項目があった。

「……アンケートで気になったところがあって。大切なもの、の項に、宝箱、とお答えいただきましたが、それはどういったものでしょうか」

真面目な、悪く言えば特筆すべきところのないアンケートの中で、人柄が滲《にじ》む唯一《ゆいいつ》の回答だった。

「ああ……」

大宮は少しだけ頬を綻《ほころ》ばせた。恐らく彼女にとっては珍しい反応だと思う。

「私の父親は転勤族で、中学三年の二学期に東京のスイミングスクールの強化校へ所属するまで、各地を転々としてたんです。そんな中で色んなものをもらったので、それを仕舞《しま》ってました」

「なるほど。手紙だったり、寄せ書きだったり、そういうものですか？」

「はい」

「あ、男子からの告白の手紙とかは」

野次馬根性で聞く。ダメ元だったが、大宮は意外に狼狽《うろた》えている。

「……そんなのはないです、けど」

大宮が言い淀《よど》む。ということは何かがあるのだろう。期待を滲ませて目を見つめると、大宮は根負《こんま》けしたように口を開いた。

「……ギターのピック、とか」

「ピック？」

「昔、もらったんです」

「男の子に」

「……はい」

光莉と大宮は顔を見合わせ、互いに相好《そうごう》を崩した。光莉は「これは記事にできないですね」と冗談を溢《こぼ》す。

「ギターを弾く男の子と仲がよかったんですか？」

「はい、中三の頃。……多分、私の初恋でした」

「その子とは何かあったんですか？」

「いいえ、何も。……ただ、引っ越す前に、曲を作ってくれました」

「え、素敵！」

キャッと盛り上がる。静かに座っていた男性のマネージャーが難しい顔をしている。合コン中に女子同士で意気投合し始めたときの男の顔と同じである。

「……音楽かあ。いいですよね、やっぱり頭に残るし」

光莉はそう言いながら、昨日のブログに書いたことを思い出していた。

「私にも大切な歌があって。その曲があったから今があるというか。けれど、誰の曲かは分からないから、もう思い出の中でしか流れてくれないんですが」

頭の中であのメロディが蘇《よみがえ》る。歌詞の失われた曲。

大宮が呟く。

「……分かります。だから、忘れないように頭の中で繰り返す。何度も、何度でも。そうやって、私はここまで来たんだと思います」

今、大切な事を聞いた気がした。

光莉は記憶の中だけにあるメロディを口ずさむ。これまで何度も繰り返した曲。あの日の感情を丸ごと思い出せる訳ではない。けれど、その欠片《かけら》でいいから求めている。

大宮の表情が一変した。

「……はまだまやかし　波打つ繰り返し」

「え？」

しばらくして、それが歌詞だと気付く。大宮がうわ言のように続ける。

「……遠雷はどこかへ去り　君のワンピースも波」

そうだ、そういえばそんな歌詞だった。光莉は思わず目を見開く。

「心をたぶらかし　吐き切れない苛立ち　いつまでも途上に立ち　祈りを繰り返し。

水平線の先　また出会う二人」

わずかな抑揚《よくよう》をつけて、大宮が小さく歌う。まさに光莉の記憶にあった曲と同じだ。忘れていた歌詞が鮮《あざ》やかに蘇る。「ラララ」とコーラスが続く。大宮と光莉は小さな声で歌い続ける。

大宮の声がすぼんでいった。

「……で」

何かを言う。

「どこで、その曲を聴いたんですか！」

大宮は立ち上がり、テーブルから身を乗り出す。グラスに入った水がグラグラと揺れる。

「教えてください！　どこで！」

「大宮さん、落ち着いて！」

マネージャーが制止に入る。しかし、大宮は光莉へ詰め寄り続ける。今までの静けさが嘘のようだ。その目に光が宿っている。何かを求める光。どこにも見当たらなかった欲。

またた。

また、何かが始まる予感がする。

この曲は、いつも途方もないものを連れてくる。

‡

どうにかインタビューは終わった。

大宮は落ち着きを取り戻したものの、結局どこか上《うわ》の空だった。光莉はその曲をたまたま聴いただけで、詳しいことは何も知らない。そう伝えると、大宮はひどく落胆した様子だった。

家で今日のインタビューをまとめながら、大宮のことを考える。

どうして彼女があの曲を知っているのか。歌詞をすべて覚えているのか。この出会いは偶然だろうか。

気付けば文章をまとめる手が止まっている。ウェブ媒体での記事の締め切りも迫っているから、悠長《ゆうちょう》なことをしている暇はない。インタビュー記事の草稿を作り、仕事の整理のためにメールを確認する。すると無題のメールが届いている。知らないアドレスからだ。

『相葉光莉様
突然のメール、すみません。大宮夏佳です』

文面を目で追い、すぐに心拍数が上がった。来た、と思った。続きを読む。

『今日は取り乱してしまい、申し訳ございませんでした。マネージャーから連絡先を聞き、連絡させて頂きました。

あの曲は、私にとって、本当に大切な曲です。いつの日か、必ずもう一度出会えるのだと信じていました。些細なことで構いません。どうかあの曲について知っていることをお聞かせ願えませんか。

大宮夏佳』

またあのメロディが頭に流れる。ぼやけた人影がギターを鳴らして歌っている。確か、真っ赤なギターだった。ボーカルの目だけが見える。遠くを見つめる瞳。

大宮夏佳との出会いは偶然か？ ……偶然だろう。でも、その偶然を手放す気はない。運命に変えたい。

すぐに返事を書いた。


次の土曜日。

高田馬場《たかだのばば》の駅前広場に光莉はいた。無数の人が光莉と同様に誰かを待っている。平日ではないからスーツ姿は少なく、まだ早い時間なので学生が群《む》れていることもない。

光莉は大宮を待っていた。あのライブを観た、母校の大学の寮を訪ねることにした。

光莉が学生の頃は、夜になるとこの広場にさらに人が集まった。大学生たちの社交場に変貌《へんぼう》し、大学生という期間で起きるにふさわしい、くだらなくも鮮やかな事件が連鎖的に起きていた。振り返れば苦さと眩しさを感じる。きっと今は見えないものが見えていた。

しばらくして大宮がやって来た。今日もジーパンを穿いていて、上はシャツとカーディガン。

大きな眼鏡《めがね》はもしかしたら変装かもしれないが、明らかに人目を引いている。

　こちらから話しかけようと思ったとき、大宮の目が光莉に留まった。向こうから駆けてくる。

「おはようございます」

　折り目正しいお辞儀をされ、慌ててしまう。何だか自分のちんちくりんさを思い知らされるようだ。こちらも「おはようございます」と腰を折る。今日は取材という訳ではない。どんな距離感でいればいいか戸惑う。

　大宮は小さく俯《うつむ》いている。光莉を見下ろしているのかと思ったが、微妙に目が合わない。言葉に詰まる。本日はお日柄もよく、と言いかけ、鈍色《にびいろ》の空を見上げる。

「……の」

「え?」

　大宮が何かを言った。光莉が耳を澄ます。

「あの、先日は、すみませんでした」

　大宮がまた深々と頭を下げた。周囲の目が集まるほどである。慌てて「そんなお気になさらず」と応じるが、大宮は頭を下げたままだ。光莉は肩を摑《つか》み、無理やり顔を上げさせる。すると紅潮した頰が現れた。

「大丈夫です。私もあなたに話を聞きたかったんです」

　光莉が言うと、大宮はきょとんとした顔を向ける。光莉は続けた。

「知りたいんです。私と、もしかしたら大宮さんの人生を変えた、その彼のことを」

どうして自分はライターをしているのか。自分は何を信じたのか、信じたものの先に何があるのか。実体の見えない彼がその答えを知っている気がするのだ。

大宮は小さく頷いた。似たようなことを考えていたのかもしれない。

人混みの中を歩き出す。光莉は歩きながら、無難に世間話を振る。しかし、大宮は曖昧《あいまい》な返事を寄越すばかりだった。つい、光莉は聞いてしまう。

「……何か、緊張してます？」

大宮のただでさえ伸びた背がさらに硬直する。

「休みの日に、こう、同年代の女性の方とどこかに行くのが、すごく久しぶりなので……」

「そ、そんな固くなることなんですか」

「慣れて、いないです」

口元をすぼめ、頭を掻いている。

色々な面を持つ人だと思った。下調べで出てきた写真は力強く水を切る競泳水着の姿が大半で、凜《りん》とした表情が記憶に残った。かと思えば、インタビューではどこか遠くを見ているような印象。そして目の前にいるのは、こう言っては悪いかもしれないが、とてもシャイな女性だ。三つの像が脳内でうまく重ならない。

「……私のこと、光莉って呼んでください」

「え？」

「自分も夏佳さんって呼びますから」

光莉は大宮、改め夏佳に笑いかける。夏佳はぽかんとしていたが、やがて、「分かりました、光莉さん」とはにかんだ。その表情は少女のようだ。

かつて自分の庭だった大学周辺は、数年が経つ間に微妙な光景の変化があった。どこにでもあるチェーン店が数軒増え、いつも前を通り過ぎるだけだったカフェが潰れていた。小綺麗《こぎれい》な雑居ビルが建ち、見知らぬ会社の看板が掲げられている。休日だが学生と思《おぼ》しき人影も多い。部活のTシャツやキャンパスバッグなど、すれ違う人々にささやかな学生の匂いが混じるのだ。

「学生街って、こんな感じなんですね」

ぽつりと夏佳が呟いた。

「と、いうと？」

光莉が聞くと、夏佳は少し狼狽《うろた》えながらも話してくれる。

「……その、私は大学を出たんですけど、所属はスポーツ科学部で、学生生活も水泳一色だったんです。寮と大学とプールを行ったり来たりの日々でした。でも、普通の学生っていうのは、こんな街を歩いて、こんな空気を吸って、こんな友達に囲まれながら、学生時代を過ごすのかなあ、と思ったんです。私より色んなものが見えている」

街を眺める夏佳の目にどこか憧憬《しょうけい》のような色が混じる。

そんな見方をしたことがなかった。学生時代は振り返れば鮮やかだけれど、その最中《さなか》にいるときはむしろ薄《うつす》らとした劣等感があった。どこへも出ていけない。右往左往《うおうさおう》して何となく燻《くすぶ》っている。この街の匂いは、そういう淡い焦燥《しょうそう》と模索が作っている。

夏佳の環境は展望が開け、整備が行き届き、そして苛烈《かれつ》な空気を纏《まと》っているのだろう。模索の日々には違いないが、その方向はもう定まっている。そんな場所で生きてきた夏佳に畏怖《いふ》を覚える。その過酷《かこく》さを背負う気もないのに、そうやって力強く生きられたらと夢想する。

「どうして夏佳さんは、水泳を続けてきたんですか?」

光莉が尋ねると、夏佳は小さく眉をひそめた。

「……どうしてでしょう」

「え?」

「うまく思い出せないんです」

夏佳はぎこちなく笑った。

「テレビでたまたま観た水泳選手に憧れて水泳を始めたのは覚えてます。けれど、泳いでいるうちにその憧れを忘れてしまった」

その感覚は光莉も知っていた。過去の感情の手触りを忘れてしまうのだ。

「はっきり覚えているのは中学三年生のことです。十太《じゅった》……あの曲を歌っていた男の子です。彼の隣に座りながら、私は泳ぎ続けると誓った。そして東京のスイミングスクールの強化校へ行くために十太がいた町を離れました。そのとき、泳ぎ続けていればまた十太に会えると確信しました。……決めつけました」

「……十太さんと会うために泳ぐんですか?」

光莉が観たバンドのボーカル、彼は十太というらしい。光莉が聞くと、夏佳は首を振る。

「もう理由を問うのは止めたんです」

冷たい北風が路地に流れた。身を竦《すく》める。冷たい痺《しび》れが体に留まり、消えてくれない。

夏佳が泳ぐのは信仰にも似ているかもしれないと思った。泳ぐという形だけがある。

「私は次のオリンピックに出たい。もう、年齢的にラストチャンスです。そしてこの時期に、また十太が私の前へ現れかけた。私の願いが結実しようとしているのが、肌で分かるんです」

やはり夏佳は確信をもっていた。


大学へ入る。わずかに光景は変わっているものの、学生街に比べたらこちらは誤差と言える。少し安心して歩みを進める。

南キャンパスの奥深く。裏門から構内に入り、左に一回、右に二回折れる。しばらく歩くと突然に空気が変わる。小さな広場の向こうに古びたコンクリートの建物が。

……現れない。

光莉は立ち尽くした。

目の前には、がらんどうの空間。

「……光莉さん。ここがその寮だったんですか？」

夏佳が尋ねてくる。目の前にあるのは空き地だった。寮の建物は姿を消し、平らにならされた砂地だけが広場と連続して露出している。立ち入り禁止のロープが張られ、奥には寮の裏手にあったはずの別の研究棟が見えていた。

取り壊されていた。

いつの間に。何も聞いていない。

「光莉さん、大丈夫ですか」

気付けば夏佳に肩を支えられていた。そこでようやく我に返る。

「……確かに、ここに寮があったんです。鉄筋コンクリートで四階建ての。物が散乱してて、人も取っ散らかっていて、野放しになっているような」

野放しだった。好き勝手に生活が行われていて、これが自由かと震えるような時間が流れていた。けれど、自由ゆえに身を保証してくれるものなんてどこにもなく、根っこのない自分に気付いて怖くなったりもした。その自由に晒《さら》される中で、次第に心の構え方が涵養《かんよう》されて、今のフリーライターという地位にも耐えられるだけの強さを得た場所だった。

ここが自分のルーツだった。

広場に男が立っていた。髭《ひげ》を伸ばし、ネルシャツを着ている。空き地を眺めながら煙草《タバコ》をくゆらせている。光莉は尋ねた。

「すみません」

「ん?」

「ここ、いつ、潰れたんですか?」

「ああ。……ちょうど二か月くらい前だよ」

男は昔、この寮に住んでいて、今はこの大学で英文学の研究をしているという。偲《しの》ぶように語った。

「あっけなかったよ。二年前に、大学が老朽化を理由にして廃寮を決めたんだ。そりゃみんな反対したけど、その頃にはもう寮の住人がほとんどいなかった。イベントがあっても、人も集まらなくなってたしな。代わりの家賃補助が出たから、みんな渋々出ていった。ここは別の研究棟になるらしい」

男は煙草を吸い終わると、足早にその場を去っていった。この場所にどう身を置いていいか分からないようだった。

「……痕跡《こんせき》は、なさそうですね」

夏佳は寂しそうに呟く。寮に来ればあのライブの資料が残っているんじゃないか。そう思ってここまで来たが、寮自体が残っていなかった。

消えていくのか。

過去になるということの意味を知った気がした。月日による風化を受けるということだ。確かにあったものの存在が曖昧になる。誰もアクセスできなくなる。乾いた絶望を覚えるが、その絶望が実在するものかもあやふやなのだから、やり切れない。

自分は何を信じたのだろう。

……いや、そもそも何かを信じたのだろうか。

そう思いかけて、踏ん張った。

違う。自分はここであのライブを観て、何かを信じて、今を生きている。

「夏佳さん」

光莉は口を開いた。

「……はい」

「他に十太さんの手掛かりはないですか」

「え?」

「あなたのような確信を私も得たい。自分の信じたものを知りたい。これが最後の機会のような気がしているんです。もう、本当に過去が消えてしまう。どうか、もう少しだけ私にチャンスをください」

頭を下げた。

「……私たちに、大差はないのかもしれないですね」

夏佳がぽつりと言う。光莉は顔を上げる。

「いつまでも、諦められない」

夏佳は空を見ていた。寮があった空間に広がる、青空。

‡

車の排気ガスが白い。年々、秋は短くなっているのではないか。そう思わせるような寒さである。雲一つない真っ青な空がますます空気を冷たく見せた。

光莉は川口駅のロータリーにレンタカーを停め、夏佳を待つ。夏佳が十太の住んでいた町を案内してくれることになった。ここから車で五時間ほど掛かる海辺の町だ。少し強行軍だが、行けないこともない。

近くまで迎えに行くと言ったら、夏佳はあっさりと家の住所を明かした。信頼された、というよりは、細かいこと（といっても住所は細かいことじゃない気がするが）への執着がないのだろう。有名人なんだからもう少し気をつけた方がいいんじゃないか。親戚のおばちゃんみたいなことを思った。

しばらくして夏佳が現れる。こちらから手を振ると、向こうもぎこちなく振り返してきた。

「今日はよろしくお願いします」また綺麗なお辞儀をする。「運転、本当にお願いしてもいいんですか？」

「任せてください。慣れてますから」

その町へは電車で行ってもよかったが、終電の時間がとても早く、帰れなくなったら困る。夏佳は明日も練習らしい。その身を一日預かるだけでも申し訳ない。

車に乗り込み発進した。しばらくして高速道路に入り、単調な道になる。夏佳とはぽつぽつ話をしていたが、次第に口数も少なくなる。出発が早かったので、夏佳はどこか眠たげだった。

「寝ていても大丈夫ですよ」

「いや、それは申し訳ないというか……」

「いいですよ、私も眠くなったら寝ますし」

「え？」

「嘘です」

返事がない。脇見運転になるので反応も窺《うかが》えない。言わなきゃよかった。

「……お言葉に甘えて、目を閉じています」

夏佳が小さく笑い、そう言った。車内は静かになり、小さくついていたFMラジオの音が耳に入ってきた。最近のヒットチャートの音楽が流れている。そういえば、この頃はあまり音楽を聴いていない。特に新しい楽曲は駄目だ。食指が動かず、結局、昔の曲を流す。新しいものを好きになることが次第に難しくなっている気がする。

「FMラジオ、懐かしいです」

夏佳がぽつりと言った。

「昔はよく聴いていたんですか」

「いや、私は別に。でも十太が聴いていたんです。変な周波数で番組が入るって言って、ラジオを学校に持ってきていました。懐かしい曲が聴こえるって。中三で懐かしいなんて言葉、今から思えばませていますけど」

夏佳は、ふふ、と笑う。その様子が幸せそうで、何故か胸が締めつけられた。回想はいつだって美しい。

途中、いくつかサービスエリアに寄りながら、昼過ぎに高速道路を降りた。新しい出口が開通していて昔よりもアクセスは楽になったらしい。電車の線と並走するように走ると、やがてトンネルが見えてきた。夏佳が口を開く。

「この先が、私と十太のいた町です」

夏佳の声には身構えたものを感じる。中学三年生のときに町から引っ越して以来、一度もここへは戻っていなかったそうだ。

トンネルに入る。橙《だいだい》の古いナトリウム灯《とう》の先に、小さな出口の光が見える。その光が次第に大きくなる。白い。眩しい。光を抜ける。

左手の景色が一気に開けた。青黒い海が広がっている。海には太陽の反射光が線になって走り、波によって乱されている。その手前には、海に向けて住宅地が広がる。小さな町。

山の斜面に沿った幹線道路を走る。夏佳は窓の外をじっと見ている。

「開けても大丈夫ですよ」と光莉が言うと、夏佳は窓を開けた。冷たい外気には、どこか潮の匂いが混じっているような気がする。

「……こんな町でした」

夏佳の呟きは、潮風に搦《から》め捕《と》られて消えていく。


幹線道路が町の中心へ降りていく途中に、中学校が建っていた。ここがとりあえずの目的地だ。事前に電話を入れており、こちらの名前とフリーライターの肩書、そしてここの生徒だった大宮夏佳のことを告げ、取材のアポを取っていた。

山からせり出すように、その敷地は広がっている。斜めの土地が切り開かれ平らにならされていた。校舎の玄関の脇に車を停め、降りるとともに伸びをした。東京よりも空気が綺麗な気がする。そういえば実家には二年近く帰っていないなあ、と自分の故郷のことを思い出す。海沿いではないが、町の大きさというか、雰囲気が似ていた。

夏佳は車を降り、海を見ていた。視線の先では緩《ゆる》やかな山肌に家が建ち並び、海沿いに商店街が延びる。さらに奥には港があり、そして海が広がる。水平線を拝んだのはいつぶりだろう。

夏佳が呟く。

「また戻ってくるとは思っていなかったです。もうここへは来ないんだろうって思いながら、この町を後にしたのに」

夏佳はどこか拍子抜けしているように見えた。かつての確信は、ときに意味を成さない。

校舎へ入り、夏佳の案内で職員室に行く。こちらの名を告げると、教頭だという先生が現れ、光莉たちを応接室へ案内した。

「フリーライターの相葉光莉です。本日はよろしくお願いします」

名刺を渡し、「こちらがこの中学校の生徒だった、大宮夏佳さんです」と夏佳を紹介する。教頭は頭を下げ、光莉の名刺を受け取った。こちらから話を始めようとしたとき、教頭が口を開いた。

「ところで大宮さんは、その……あの、水泳の大宮さん、で合っていますか」

さすが有名人だ、その名前に聞き覚えのある人は多いのだろう。夏佳は静かに答える。

「はい。水泳選手をしています」

「ああ、やはりそうでしたか。いやあ、驚いた。まさかそんな方がうちの卒業生だなんて」

「いや、ここに通っていたのは中二の四月から中三の二学期の初めぐらいだったので、卒業生という訳ではないです」

「あ、ああ、そうですか」

教頭は明らかに残念そうな顔をする。夏佳は何も言わない。

「今日はある男性のことを探して、こちらを訪ねさせて頂きました。夏佳さんの取材の一環でして」

霧野《きりの》十太の名前を挙げる。夏佳と同じ年度の生まれだと話すと、教頭は難しい顔をする。重い息を吐く。

「……記録が残っていないことはないはずですが、それが校内にあるかどうか」

「探して頂くことはできませんか」

「不可能ではないですが……」俯いていた顔がこちらへ向く。「その情報を教えてもいいのか、正直、私では判断しかねますね。今時、個人情報がややこしかったりするでしょう?」

個人情報が云々《うんぬん》と渋られるかもしれない、というのは光莉も考えていたことだった。だからこそ夏佳を連れてきた。実際に夏佳がいれば、さすがに拒絶されることはないと思ったのだ。

「そこを何とか。この学校に通ってた生徒が昔の友人に会いたいと言っている、という些細な話なんです」

「まあねえ……」

教頭は顎《あご》に手を当て、口を開く。

「ひとまず何か、大宮さんがここに通っていたという証拠はありますか？」

教頭に尋ねられ、夏佳は驚いた顔を見せた。「証拠……」と呟き、それから思案顔になる。しかし思い当たらないようで、その面持《おもも》ちは暗くなっていく。

「あ、卒業アルバムはどうですか？」

光莉が思いつく。それなら学校に残っているはずだ。「なるほどねえ」と教頭は呟き、重たい腰を上げて部屋を出ていく。教頭を待つ間、夏佳はじっと黙って虚空《こくう》を見つめていた。しばらくして教頭が戻ってくる。

「この年度で合ってますかね」

そう言いつつアルバムを取り出す。夏佳がそれを受け取り、ページを開く。夏佳のクラスのページと思しきところで手が止まった。夏佳が視線をうろつかせ、そして一つに定める。光莉もその先を見た。

霧野十太。

小さな顔写真が載っている。真っすぐにこちらを見据える目。幼さの残る表情だが、そこには意志を秘めたような強さがある。光莉が脳裏に描いていた姿に合っていた。

光莉は別のところにも視線を移す。探しているのはかつての夏佳だ。だが、あいうえお順で大宮夏佳がいると思しきところに写真はない。

夏佳が別のページを開く。クラブ活動のページ。水泳部のところにも姿はない。夏佳の転校後に撮られたのだろう。他のページへ。遠足、修学旅行、文化祭……夏佳が目を細々と動かす。アルバムには無数の笑顔。その顔の主は分からない。

ページを捲《めく》る夏佳の手が遅くなっていく。夏佳はアルバムを見るのを止めている。

「……写真はありましたかね」

教頭が頭を掻いている。


結局、何も手掛かりを得られなかった。

「すみません」

学校を出たとき、夏佳に頭を下げられてしまった。咄嗟《とっさ》に首を振るが、夏佳はすまなそうな顔をしている。

「いやあ……どうしましょう」

光莉は呟く。本当は十太について何かしら情報を得て、実家などを訪ねられたらいいと思っていた。夏佳は十太の家がどこにあるか知らなかった。分からないことばかりだった。

夏佳に尋ねる。

「他に心当たりはありますか？」

「……寄りたい場所なら」

ぽつりと言い、口をむっと噤《つぐ》む。何かを考えているようだった。

夏佳の案内で、車を停めて歩くことにした。

山の斜面に見えていた住宅街は、歩いてみると想像以上に入り組んでいた。どれも古い家が多く、その間に小さな階段が延びている。時折地面をならして狭い畑が作られていた。足元に気をつけながら段差を降り、一息ついて前を見る。海から眩しい光。空の色は黄色に変わり、海が西日を煌々《こうこう》と跳ね返す。

「綺麗ですよね」

後ろにいた夏佳が呟く。光莉は下の段から見上げる形になる。その背の高さが際立《きわだ》ち、やけに凜として見えた。

「……町の友達にとって、この景色は当たり前のものだったみたいです。でも私にはずっと綺麗だと思えた。多分、この町が私の通過点でしかなくて、故郷にはなりえなかったからです。生まれたときから引っ越しばかりで、見飽きるほどの景色は私にはなかった」

夏佳がぽつりぽつりと語を繋ぐ。彼女の言葉が語られるのは新鮮だった。この町に来て、そして中学校を訪れて、彼女の中で再整理のようなものが起きている。

「……だから私は泳いでいたのかもしれません。何度も、何度でも、泳いできたんです。私の軸を持つために」

光莉は夏佳の泳ぐ姿を思い出していた。

夏佳の泳ぎは本当に美しい。夏佳へのインタビューの前に泳いでいる様子を動画で観たが、ついい何度も観返してしまった。水を掻く姿よりも、その後に水中で体を伸ばす時間が印象的だった。邪魔するものがないかのように、すっと進む。気付けば他の選手を抜き、先頭にいる。軽やかでしがらみがない。

「十太が教えてくれたんです。憧れを信じて、ずっと前を見る。他のことなんて知らない。泳ぐことしかできなくてもいい。とにかく泳ぐんです。それ以外はすべて些細なことです。私を認めるのは私だけでいい。そうやって進んできたんです」

その瞳に太陽が映り込む。力強い輝きを放つ。

眩しい。

光莉は目を細める。

自分の頭の中には常にぼんやりとした霞がかかっているように思えた。不安や迷いを含んだ思索。それを捨て去りたい。そう思うが、どこかでこの霞に安堵している自分もいるのだ。開き直ることを恐れている。

でも夏佳は、光を全身に抱いている。

歩いているうちに神社へ辿り着いた。夏佳の目的地はここだった。石造りの鳥居が建っている。開けた広場があり、その奥に本殿《ほんでん》があるようだ。夏佳が懐かしそうに目を細める。

「昔、ここで盆踊りがあって、十太と一緒に来たんです。お互い人に馴染《なじ》めない方だったけど、一人は何だか寂しくて、二人で踊っているみんなを眺めていました。でも最後は友達に引っ張られて自分たちも踊ることになって。初めて人の中に溶け込んで、普通になれた気がして……」

広場を横切って本殿へ向かう。木がさわさわと揺れ、黄金色の木漏《こも》れ日もそれにつられて瞬《またた》く。潮の匂いが混じった風は、心なしか木々を艶《あで》やかにしているように思える。

光莉は何となく思い出した。

「神社……昔、おまじないが流行《はや》ったりしませんでした？」

「おまじない？」

「よくあったじゃないですか。通学路で黒猫を見たら不幸が訪れるとか、好きな人の名前を書いて枕の下に入れると恋が叶《かな》うとか」

「……あったような」

「神社のやつもあったなあって。同じことが三度願われると、その三度目で願いが叶う」

「ああ」夏佳にも思い当たることがあるようだ。「流行ってました、そういえば」

さすがは同年代だ。少し嬉しくなる。

「私、好きな子がいるからその人と付き合えるようにって願おうとしたけど、一度目二度目になりたくないから他の人が願うのを待って……みたいな駆け引きばっかかしてました」

思い返せば、大人の繰り広げる権謀術数《けんぼうじゅっすう》のような駆け引きより遥かに慎《つつ》ましい。いや、こういうところから女は戦いを覚えていくのかもしれない。

「……私もお願いしましたよ」

夏佳が小声で言う。くすぐったい笑みを浮かべている。

「……何てですか？」

「言うんですか？」夏佳は顔を赤らめ、でも言った。「『十太と一緒にいられますように』って」

「カワイイ！」

「ええ？」

神社の前でこんな話をキャーキャー言い合っているのはいかがなものか。神様にも、あと夏佳の婚約者にも悪い。……でも、神様にもこの手の話題の潤《うるお》いが必要だろう。

「でも、一度目二度目に願った人はその願いが叶わないっていうのが、なかなか厳しいところですよね」

「え？　そうでしたっけ」

夏佳が首を傾《かし》げている。

「いやほら、そういうおまじないじゃないですか。三度目の願いだけが叶って、他は絶対に叶わない」

光莉が知っているのはそういう話だった。

夏佳はよく覚えていなかったようで苦い顔をしている。が、その動揺はどこかチープで、光莉は夏佳とともに笑ってしまった。今の自分たちは、過去の物事にどれだけ動揺できるのだろう。

「……じゃあ今は、誰が十太と一緒にいるんでしょう」

ぽそりと夏佳が呟く。

本殿で頭を下げる。十太が見つかりますように、と願う。もし夏佳が同じことを願っていたら、自分たちが一度目、二度目を願ったことになるかもしれない。自分たちの願いは叶わない。十太は見つからないことになる。

でも願う。

おまじないは結局のところ、その程度でしかなく、無力だ。いや、願いそのものが無力ともいえる。人は叶えたいから願うのではない。願いたいから願うのだ。

手掛かりがないまま車を動かし、海辺の商店街まで来た。道中のサービスエリアで小腹を満たしてから何も食べていないままだったので、早めの晩ご飯を食べようとしている。今日中には東京へ戻りたい。

十太の手掛かりを知る旅は、敗戦色が濃厚だ。中学校が空振《からぶ》りに終わった時点で察し始めていたことだった。十太に繋がるものが見つかればいい、と思いながら、果たして本当に彼を見つけることができるのかと疑い始めていた。不思議と、見つからないのが十太らしいと思えてくる。

「……随分《ずいぶん》、シャッターが増えました」

商店街を前にして夏佳が呟く。短いアーケードの両脇に店が所狭しと並ぶが、半分ほどは閉まっている。曇った窓から濃い橙の光が差し、どこか骨董品のような匂いを醸《かも》す。夕方の買い物客が行き交っていたものの、どこか静けさを纏《まと》っている。

その商店街に足を踏み入れて少し。夏佳が歩くのをぴたりと止める。

「どうしたんで……」

尋ねかけて口を噤む。音楽が聴こえてくる。耳残りのいいギター。

光莉たちは何も言わず、その音の方へ足を運ぶ。雑音交じりの曲が次第にはっきりしてくる。

確信を深めるとともに、動悸《どうき》の高鳴りを感じる。淡い歌声が聞こえる。

あの歌だ。

夏佳と光莉の中で鳴り続けた、あの歌。

十太の声がする。

音の先には花屋があった。狭い間口から鉢がせり出すように並んでいる。花を映《は》えさせるためか、暖色の明かりが店から漏れる。

光莉と夏佳は互いを見て頷く。どちらからともなく店へ入った。

狭いカウンターに女性が背を向けて立っている。小柄なショートカットで、黒のエプロンをしている。光莉たちの気配に気付いてこちらへ振り向いた。

「いらっしゃいませ」

小さく頭を下げ、それから目を丸くする。

「……夏佳？」

その女性店員は夏佳という名前を知っている。夏佳はしばらくきょとんとしていたが、やがて口を開く。

「秋穂《あきほ》？」

「そう！　私だよ、秋穂！　久しぶり！」

秋穂と呼ばれた女性が、カウンターを蹴り飛ばすようにこちらへ出てきた。そのまま夏佳の肩を摑み、顔を寄せる。あまりの勢いに、夏佳はもちろん光莉も驚いてしまう。秋穂は頰を一気に紅潮させ、嬉しそうに笑う。

「夏佳、え、本当に夏佳だ！　すごい！」

「うん。夏佳だよ」

「夏佳！　元気？　……元気そう、よかった！」

「……ああ、なんか思い出してきた」

夏佳は秋穂に肩をぐわんぐわんと揺らされながら呟いている。光莉は呆気《あっけ》に取られながらその光景を眺めていた。

秋穂は小さな椅子をカウンターの前に用意してくれた。遠慮したが、客は顔見知りばかりだから、と席を勧めるので、言葉に甘えて腰を下ろす。

秋穂は夏佳の中学校の同級生で、今はこの花屋の店員をしているそうだ。バイトが楽しくてそのまま雇ってもらっちゃった、と笑う。

「夏佳、ニュースちゃんと観てたよ。本当に水泳選手になったんだね。すごいよ。去年の日本選手権、優勝おめでとう。いつかちゃんとおめでとうって伝えたかったんだ」

すごい、すごい、すごいと言葉を重ね、秋穂がにっこりと笑う。心からのものだと分かる称《しょう》賛《さん》。ここまで無邪気に誰かを褒《ほ》め称《たた》えられる人を初めて見た気がした。夏佳は照れくさそうな顔をしている。

既に十太の曲は終わり、別の曲が流されていた。秋穂が首を傾げる。

「えっと……そちらの方は？」

「あ、私、相葉光莉と申します。フリーのライターをしています」

いそいそと名刺を渡すと、「ライターさん？　カッコイイねえ」と目をキラキラさせる。名刺をまじまじと見て、照明に透かしてみてもいる。ここまでやられると恥ずかしい。夏佳の気持ちが少し分かった気がする。

「えっと、今日は、夏佳の取材……？」

「いや、そういう訳ではなく」

どう説明すればいいか迷う。夏佳と目が合い、彼女が小さく頷いた。話してもいいということらしい。

「霧野十太さんが今何をしているか、知りたいんです」

「……あ、さっきの曲」

秋穂がはっとしたような表情をする。光莉は続ける。

「そうです。私は夏佳さんとたまたま知り合って、互いにこの曲がずっと忘れられなくて、十太さんを探していたんです。分かっているのは曲だけで、バンドの名前も十太さんの今も何も分からなかったから、手掛かりを求めてこの町へ来た。そうしたら、たまたまこの曲が流れていて」

「……なるほど」

秋穂がカウンターから離れる。しばらくして、小さなパソコンを持ってきた。YouTubeが開かれている。

「今はYouTubeで作ったリストを再生してたの。さっき流していたのは、これ」

画面を覗《のぞ》く。

『the noise of tide「凪《なぎ》に溺《おぼ》れる」』

再生が始まる。耳残りのいいギター。あの曲だ。

十太の淡いボーカルがすっと始まる。何度聴いても綺麗だと思う。

そして綺麗なだけではないのだ。心に波紋が広がるのを感じる。

「YouTubeで色んな音楽を聴いていたら、たまたま見つけたんだ」

秋穂が訥々《とつとつ》と話し出す。

「私、高校も霧野君と一緒だったんだけど、霧野君は学園祭でこれを演奏したんだ。たった一人で。みんなバンドのコピーとかばかりなのに一人だけオリジナルで、しかも弾き語りで。最初はすっごく浮いてて」

光莉の頭の中で、シルエットだけの十太がステージに立っている。学校の体育館のステージで、真っ赤なギターを提《さ》げている。観客たちはきょとんとしてその姿を眺める。

「……でも、演奏が始まってからは、雰囲気が全部変わった。浮いてるんじゃなくて、圧倒的だったんだよ。みんな、じーっとその霧野君を見てた。何だか苦しくなって、ひりひりしてね。ステージにいる霧野君が眩しかった。最後ね、この曲のコーラスで、大合唱が起きたんだ」

十太がステージに立つ。観客がぼーっとその姿を眺める。最後の曲、『凪に溺れる』で、観客が歌い出す。かつて光莉が見た光景と同じだった。

「私も歌ってた。もうなんか、一杯一杯で、泣いちゃったんだよね。何で泣いてたんだろ。学園祭が終わった後、みんなが霧野君のことを考えてたと思う。でも、誰も口にしなかった。私だってそう。何だかすごく、やり切れなくなっちゃった」

十太の声が流れる中、秋穂はぽつぽつと呟いた。話は鮮明で、その中には確かに十太がいた。人を掻き乱す存在。心の奥から大きなものが引きずり出される。静かな熱狂と、胸の痛さが湧き起こる。

動画は夕暮れの浜辺の静止画が貼られているだけだ。説明欄にも大したことは書かれていない。関連動画には、このthe noise of tideの他の曲の動画が載っている。投稿者のページには同じように他のバンドの曲をそのままアップロードした動画が上がっている。半ば無作為にアップロードされたようで、何かめぼしい意図があるようには思えなかった。

「この曲、私も忘れられなかった」

秋穂がまた呟く。肘をつき、顎を乗せる。その薬指にリングが光っていた。夏佳も同じところに目が行ったらしい。

「秋穂、結婚したの?」

「え、あ、これ? うん、そうだよ。ちょうど先月に挙式したんだ。いいでしょー」

ぱっと表情を明るくし、左手を開いて見せる。幸せそうな笑みがすぐに零《こぼ》れる。これほど笑顔が素敵な人もなかなかいない、と光莉は内心で独り言《ご》ちる。

「でも、夏佳もそういえば婚約してたねえ」

「よく知ってるね」

「うん。そりゃ知ってるよ」

「そんな当たり前みたいに言われても」

「当たり前だよ」

何か、わずかにひやりとしたものを感じた。秋穂は笑顔を絶やさない。

「夏佳のこと、ずっとニュースで見てた。名前で検索すれば、Wikipedia《ウィキペディア》にも出てくるでしょ。出た大会だってちゃんと覚えてる。この前は競泳ワールドカップ、もう一つ前は世界選手権。こっちは銀メダルだったね。テレビで観てたけど、やっぱりぐんぐん進んでいくね。格好良かった」

その通りだ。秋穂の話はすべて合っていた。夏佳は驚いている。その表情を見て、秋穂は笑顔をくしゃっと歪《ゆが》めた。

「十二月からは中国で大会だね。その練習で忙しいのかなあ、とか考えてたけど、そっか、いつも練習ずくめなんてことはないよね。今日もほら、私の目の前にいる」

「……どうしてそんなに私のことを知ってるの？」

「当たり前だよ。夏佳、すごいんだもん。私が今まで出会った人の中で、一番すごい」

秋穂はまた曇りなく笑う。

「いや、そういうことじゃなくて」

「そういうことだよ。私は夏佳のことをずっと見ていたいよ」

秋穂は夏佳のことを、言葉通り、真っすぐ見つめていた。

「夏佳はやっぱり止まらなかった。こうやって、活躍している姿がこの辺鄙《へんぴ》な町に届くほど夏佳はすごい存在になった。本当に格好良い。どこまでも行けるんだ。私にとっては、それがすっごく眩しい」

秋穂の目元に皺《しわ》が寄る。夏佳は秋穂からすっと顔を逸《そ》らす。夏佳の目から体温が抜け落ちていくように見えた。

「霧野君の曲を聴いているとね、私だってどこまでも行けるんじゃないかって気持ちになるんだ。……そんなことないって分かってるけれど、それでも、思い込める」

秋穂は遠くを見る。光莉はつい視線の先を追う。

狭い間口の先に、向かいの店のシャッターが見えるだけだった。


夜九時の高速道路。

道路灯が等間隔で並ぶ。通り過ぎるたびに車内が明滅する。色彩を奪う橙の光。助手席の夏佳は、静かにスマホを見ている。

the noise of tide。十太のバンド名がついに分かった。

その名前で検索した。二番目に公式ページと思しきサイトが表示される（一番目はYouTubeの『凪に溺れる』だった）。ついに手掛かりが、と思ってそのサイトにアクセスした。しかし表示されたのは、そのサイトのURLが大きく載り、他が広告で埋め尽くされたページだった。どうやらリンク切れ、つまりページの管理者がドメインの更新をしないまま放置したようだ。

これには思わず溜息をついた。せっかく情報を得られると思ったのに。例えば連絡先が載っていれば、十太が何をしているか直接聞くこともできた。

the noise of tideという名前からどれだけのことが分かるだろうか。光莉がわずかに考えながら運転をしていると、夏佳が話しかけてくる。

「確かに、二〇一五年頃までは活動していたようです。少しですけど、ブログとかに書かれてます」

「……解散したのがちょうどその頃です」

「そうでしたね」

また互いに黙る。タイヤの音が響く。

そしてあの曲が流れ出した。もう曲名は分かる。『凪に溺れる』。夏佳がスマホから流している。

「YouTubeのさっきの動画にコメントを書こうと思います。新しくメールアドレスを作ったので、それを載せて連絡を待ちます。もし十太が見ているなら、気付いてくれるはず。そうじゃなくても十太を知っている人から連絡が来るかもしれない」

夏佳の声には希望が滲んでいた。光莉はそれを聞いて、不思議な気持ちになる。過去は消えていく。それが世の常なのだろう。空き地になっていた大学寮を見て心から理解した。

しかし、インターネットはその定めに逆向きの力を加えるようだった。

the noise of tideの楽曲はどれも数万回ほど再生されていた。有名バンドとは比べ物にならないが、それでも再生数は多い。動画がアップロードされたのは二〇一六年頃。既にバンドは解散している。

『凪に溺れる』を知っている人に出会えた。消えるべき過去のものが、再び存在を露《あら》わにし、広がっていく。届くべきところまで繋がろうとしている。

似たようなことをかつて耳にした気がする。

「『すべてのものは繋がるべくして繋がっている』、だっけ」

光莉が呟くと、夏佳が「どういう意味ですか?」と聞いてきた。

「いや、そんな言葉を聞いたことがあって」

どこで聞いた言葉だろう。振り返って、そういえば、と思い出した。

あれは大学生の頃だ。

当時、どうしようもない男と付き合っていた。同じ大学の寮生だった。生活能力がゼロに近くて、光莉が掃除やら炊事《すいじ》やらをしてあげていた。その男は情報学部の学生で、部屋で何台ものパソコンを繋げて年がら年中動かしている、ギークなパソコンオタク。そいつに抱かれているとき、足を動かした拍子にパソコンを蹴飛ばしたことがある。そのパソコンは呆気なく壊れ、光莉は猛烈に怒られた。あれは向こうが悪いだろ、と未だに根に持っている。これは余談。

その男の研究テーマが、物事の繋がり方だった。文系の脳に難しいことは分からなかったが、とにかく物事には繋がり方のルールがあるのだという。

『すべてのものは繋がるべくして繋がっている』

そんなことをよく言っていた。しかしこの男には繋がるべくして繋がっている女が多くいたようで、最後は向こうに浮気されて別れた。腹いせにパソコンをもう何台か蹴り飛ばした。

「……まあ、どうしようもない思い出です」

苦笑いを浮かべていると、何か光るものを思い出した。つい「あ」と声が出る。

「どうしたんですか?」

「ちょっと、気になって」

次のパーキングエリアに車を入れた。すぐにスマホを取り出す。ウェブ、アーカイブ、そのような言葉を入れて検索すると、Wayback Machineというサイトへ辿り着く。

インターネットのアーカイブを取るサイトだ。あの男はこれを研究に使っていた。ここにthe noise of tideのホームページのリンクを打ち込む。すると、過去のページが表示される。あった。

光莉の鼓動が高鳴った。これは過去の時点でのサイトの姿を表示するものだ。つまり、記録が残っていれば、リンク切れになる前のサイトを見られると思ったのだ。そこに二〇一五年のアーカイブが残っている。それを開くと、長い読み込み時間の後に、画素の荒いロゴが表示される。top, biography, live, newsといったメニューの中に、contactという欄がある。そこをクリックすると、たった一行だけの文字列が表示される。

メールアドレスだ。

‡

夏佳と海辺の町を訪ねてから一週間が経った。

十太を探す話は停滞していた。the noise of tideのホームページのアーカイブから見つけたメールアドレスには連絡した。十太に会いたがっている人間（夏佳のことであり、光莉自身のことでもある）がいる、という文面を送ったが、まだ返事はない。夏佳のYouTubeコメントにも特段の反応はないようだ。

今は待つ時間だ。そんなことを思って家のデスクで仕事をしている。きっと何らかの反応が来るはずだと言い聞かせている。そういえば、学生時代は似た意識が常にあった。来《きた》るべき将来に向けての準備期間だと、自分に言い聞かせて過ごしていた。

そうやって準備に準備を重ねて、辿り着いたのが今なのか。

……こんな今に辿り着きたかったのか？

先程までは女性に向けたファッションアイテムの記事を書いていた。男性がもらって嬉しいアイテム、今話題の雑貨店、フレグランス専門店の日本上陸……。ウェブ媒体から受けた記事執筆の仕事だ。夏佳へのインタビューといった雑誌の仕事は一、二割。光莉の仕事の大半はウェブでの記事執筆だった。ウェブ媒体の記事は質より量が求められる。報酬《ほうしゅう》の単価は安いが、要領を摑めば多くの記事を書ける。うまく仕事をこなそう、こなそう、こなそう……。

傍《かたわ》らでコーヒーが冷めている。

ディスプレイの右下に通知が現れた。はっとして記事を書く手が止まった。時刻は二十三時を回っている。随分と集中していた。その通知は新着メールを伝えるものだ。

『元・the noise of tideの石田正博《いしだまさひろ》です』

来た。一気に心拍数が上がる。まさに待っていたメールだ。

メールを開いた。

『相葉光莉様
元・the noise of tideの石田正博と申します。ご連絡頂きありがとうございます。返事が遅れてしまいすみません。どうお答えすればいいか分からなかったのです』

その後の文面で、文字が拾えなくなった。

『霧野十太は死にました』

死にました。

……。

死んだ。

死んだ？

……ぐるぐると頭が回った。中身のない思考が駆け巡った。浅い呼吸を繰り返す。メールには続きが書いてあるが、目が文字を上滑《うわすべ》りして意味を取れない。

こんな終わり方か。

取り乱す自分がいる一方、どこか冷めた声が心に聞こえる。

待っている時間は、つまり来るべき瞬間が訪れていない時間は、ある意味で幸福だろう。期待よりも美しいものは、そうそうこの世に生まれてくれない。

悲しみが押し寄せた。感傷的なものではない。ただ暗く、静かで、冷たい悲しみ。

「光莉さん？」

「え？」

遥に呼び止められて我に返る。

「そっちオフィスエリアですから、受付寄ってくださいよ」

元勤め先の出版社に、また雑誌の仕事の打ち合わせで立ち寄った。正博からメールを受け取ってから一週間が経っていた。

「ごめんごめん」

光莉は受付へと戻る。もう社員証はないのだから、オフィスエリアには受付を介さないと入れない。いまさらなことだった。

「……何かぼんやりしてますか？」

遥に言われてしまい、頭を掻いた。先日のメールを見てから、脳に鉛を入れられたような重たさを感じ続けている。「まあ、ちょっとね」と曖昧にぼかすと、遥のいつもの眩しい表情にもどこか影があることに気付く。

「遥ちゃんも何かあった？」

案の定、遥は苦い顔をする。

「……実は彼氏と喧嘩《けんか》しちゃって」

「え、珍しい」

「そうかもですね。私もこういうのは久しぶりで、ちょっと、動揺してます」

「そっかあ」

光莉はうんうんと頷き、気付けば口を開いていた。

「でも、取り返しのつかないことではない」

遥が驚いた顔をしている。遅れて、自分の言葉が変なものだったことに気付く。

取り返しのつかないことがずっと頭に引っかかっていた。


その日の夕方、光莉は真冬のコートを羽織り、池袋を歩いていた。このコートを着るのは今シーズンは初めてだ。まだ防虫剤の匂いがした。日暮れが近いものの、空には分厚い雲がかかっている。色がないまま、ただ辺りが暗くなっていく。

スマホのマップを頼りに動き、通りを一本入ったところにあるカフェへ着いた。ガラス張りの壁面に自身の姿が映る。

店の中に入る。白と焦げ茶色のツートンで統一された綺麗な店だ。ここを指定したのは正博だった。まだ先客はいないらしい。光莉は四人席に座る。

メールに返信してくれた石田正博と会うことになった。詳しい話を聞きたいとこちらから頼んだ。ダメ元だったが、すぐに了承してくれた。

今日は夏佳も来ることになっている。夏佳には、正博から来た返信をそのまま転送し、正博と会うかどうか尋ねた。十太のことに言及する勇気は光莉にはなかった。二日後、返事が来た。『私も会いたいです』と書いてあった。

「こんばんは」

頭上から声がした。はっとして顔を上げると、そこには夏佳がいる。茶色のロングコートが、その背の高さを際立たせている。「こんばんは」と光莉は挨拶を返すが、声は微妙に掠《かす》れてしまった。

夏佳はいつも通りだった。どこか遠くを見る目。凛とした立ち姿。

何も聞けなかった。夏佳が光莉に何かを聞くこともなかった。ただ、十太の死という事実だけが静かに横たわっていた。

先にコーヒーを二杯頼んだとき、店のドアが開いた。スーツ姿の男性がドアを開け、黒いニットを着た女性が中へ入ってくる。そのお腹の膨《ふく》らみに自然と目が行った。女性はその膨らみを抱くようにして歩いてきた。妊婦のようだった。

「相葉光莉さん、大宮夏佳さん……ですか？」

男性がこちらへ話しかけてくるので、はい、と答える。

「石田正博です。こちらは妻の梓《あずさ》です」

紹介された梓は小さく頭を下げた。そして席につこうとするが、お腹を気遣って慎重に座ろうとしている。思わず少し腰を上げ、それを見届ける。梓がこちらに気付いた。

「今、妊娠中で。あ、でも安定期なので心配なさらず」

梓はまた小さく頭を下げた。

正博と梓がコーヒーとジュースを頼んだところで、光莉が話し出す。

「その、今日は会って頂いてありがとうございます。……えっと、正博さんと梓さんは二人とも十太さんのことを知っているんですね」

正博が答える。

「はい。俺と梓と、ドラムの弘毅《ひろき》と、十太。この四人がthe noise of tideのメンバーでした」

そう言われて光莉は思い出す。確かバンドメンバーに女性がいた。それがこの梓だったのか。

「ベースを弾いていたのが梓さんなんですか」

「そうです。……もうここ数年弾いてないですが」

梓は恥ずかしそうに首元を触る。黒髪のショートカットだ。

「確か、昔はロングヘアーでしたよね」

そんなことを思い出して尋ねると、梓は正博の方を見た。二人の視線が合い、互いに目を細める。何かの感情が交錯したように見えたが、光莉にその正体は分からなかった。

「そうでしたね。でも、切りました。……もうベースは弾かなくなったので」

梓が髪を撫でる。彼女の白い首元がはっきりと見えている。まるで切りたての髪のように輪郭がくっきりして見えた。

「大宮さんは、水泳選手の大宮夏佳さん、なのですか？」

夏佳が「はい」と頷く。ここでも夏佳のことは知られていた。

「そんな方と十太は知り合いだったんですね」

正博は懐かしそうに言った。夏佳が自分の話を始める。中学三年生のときに十太と出会ったこと。十太が歌を歌ってくれたこと。その曲が、the noise of tideの『凪に溺れる』という曲に、後になっていたこと。

「ああ、あの曲」

正博が驚いた表情をしている。梓も同様の顔をしていた。梓が言う。

「バンドの曲はどれも正博と十太が作っていたけど、『凪に溺れる』だけは少し違うんです。あれは十太がほとんど出来上がっている曲を持ってきました。もう『凪に溺れる』というタイトルも決まっていた。それをバンドで編曲して、完成しました」

十太も『凪に溺れる』に対して色んな思いがあったのだろう。彼は何年もこの曲を歌い続けた。

「十太はどんな生活を、どんな人生を過ごしていたんですか」

夏佳が聞く。声が切実な響きを帯びている。正博と梓が顔を見合わせる。そして正博が口を開く。

「……十太と出会ったのは、俺が大学生になった年度の終わりでした。俺は十太の一個下です。

十太は高田馬場の駅前で、一人でギターを弾いて歌っていた。それがどうにも格好良くて、俺が声を掛けたんです。それから十太と仲良くなって、俺が高校の後輩だった梓を誘って、十太がドラムの弘毅を連れてきて、四人でバンドを組みました」

正博の顔には笑みが浮かんでいる。けれど、どこか強張ったものに見える。

「結果だけ言えば、俺たちは四年後に解散しました。大学の寮の音楽祭が解散ライブになった。これを光莉さんは観ていたんですよね」

尋ねられ、光莉は咄嗟に頷く。

「すごく格好良かった。……いや、そうじゃなくて」

うまく説明ができない。自分の言葉の貧弱さを思いながら、話を続ける。

「何というか、強大だった。私にも望んでいることがあるんだと気付かされた。だから、会社を辞めてフリーのライターになったんです。私が正博さんに会いたいと思ったのは、十太さんを探していたのは、あのライブで感じた衝動を取り戻したいからです」

突き動かされる感覚。まだ肌が覚えている。

正博はコーヒーに口をつける。

「……十太は自分の望みを手放さなかった。あいつに立ち止まる気はなくて、ただ戦い続けた。自分が戦っているとも気付いていなかった」

重たい吐息を漏らす。

「俺たちとは違った」

自嘲《じちょう》するように笑った。

そのとき、光莉は正博と梓が抱えているものに気付いた。何故、光莉と夏佳に会ってくれたのかを理解した。

彼らも一度は衝動を信じたのだ。光莉が感じたのと同じものを。

しかし、彼らはその衝動を手放した。

穏《おだ》やかな生活を歩む彼らはきっと幸福だ。けれど、信じたものを信じ切れなかったという事実が、その幸福を今も問う。お前は幸福になっていいのか？

夏佳が聞く。

「解散した後、十太はどうなったんですか」

沈黙。すぐに説明できないところに後ろめたさがあるようだった。やがて正博がまた口を開く。

「十太が何をしていたか詳しくは知りません。十太とはすぐに疎遠《そえん》になってしまいました。バンドを辞めたことと、妻……梓と付き合い始めたことに引け目があって、会うことはなくなってしまった。十太は下北沢でライブハウスに上がり続けていたそうです。十太らしいと思います」

正博の微笑《ほほえ》みが崩れた。

「次に十太のことを聞いたのは、去年でした。警察から電話がかかってきたんです。……十太が交通事故で亡くなった、という連絡でした」

構えていたはずなのに、胸が詰まった。

交通事故。

ぷつり、と音が聞こえた気がした。

正博は俯き、何も言わない。言えないのかもしれない。梓が続きを引き取り、話し出す。

「新宿の近くで路地から飛び出したとき、車と衝突したそうです。何か急いでいて、電話を掛けながら走っていた、と聞きました。十太に明らかな非がある、ということでした。通夜《つや》には間に合わず、私たちで葬式に出ました。十太のお母さんが喪主《もしゅ》で、参列する人の少ない、小さな式でした」

俯いていた正博が、拳《こぶし》をグッと握る。

「……十太は連絡先をほとんど人に伝えていなかったから、人が集まらなかったのは当然だったのかもしれない。でも、十太の音楽を知る人は絶対にもっと多いはずだった。悔《くや》しかった」

目が充血している。鼻声が混じっていた。

「俺は、悔しかった」

もう一度言い、溢れるように話し出した。

「俺は、あいつに歌い続けて欲しかった。諦めたことを俺が死ぬほど後悔するぐらい、売れて欲しかった。……でも、傍《はた》から見れば、結局正しかったのは俺になっちまった。片や、普通に勤めて会社員暮らし、片や、売れないバンドマンのまま事故ってお陀仏《だぶつ》。……あいつは何をやってるんだよ。そんなの、駄目に決まってる。諦めた人間が正しいなんて駄目なんだよ。俺がのうのうと生きてちゃ、駄目……」

正博の肩を、梓が無言で擦《さす》った。正博の体がびくりと震える。梓は何も言わない。正博は乱れた呼吸をぐっと静め、言葉を呑み込んだようだった。

光莉はその様子を、呆然と眺めるしかなかった。

すべてを諦められたら。

そう思ったことがある。

世の中に言葉を残したいという願望を中途半端に抱えながら今の仕事をしている。自分の名前をインターネットで検索しても、ごくわずかなページしかヒットしない。フリーライターは名前の残る仕事じゃない。自分の感性のままに文章を書ける訳でもない。望んだものとは何かが決定的にずれている。もう望みを手放してもいいんじゃないか、諦めどきかと思うこともしばしばだ。

でも。

目の前にいたのは、何かを諦めたはずの人だった。

正博は泣いている。諦めたことを後悔して泣いている訳じゃない。諦めたことが正しかったから泣いているのだ。

それが、一度願ってしまったことの代償《だいしょう》なのか。

「十太の事故は偶然だったのですか」

凛とした声。

はっと我に返る。隣に座る夏佳が、真っすぐに正博と梓を見つめている。

「どうして十太は急いでいたのですか。誰と電話していたのですか」

夏佳に相手を気遣う様子はない。ただ知りたいことを尋ねている。

思えば秋穂のときだってそうだった。夏佳は他者の懊悩《おうのう》が見えても、何も構うことはない。すぐに自分と切り離す。夏佳の泳ぎを思い出す。ただ夏佳は進もうとしている。静かなまま、ぐんぐんと前へ進む。

どれだけの強さがあれば、中途半端な慰《なぐさ》めを掛けなくて済むのか。

夏佳はもう悩みとは遠いところにいた。

正博と梓が黙る中、夏佳はスマホを取り出した。

「十太のことが知りたくて、YouTubeの動画に連絡先を載せました。何か知っている人がいれば連絡が欲しい、というコメントです。そうしたら一件メールが来ました。でも、その文章の意味は分からなかった」

そして、メール画面を見せる。光莉もまだ見ていないメールだった。

『十太は私の神様だった』

それだけの文面だ。メールアドレスはランダムな文字列と思しきものだった。

光莉は鳥肌が立っていた。メールの先に、得体の知れない存在を感じた。感情の色合いは分からないが、このメールの送り主も十太を強く思っている。

すべての矢印の先に十太がいる。

誰もが十太を思い、心を搔き乱されている。

十太さん、あなたは一体、何者なんですか。

光莉は怖くなっていた。

「……聖来《せいら》か？」

正博が呟く。夏佳がすぐに聞く。

「聖来とは、誰ですか」

「……小崎《こさき》聖来。十太とずっと付き合っていた女」

夏佳がわずかに目を見開く。梓が「聖来……」と言葉を漏らす。正博が続けた。

「聖来は十太のことを神様と呼んでいました」

神様。

正博の顔は苦々しい。光莉は聞く。

「聖来さんはどんな人ですか」

「……言い方は悪いが、危ない女性だった。十太を束縛《そくばく》するようなことも時折あって、いつも不安定だった。……でも、十太は聖来と付き合い続けていました。高校のときから付き合っていて、聖来を東京へ連れ出したのも十太です。バンドが解散したときも別れたような話は聞いていません」

光莉の中で十太の像が揺れる。梓が口を開く。

「葬式で聖来を見かけました。呆然と椅子に座ってた。ひどくやつれていた。……よく覚えています」

十太の死のときまで、聖来は十太と付き合っていたのか。

「メールの送り主に直接聞いてみます」

夏佳がスマホに文字を打ち始める。

『あなたは小崎聖来さんですか。the noise of tideの正博さんと梓さんから伺いました』

それだけの文面を送信した。

「……この後は、どうされるんですか」

正博が夏佳に尋ねる。少し怯むような様子だった。夏佳はすぐに答える。

「もしメールの送り主が聖来さんなら、会いに行きます。話を聞きたい」

迷いはない。出会ったときから、彼女に迷いはなかった。

夏佳のスマホが震えた。着信メール、という文字。夏佳がすぐにそのメールを開く。もう返信が来た。

『そうです』

それだけだった。思わず息を呑む。夏佳はすぐに返事を書いた。

『あなたに会って話がしたい』

やはり、何の躊躇《ためら》いもなく送信する。一同がテーブルの上のスマホを無言で見つめている。

二分後、また返信が来た。

『待っています』

住所が書かれていた。番地まで載っている。ここに来いということだろう。そしてその住所には見覚えがあった。

「これ、十太さんの故郷の住所です」

脳裏に山沿いの道路から見えた海の光景が蘇る。聖来はあの町に住んでいるのか？

また夏佳が返事を書く。

『今から東京を出て向かってもいいですか。今日中には着けます』

その文面を光莉に見せた。無言で、送ってもいいか、と聞いている。

気付けば頷いていた。

夏佳はまたすぐに送信した。今度は一分ほどで返事が来た。

『どうぞ』

それだけだった。


光莉がレンタカーの予約をしようとしたとき、正博が自分の車を貸すと言った。光莉は固辞しようとしたが、正博と梓がどうしてもと勧めてきた。

正博と梓が住んでいるマンションはこの店のすぐ近くで、そこから少しだけ歩くと駐車場があった。正博が言った。

「俺たちの代わりに話を聞いてきてください。梓を置いていくことはできないし、今の梓を遠くへ連れていくこともできないですから」

梓は妊娠している身、遠出はできない。正博から車の鍵を渡される。それ以外にも、何か大きなものを託されたような気がした。正博はまた口を開く。

「家族が増えるんです。もう親がくよくよしている訳にはいかない。分かってるんです。ちゃんと、分かってる」

梓が正博の背中に手を添えた。その背を無言で撫でている。幸せであって欲しいと思った。日陰があるから日向《ひなた》があるように、苦悩があるから幸福があるのだと言い切りたかった。それは誰でもない正博自身が言い切らなければいけないのだ。

正博と梓に見送られて駐車場を出る。サイドミラーで姿が見えなくなるまで、二人は並んで立っていた。

車内の暖房を強く効かせる。もう冬だ。急な長旅だったが、夏佳にメールの文面を見せられたときから気持ちは整っていた。

車が高速道路に入った。タイヤと地面の擦れる音が響く。それ以外に音はない。ラジオをつける気になれなかった。夏佳がぽつりと言った。

「私、十太が死んだって知った日も、練習があったんです」

光莉は話がどこへ行くのか分からず、曖昧に頷く。

「光莉さんが転送してくれたメールに目を通して、それから、練習に行きました。いつもの練習をいつも通りにこなした。……いつも通りだった」

夏佳の口調は淡々としていた。

「もう私は、止まることはないんだって思いました」

そして話は終わる。

光莉たちは十太を追う。もう死んだと分かっている人間と出会うため、未だに車を走らせている。既に結末が分かっていても、進み続ける。

眠気をまるで感じなかった。すべてが保留のまま、今だけは穏やかに凪いでいる。

‡

線路と並走するトンネルを抜けると、小さな町の光が見えた。既に家々の大部分が眠りに着いている。信号機がミニチュアのように光り、海の方角は吸い込まれるように暗い。空に星は見えない。未だに曇っている。

時刻は二十三時前。一度だけサービスエリアに入ったのを除けば、寄り道はなかった。不思議と体は疲れていない。むしろ緊張を覚えている。

遮《さえぎ》るもののない白の街灯が地面に円を描いている。幹線道路を折れ、古い住宅街の間をゆっくり走る。やがて目当ての建物が見えた。

年季《ねんき》の入った小さな平屋《ひらや》だ。

磨《す》りガラスから白い光が漏れていた。家の前に車を停め、コートを羽織って降りた。冷たい空気がゆるりと動いている。寒い。体を抱えると、鼓動の音がする。

夏佳と目が合う。小さく頷き、家の敷地に入る。玄関の前に立ち、呼び鈴を鳴らした。

中から物音がする。が、それも束の間。

泣き声。

赤ん坊の泣き声が響いてきた。戸が開く。小さな女性が立っている。五十代に見える女性で、小柄と言われる光莉よりさらに背丈が低い。

「すみません、泣き始めてしまって……よく来てくれました」

困り顔でこちらに笑いかけ、そして深々と腰を折る。

「あの、あなたは……」

夏佳が戸惑いながら尋ねると、女性は顔を上げた。

「霧野十太の母です」

皺の寄った小さな目が、どこか力強くこちらを見た。

どうして十太の母がここに。そう思ったが冷静に考え直す。そもそもここは十太の故郷の町だ。この家は十太の実家だろう。正しい問いはこうだ。

どうして聖来がここに。

夏佳がまた尋ねる。

「あの、ここに聖来さんがいるとメールをもらって」

「私も彼女から、あなたたちが来ると聞きました。どうぞ上がってください」

促《うなが》されるままに靴を脱いで家に上がった。赤ん坊の泣き声は少しずつ止み、やがて聞こえなくなる。

「聖来はこの中にいます」

左の襖を指し、入るよう促す。そして一礼して右手の部屋に引っ込んでしまう。光莉は夏佳を見る。夏佳は小さく頷く。導かれるままに襖を開けた。

穏やかな微笑み。

髪の長い女が腕に赤ん坊を抱いている。その存在を慈《いつく》しみ、頭の産毛《うぶげ》を撫でる。丸い蛍光灯の下、飾り気のないコタツの脇。清らかな呼吸が二つ重なっている。

その女がこちらへ顔を向けた。

「……大宮夏佳さん、ですね」

「そうです。小崎聖来さん？」

聖来は小さく頷いた。また赤ん坊を撫でる。どこかで答えを予想しながら、光莉が恐る恐る聞く。

「その子は一体、誰ですか」

「希《のぞみ》。……私と十太の子です」

驚きよりも諦観《ていかん》が勝《まさ》った。母でなければ出せない温《ぬく》もりが部屋一帯に漂っていた。聖来は光莉の方を向く。

「あなたは？」

「あ、私は、相葉光莉と申します。私も十太さんを探していて」

「どうして？」

「え？」

「どうして探しているんですか？」

聖来の大きな黒目がこちらを向いている。吸い込まれそうになりながら、言葉を探す。

「私はフリーライターをしています。十太さんの曲を聴いて、私は何かに突き動かされて、この職業を選びました。けれどそれが分からなくなって立ち止まろうとしている。あのとき信じたものは何だったかを知りたかった」

……けれど。

自分で言いながら、違和感を拭えない。何故この町へやって来たのかを知るために、この町へやって来た。そういう堂々巡りに陥《おちい》っているような気がする。

「聖来さん、あなたは何故ここにいるんですか？」

夏佳が立ったまま尋ねる。聖来は淡々と答える。

「十太が死んだ後、加奈《かな》さん……十太のお母さんが私を引き取ったからです」

「どうして十太は死んだんですか？」

「交通事故に遭ったからです」

「どうして事故に遭ったんですか？」

「急いでいて、道に飛び出したからです」

「どうして急いでいたんですか？」

聖来の答えが止まった。やはり彼女は何かを知っているのだ。しばらくの沈黙の後、もう一度聖来が口を開いた。

「私が死ぬと言ったからです」

部屋の空気が凍りつく。

「……どうしてですか？」

「それを聞いてどうするんですか？」

「どうもしません。十太がどう生きて、どう死んだのかを、私はただ知りたい。十太といたあなたのことも、私は知りたい」

聖来は重たい息をつく。

夏佳はじっと待っていた。いつもそうだ。彼女は知りたいことを知るためなら、気配りなど微《み》塵《じん》もしないのだ。

聖来は口を小さく開き、閉じる。希の頭を一撫でると、聖来はゆっくりと話し出す。

「私は高校を卒業して、十太とともに東京へ出ていきました。実家はこの町の隣。母に殴《なぐ》られていた私を、十太が連れ出してくれた。十太は私の神様。音楽のことばかり考えていて、私のことなんて少しも見ていない。だから私は十太の隣にいられた。

私を愛した人は、みんな私から離れていったから。

東京でともに暮らし始めても、十太の焦点は私に合わなかった。ずっと遠く、私には見えない大きなものを見ている。こちらを見てくれない十太に切なくなる。でもその痛みが私を生かしている。死にたい気持ちは消えないけれど、心はいつも静かだった。

十太はバンドを組んで、ますます音楽にのめり込みました。目の色が以前と違った輝きを帯びていた。多分、バンドが十太を変えたのだと思います。バンドの友情とか絆《きずな》とかそういうもの……私が得られなかったものに、十太はほだされた。私はそれが悔しくて、彼のバンドの練習を邪魔しました。私が好きな十太は周りの誰にも目を合わせず、ずっと遠くだけを望むはずだから。

けれどバンドが解散した日、十太は酔い潰れて泣いていました。そんな十太を見て、私は思い出しました。十太は『人といるとうまくいかない』と、ずっと昔に嘆いてた。その嘆きは私のものでもあった。私は孤高な十太が好きだった。でも十太は、孤高を望んだことなんて、きっと一度もなかった。

……それから十太はまた変わり始めました。憑《つ》き物が落ちて、さらに抜け落ちてはいけないものも失ってしまったみたいに、ぼーっと遠くを見ていた。そしてその目を私へ向けて、はっとその焦点距離を取り戻す。十太はバンドが解散してからも音楽を続けました。一人になってから、彼の音楽を聴く人は急に増えていった。でも彼が一人であることに変わりはなかった。私は十太とどう接していいか分からなかった。

ある日、私は妊娠していると気付きました。自分が母になるなんて考えていなかったから、動揺しました。でも一番怖かったのは……十太に妊娠を告げたとき、彼が私を抱き締めたこと。彼は優しい目をしていた。

それで気付きました。十太は私を愛していた。

十太はもう神様じゃなかった。

私はその場から逃げ出しました。十太を失う。その考えが、体を突き動かした。ビルの上で『今から死ぬ』と電話を掛けました。十太は『すぐ行く』と言った。私は待っていた。待っていたけれど、十太は来なかった」

聖来は話を止めた。

しばらくして、はっとした。

それがすべてだった。

十太は聖来を助けに行こうとし、その途中で事故に遭ったのだ。

夏佳は何も言わなかった。もう「どうして」と聞くこともない。

静かな居間に希の寝息だけが聞こえていた。規則正しく繰り返される響きは、まだ何にも染まっていない。聖来がまた優しい目をして希を撫でる。

「それから加奈さん、十太のお母さんに拾われました。『孫とそのお母さんを放っておけない』と言って、私と十太に何があったかを聞くことはなかった。何かがあったと察してはいたはずなのに。

私はこの子を産むと決めていました。ずっとお腹が温かくて、それ以外のすべてが冷え切っていた。希を産んでから、この子を産む理由に気が付きました。希が私と十太を繋いでいたからだった。私は十太を、ずっと遠くへ行ってしまった十太を、繋ぎ止めたかった。この世で一番大切な存在を失っていたのだと、そのとき思い知りました」

聖来は話し終えてもなお、希を撫で続ける。ありふれた思い出を語るように微笑んでいる。悲しみが固まり切って、何気ない顔で居据わっている。

光莉はその様子を見ながら、夏佳と聖来の邂逅《かいこう》にはもう意味がなくなっていたのだと理解する。夏佳は泳ぐのを止めず、聖来は失ったものを認めている。ただ確認のような時間だけが過ぎていく。

そして、光莉の問いだって同じだ。もう意味がない。何故なら、光莉に「ライターを辞める」という選択肢は既になかったからだ。

「私からも一つだけ尋ねさせてください」

聖来がぽつりと言う。光莉は耳をそばだてる。

「私はどうすれば希を失わずに生きていける？」

聖来は、傍らで立つ光莉たちを見る。希を抱く細い腕が小さく震えている。その腕で色々なものを受け入れようとしたのだろうか。受け入れられず零《こぼ》れていったのだろうか。

「それを聞きたくて、私をここへ招き入れたんですね」

夏佳が聖来を見下ろして言う。聖来がぎゅっと身を縮める。その仕草《しぐさ》が肯定を示す。

どれだけ夏佳に十太の死について問われようとまるで響かない。それもそうだろう。今の聖来を生かすのは、ただ一つの願いだけだ。

希を失いたくない。

「その問いの答えは知らない」

夏佳が言う。聖来は悲しい顔をする。が、夏佳の言葉は続いた。

「……でも、あなたはもう『死にたい』なんて言わない」

聖来は夏佳を見つめる。大きな黒目に見据えられながら、夏佳は臆《おく》せず話す。

「失ったものを埋《う》めようとせず、その空白と生きていく。十太のことを語ったあなたには、その覚悟がある」

顔色を変えず、ただ告げるように言った。

「もうあなたは、ちゃんと生きていける」

蛍光灯の唸《うな》りが聞こえるほど、部屋は静まっている。

聖来が小さく微笑んだ。

「そうね」

ただそれだけを小声で呟く。

もう一度、希を強く抱いた。


光莉と夏佳は居間から出た。聖来は希とともに居間に残っている。襖は閉まっていて、中の様子はもう分からない。ただ、希は静かに眠っているようだった。

玄関には十太の母、加奈が立っていた。頭を下げられる。

「ありがとうございました」

感謝されるようなことではないと思った。全員、既に答えが出ていた。その答えを繰り返すだけの時間だった。

光莉が尋ねる。

「……あの」

「はい」

こちらへ穏やかな顔を浮かべる。夏佳と聖来の話はすべて聞こえていただろう。

「あなたはどうして聖来さんと暮らしているのですか」

加奈にしてみれば、聖来は息子を死なせた女性ともいえた。加奈は微笑んだまま瞳を閉じる。

そして、目の奥の光を確かに灯し、答える。

「聖来がどうしても私に重なってしまった」

はっと気付く。十太の父は既に亡くなっていた。パートナーを失ったのは聖来と同じだった。

加奈はさらに息子も失っている。それでも微笑んでいる。

「お通夜で聖来に会ったとき、彼女が他人だとは思えなかった。悲しみのどん底にいて、希望を失っている。それが夫を亡くしたときの私みたいに思えてね。しかも、話してみればお腹に赤ちゃんがいるって言うじゃない。だからうちに呼んだの。……孫の顔は見たいものよ」

はにかみながら笑う。茶目《ちゃめ》っ気《け》が漏れていて、このタイミングでユーモアを溢《こぼ》せる懐《ふところ》の広さにどこか圧倒される。

去り際に加奈からCDを手渡された。the noise of tide のアルバムだった。

「十太がくれたの。何枚かあるから、あげるわ」

玄関前で加奈が呟く。

「昔、私もバンドを組んでいたわ。久太《きゅうた》……夫と、私と、もう一人で。バンドは解散して、久太は亡くなったけどね……。十太に音楽をやらせたくなかった。音楽は私から色んなものを奪っていったし、また大きなものを奪っていく気がしたから。けれど十太はやっぱり音楽を始めた。そういう宿命なのね。そして、また音楽は私から大切なものを奪った」

光莉の手元にあるCDを見つめ、しみじみと言う。

「私は音楽が憎い。……でもね、十太の曲はね、本当にいい曲なの」

「……あの」

光莉は最後に尋ねる。

「何かしら」

「どうして、そうやって強く笑っていられるのですか？」

虚を突かれたような顔を一瞬見せる。が、すぐにまた先程の笑みを浮かべた。

「逆よ」

「え？」

「次第にね、こうして微笑むことしかできなくなるの」

深夜一時を回っていた。体に（心に、かもしれない）重たい疲れが押し寄せていた。暖房を強めに点ける。今日は車中泊するしかなかった。夏佳がいい場所を知っていると言う。その指示通りに車を走らせると、海辺の堤防の辺りに来た。堤防の横に車をつける。助手席の窓には真っ暗な海が広がっている。

「この辺りで十太があの曲を、『凪に溺れる』を弾いてくれたんです」夏佳が呟く。「十太は何を見たかったんでしょう」

「え?」

カーナビとメーターの光だけでは、夏佳の表情は窺えない。

「十太はプールサイドで遠くの海を眺めていた。彼が遠くを見続けたから、私も泳ぎ続けることができた。十太の歌を聴くと予感がする。彼の視線の先を思い、自分を重ね、十太に遠くを見続けて欲しいと願う。でも、それは私の願いであって、十太の願いではない。十太が本当に見たかったのは何だったのか、私にはもう永久に分からない」

光莉は肌が静かに冷えるのを感じる。

十太の曲を聴いたときに立った鳥肌が拠《よ》り所となる。彼が見るものを、自分でも見たいと思う。彼に何かが見えていると信じ込み、彼を揺るがないものだと決めつける。全部、光莉の知っている感情だ。

「十太を十太にしたのは、私たちかもしれない」

誰もいない後部席から後ろ指を突きつけられた気分になる。

でも、そんなもので動揺するほど、もう弱くはなかった。

「私たちは、それでも彼に予感を見出すんです」

夏佳が小さく息を呑む。そしてその緊張を静かに解き、呟く。

「十太が死ぬ間際に走ったのは、ただ彼女のためだった。遠くなんかじゃない、すぐ近くの存在を見ようとした。彼は愛の中で死んだ。宿命には殺されなかった。

私はそれが、嬉しくて、少し寂しい」


……。

瞼《まぶた》に光を感じた。

ゆっくりと目を開く。寝ぼけ眼《まなこ》に強い光線が刺さる。時計を見ると、朝の六時過ぎだった。リクライニングを大きく倒して眠ったが、体が凝《こ》り固まっている。光莉が動くと、夏佳も目を覚ました。

「起こしちゃいましたか？」

「いや、大丈夫です」夏佳は窓を見て呟く。「日の出ですね」

海から赤い太陽が顔を出していた。夏佳が窓を開けると、静謐《せいひつ》な寒気が車へ流れ込む。光がグラデーションを成し、無数の色を溶かして濃紺の空を切り開く。光芒《こうぼう》が黒い海に延び、静かな波を映し出す。

夏佳が車のポケットから何かを取り出した。十太の母にもらったアルバムだ。光莉と目が合う。流してもいいか、ということらしい。光莉は頷く。

ＣＤデッキにアルバムが吸い込まれ、小さな読み込み音の後、音楽が流れ出す。

耳残りのいいギター。堅実なベース。胸を打つドラム。淡く敷かれたシンセオーケストラ。そっと声が入る。歌詞のない、メロディだけの声。十太のものだ。

美しい一曲目。

夏佳がぽつりと言った。

「十太のことを知って、聖来さんと会って、……でも、何も変わらなかった」

光莉はゆっくりと尋ねる。

「何も変わらないと、初めから分かっていたのでは？」

「多分、そうです」

夏佳が笑う。それからすっと表情を戻す。遠い目をして、海を見る。

「私は、私がこれまで信じたものを、これからも信じていく。それだけです」

アルバムは先へ進んでいく。

十太の声が響いている。それなのに彼の不在を強く思う。

太陽は海から離れ、空には白い光の領域が広がり始めている。

聴き馴染みのあるギターフレーズが流れてきた。

アルバムは最後の曲を迎えている。『凪に溺れる』だ。

黒い海は凪ぎ　ラジオはノイズ吐き出し
予感はまだまやかし　波打つ繰り返し

遠雷はどこかへ去り　君のワンピースも波
心をたぶらかし　吐き切れない苛立ち
いつまでも途上に立ち　祈りを繰り返し
水平線の先　また出会う二人

開いた窓から、曲が空に溶けていく。潮風に呑まれ、海へ流れ、水平線の先に行く。

また予感がする。

何かが始まるという昂揚。根拠のない期待。美しい衝動。

この予感を自分は信じた。

光莉はかつての光景を思い出す。寮で観た、あのライブ。あのとき確かに信じたものがあった。百パーセントの純度で信じられたものがあった。

それだけでもう十分だ。

ただ信じたという事実だけが進む理由だ。

夏佳を見た。海を見ていた。

「十太。……私をもう少しだけ、前に進ませて」

そう呟いていた。

やはりそうだ。自分たちは進み続ける。進むことにもう意味なんてない。

記事を書く意味、水中で泳ぐ意味、ギターを弾く意味。この世を生きる意味。

そんなのとっくに失われていた。

けれど失われたものたちは、埋まらない空白としてこの身とともにあり続ける。消えない胸の疼《うず》きが、自分を生かし続けていく。

もう劇的なカタルシスはない。

それでも朧《おぼろ》げな希望を抱えて、今日もやはり生きている。

‡

ブログを更新した。十太を巡る話だ。

長い文章になった。夏佳にも許可を取り、一つ一つを文章にしていった。言葉はすべてを表せない。けれど、できるだけ取り溢《こぼ》すものがないよう、丁寧《ていねい》に表現を探した。

この文章もまた自分が信じるものになるのだろうか。そう思ってアップロードした。

夏佳は中国の大会で優勝していた。傍から見れば、選手のコンディションとしては絶好調といえる。あまりに美しい泳ぎ、とメディアやインターネット上で評判になっていた。が、きっと本人は淡々と日常をこなしているだけなのだろう。

光莉は光莉でいつものように記事を書いている。しっかりとした確信を得て、しかしながら、変わらない日常を送っていた。

ある日、再び元勤務先の出版社を訪れた。夏佳へのインタビューを行った雑誌で、またいくつか記事を書かせてもらえることになった。その打ち合わせだ。

　自動ドアをくぐると、受付に見慣れた姿があった。今日も遥が働いている。

「遥ちゃん、おはよ」

　何の気もなく話しかけた。が、遥は半立ちになり、受付から身を乗り出してくる。

「光莉さん！」

「え、どうしたの」

「ブログ！」

「え？」

「あのブログ、何ですか！」

　ブログといえば、私のブログのことか。一体それがどうしたというのか。そもそも、ブログのことを遥に話した覚えもない。

　遥は人目も憚《はばか》らず、スマホを触って光莉に画面を見せてきた。光莉がこの前書いたブログの記事がそこにある。

「それ、私がこの前書いたやつ」

「そう。今、すごいことになってるじゃないですか」

「え？」

　そのブログ記事を書いた後、どこか満足した気持ちがあって、インターネットから遠ざかっていたのだ。慌てて光莉もスマホを取り出し、管理用ページを開く。目を瞠《みは》った。アクセスが急増している。いつもは百回もないアクセスが、今は二万回を超えようとしていた。

「え、これ、何が起きてるの？」

「何も知らないんですか？　これ見てください」

遥が別の画面を見せた。今度はツイッターだ。

『デビューに向けた話をするはずだった日に、彼は亡くなった。懐かしいし、本当に悲しい。

https://www.thenoiseoftide.xx/news』

リンクを開くと、かつてリンク切れになっていたthe noise of tideのページが復活していた。そしてnewsの一番最初に『２０１８年10月23日、Vo.霧野十太逝去。27歳』という内容が載っている。どうやら正博がドメイン切れになっていたサイトを更新したようだ。

ツイートしたのは北沢《きたざわ》という音楽プロデューサーだった。遥によると、音楽界を牽引《けんいん》するバンドの数々は、この人のプロデュースによるものらしい。オリンピック実行委員にも名を連ねているという。

そんな人が十太のことを知っていた。

「このツイートの後に、光莉さんのブログのこともツイートされてたんです」

ほら、とまた画面を見せられる。光莉のブログのＵＲＬのみが載せられたツイート。どちらも、数千回リツイートされている。

「私もこの曲、知ってたんです。最近、YouTubeでたまたま見つけて、それから何度も聴いていた。いい曲だなって思っていたら、ボーカルが既に亡くなってるのを知って……」

遥は視線を落として呟く。

「私、この曲、一回聴いただけですごく好きになったんです。何かを好きになるのって本当に久々で、びっくりした」光莉に合っていた視線が中空へ移る。「その……どこか遠いところへ行ける気がしたんです。私にも何かが待っているって思えて……」

ブログにはコメントが数百件も書き込まれている。

『この記事を読んで、「凪に溺れる」を聴いた。あまりに綺麗な曲で、悲しくなった』

『大宮夏佳選手の動画を見ていたら、この記事に辿り着いた。私には彼女が何故泳ぐか分からなくて、少し怖くなった』

『やっぱ天才は早く死ぬんだ』

『the noise of tideのライブを見たことがあった。思い出補正かもしれないけど、すごかったよ』

『こいつら、下北沢の伝説のバンドだって聞いた』

『the noise of tideってバンドだったんだな。ソロの時代しか知らなかった』

『これ誰？』

『初めてこの曲を知った。生きてる間に知りたかった』

『この曲を聴いて、何というか、予感がした』

そこに書かれた感情はバラバラだ。けれど、人々は何か大きなものを感じ取っている。

もう一度、ブログの管理ページを見る。アクセス数がまた増加している。『凪に溺れる』の動画ページも開く。二十万回再生という数字と、無数のコメントが目に飛び込む。感情が溢れている。

ぼーっとしたまま、エレベーターで上へ向かう。雑誌の編集部のフロアへ着く。光莉が世話になっている編集者のデスクへ行くと、その編集者の横に知らない人が立っている。

「ああ、どうも」

「おはようございます」

光莉がどこか上《うわ》の空で、かつ見慣れない人物に戸惑っていると、編集者が「打ち合わせの前に紹介したい人がいて」と言って、横に立つ男を手で示す。

「初めまして」

そう言って渡された名刺には、音楽雑誌を中心に発行する出版社名が書いてある。名前を宮本《みやもと》と言うらしい。光莉も慌てて名刺を取り出すと、宮本は鷹揚《おうよう》に頷いた。

「ブログ、拝見しました。是非《ぜひ》お会いしたかったので、ちょっと取り次いで頂きまして」

光莉はきょとんとしてしまう。宮本は朗々《ろうろう》と話し続ける。

「あのブログの記事、インパクトがあって、すごく興味深かったです。音楽から人生が浮かび上がる構成と、音楽への距離感も本当によかった」

真っすぐな視線に狼狽《うろた》える。しかし、文章を褒めてもらっているのだと分かり、温かいものが込み上げた。意味を持った言葉。感性のある文章。

「よければうちの雑誌にも記事を書いて頂けないですか。プロデューサーである北沢さんの特集を組むことになっていて、その中でthe noise of tideに触れたいんです。個人的に僕もあのバンドを知っていて……」

体が残滓《ざんし》を感じ取る。朧《おぼろ》げな光。

頭の中に、あのギターフレーズが流れる。

十太の記事を雑誌に書ける。光莉にとってはまたとない好機だ。しかしそれ以上に、もはや十太によって書かされているような気持ちにもなる。

彼は消えようとしない。

宮本の言葉は続くが、それは光莉の耳を次第に素通りしていく。光莉の意識は打ち寄せる波だけに向かう。十太が何度も繰り返しただろうフレーズが、大きな波を作る。十太は死に、波の根源は消えた。しかし繋がりの間を確かに伝う。広がっていく。無数の人の中に入り込み、ふわりと幻想のような希望を見せる。人々が十太の影を見る。

途方もないものを連れてくる。

エピローグ――聖来

白い薄手のカーテンを貫き、焦《じ》れた日差しが居間へ差し込む。裏の山から蝉の声。気付けば夏が始まろうとしている。

聖来《せいら》は掃除機を止めて体を伸ばした。今日はパートが休みだったので家を丁寧《ていねい》に掃除することにしていた。こんな場所は目に見えないだろうというところまできちんと埃を取る。すると部屋は輝いていく。真人間《まにんげん》のようなことを思う。

十六時を過ぎている。時計を見て、しまった、と思った。掃除にのめり込んでいてまだ今晩の食材を買っていない。これは希《のぞみ》と一緒に買い物だなあ、と内心で呟《つぶや》く。

もうすぐ希が小学校から帰ってくるはずだ。毎朝ランドセルを背負うと希の背筋がピンと伸びる。一丁前《いっちょまえ》に誇りのようなものを感じているのだろう。

点《つ》きっ放しになっていたテレビではドラマの再放送が終わり、夕方のワイドショーが始まっていた。いよいよオリンピック開幕、という見出しで映像が流れ出す。東京オリンピックの振り返り映像。あの感動を再び、ということらしい。

漫然《まんぜん》と眺めていたが、水泳競技のハイライトに画面が移ると、はっとする。

競泳レーンの真正面、特殊なカメラで捉えられた映像。平泳ぎで水を掻き、飛沫《しぶき》の中から選手が飛び出す。きゅっと引き締まった表情。ゴーグルをしていても、彼女が集中していることは明らかだ。しなやかな動きで水と溶け合い、ぐんぐん進む。レーンを上から眺めた映像。その選手は、二位と競《せ》り合うように泳いでいたが、やがて頭一つ前に出た。実況アナウンサーと解説者は興奮を抑えられない様子で「行けっ！」と叫んでいる。そのまま、プールサイドに手がつく。会場から歓声が上がる。

その選手が会場の大きな液晶パネルを見た。自分の着順を知ると、恐る恐る息を吸い、安堵《あんど》したように吐き出した。頭上をぼーっと眺める。プールから上がると、コーチらしき人を筆頭にして人が集まってくる。誰かが国旗を手渡す。その選手はきょとんとしていたが、やがて何かを理解したように国旗を肩に羽織《はお》った。

ぎゅっと国旗で身を抱き締めてから、ぱっと体を開く。その動きは軽い。感情を爆発させるように、くるりくるりと身を翻《ひるがえ》す。旗がたなびき、彼女を包む。解き放たれたような勢いで、彼女は身を躍らせる。

もうそんなに前のことか。

聖来はテレビ画面を観ながらつい目を細める。

そのとき、家の呼び鈴が鳴った。ぱたぱたと居間を出て玄関を開ける。希だった。

「お帰り。……どうしたの？」

いつもなら「ただいま」とこちらを見てすぐ返事が来る。ぼんやりした表情だが、ちょっとだけ笑っているようにも見える顔。誰かに似ている。

しかし、今日の希は俯《うつむ》いたままだった。その場を動かない。聖来が「何かあったの？」としゃがみ込んだとき、希が聖来に抱きついた。そのまま泣き出してしまう。「ああ……よしよし……」と、為す術《すべ》もなく頭を撫《な》でる。ひとまず家の中に入った。

「……どうしたの。泣かないで」

希の顔を見て頭を撫でる。希は涙を拭《ぬぐ》いながらしゃくりあげている。

「あのね……」

「うん」

「どうして、お父さんいないの」

顔が強張《こわば》った。心臓がぎゅっと握られたようだった。

「帰りね、みんなにね、お父さんいないって言われてね、いろいろ、言われてね、何で、いないの」

涙を拭い、一杯一杯になりながら声を絞《しぼ》り出している。

「……それはね」

それは。

「……それは、……それはね」

言葉が続かない。

「……ごめんね」

聖来は堪《こら》えた。この顔を見せたくない。希から顔を背《そむ》け、その小さな頭を撫で続ける。

ごめん、ごめん。

聖来の頭に、小さな手が置かれた。はっと顔を上げる。その手がぎこちなく聖来の髪の毛を撫でる。

「ごめん、なさい」

希は泣き止んでいた。小さくしゃくりあげながら、聖来を心配そうに覗《のぞ》き込んでいる。その困り顔にわずかな面影《おもかげ》を見る。

「あなたは、優しいね」

頭を撫でる。もうこんなに背丈は大きい。


呼吸が落ち着いてから、買い物をしに家を出た。少し遅くなってしまったが、空はまだまだ明るい。希と手を繋いで町を歩く。橙《だいだい》の空に間の抜けた大きな雲が浮かぶ。家々の隙間から海が見える。わずかに流れ込む潮風が、涙の残滓《ざんし》でひりひりする頬をひやりと撫でていく。

山の緩《ゆる》やかな斜面を降りるように歩く。スーパーの方面だ。その途中で、見慣れた人影と会った。

「あら、希と聖来」

穏やかに笑ってこちらに手を振る。加奈《かな》さんは希のおばあちゃんであり、十太の母だ。

「偶然ね」

「ですね。今から買い物ですけど、一緒に行きますか」

「そうするわ」

加奈さんはちょうどパート終わりで、その帰りだ。聖来、希、加奈さんの三人で今も家に住んでいる。生活費も互いに出し合っていた。

「今日は小学校、楽しかった？」

加奈さんが希に聞くが、希は何も答えない。口を尖《とが》らせている。

「あら、喧嘩《けんか》でもしたの？」

加奈さんが希を見て、次に聖来を見た。聖来はどんな顔をしていいか分からず、曖昧《あいまい》に視線を逸《そ》らす。

「……まあ、そんなこともあるわね」

加奈さんはまた微笑《ほほえ》んだ。加奈さんにはきっとすべて見透かされている。昔からそうだった。

空には、藍色《あいいろ》の絵の具を水面に垂らすように、少しずつ夜の色が混じっている。スーパーへの道の途中に神社がある。前を通り過ぎようとしたとき、ちょうど鳥居の明かりが灯《とも》った。希が驚き、視線を釘付けにしている。

「……希、一緒にお参りしていこっか」

加奈さんが言った。いいでしょ、と聖来にも笑いかける。

「おまいり？」

希はお参りというものをあまり分かっていないらしい。聖来が説明する。

「お参りっていうのは……うーん……お願いします、あれしてください、これしてくださいって頼むこと、かな」

「おまいり……」

希は目をぱちぱちさせている。聖来の話ではピンと来なかったようだ。聖来はつい、難しいなあ、と考え込んでしまった。

「まあ、行きましょ」

加奈さんが笑い、三人で鳥居をくぐった。いつも通り過ぎていた神社だが、こうしてお参りに訪れるのは初めてかもしれない。広場を抜けて、木の茂る参道《さんどう》に入る。すぐに小さな社《やしろ》の前に来る。本殿《ほんでん》だ。

お賽銭《さいせん》を投げ入れる。希の手を取り、合わせてあげる。

「こうやって祈るんだよ」

希は何となく理解したらしい。手を合わせたまま、ぎゅっと目を瞑《つむ》った。その様子を見て、聖来も小さく祈る。お願いしたいことはないが、とりあえず頭を下げた。中身のない祈り。

聖来と加奈さんが顔を上げたが、希は、んー、と未だに目を瞑っている。その様子が少しおかしくて、顔を見合わせて笑う。

「希、もういいよ」

聖来が言うと、希はぱっと顔を上げた。加奈さんが尋《たず》ねる。

「そんなに一体、何を頼んだの？」

希はすぐに答えた。

「お父さんと一緒にいられますように、って」

何も言えなかった。

聖来が言葉に詰まる。加奈さんを見ると、こちらも虚を突かれたような顔をしている。ただ希がきょとんとして、聖来と加奈さんの間に立っていた。


家に帰って食材の整理をしていると、希は居間で寝落ちていた。疲れたのだろう。薄いブランケットを掛ける。

料理をしながら、加奈さんと少し話した。やりたいことがあった。それを話すと、加奈さんはしばらく考え込み、そして分かったと頷《うなず》いた。思うところは無数にあるのだろう。でも、やらなきゃいけないことだと聖来は思うのだ。

「ご飯、できたよ」

居間の方に声を掛けると、希がぱっと目を覚ました。お腹がしっかり空《す》いているらしい。食卓まで小走りでやってくる。三人で席について、いただきます、と声を合わせる。聖来も加奈さんも小食だったから、食卓に並ぶ料理の量はこれまでそれほど多くなかった。しかし最近、希の食べる量は日に日に増えている。だから、気持ち多めに料理を作っている。男の子なんだなあ。

東京にいたとき、狭いキッチンで作った料理を挟んで向かい合ったときも、同じようなことを思っていた。

今日の希もいい食べっぷりだった。食卓の皿が綺麗《きれい》に片付き、聖来は食器を洗い始める。一日の生活のミッションは概《おおむ》ね終わって、いつもなら後は居間で希と過ごすだけだ。

でも今日はやりたいことがあった。

聖来は押入れから荷物を取り出す。その形を久々に見た。居間まで運ぶ。

「希」

「うん？」

希は目をぱちぱちさせている。

「見せたいものがあるの」

そして、大きな荷物を希の前に置いた。

埃を被《かぶ》ったギターケース。

「……何、これ？」

「あなたのお父さんのもの……もう、あなたのもの」

希が興味を持つ。恐る恐る、ジッパーを開けて中身を取り出す。

真っ赤なボディーが出てくる。輝きはまるで失われてない。その光沢《こうたく》に希が息を呑んでいる。

希が背丈の半分以上もあるギターを、よいしょと取り出す。ギターに誘われているようにも見える。

その様子を加奈さんが静かに眺めている。

ケースの中から茶色い封筒が落ちた。

『お返しします。大宮夏佳』

東京オリンピックが終わって一か月後、我が家に届いたものだった。聖来は封筒の中身を取り出す。

水色のピックだった。

希はギターに興味津々《しんしん》で、そのボディーをペタペタと触っていた。何か、血筋のようなものを感じる。静かに聖来の肌が震えている。

「……こうやって、使うの」

聖来はギターストラップ、ギターの肩紐を希に掛けてやる。希が聖来の方をきょとんと向く。

希の小さな手にピックを握らせる。その手を優しく握り、弦を鳴らした。

……。

六本の弦が数年ぶりに揺れている。随分《ずいぶん》と時間は経ったが、やはり美しい音だった。音が響き、重なり、うねる。静かな家に音が染み入っていく。

十太《じゅった》。

微《かす》かな姿を感じる。もう一度、その存在が繋がる。

希を見た。

目を見開いていた。頬を紅潮させ、口をぷるぷると開く。聖来が希の手を放す。希は今度は自分から、もう一度ギターを鳴らす。また音が響く。また鳴らす。また響く。
加奈さんがぐっと目を閉じている。聖来も目を閉じた。途方もない何かを祈った。
また、希がギターを鳴らした。
音はどこまでも届くのだ。

装丁・目次・扉デザイン――岡本歌織（next door design）
装丁写真――倉田果奈

〈著者略歴〉
青羽 悠（あおば ゆう）
2000年、愛知県生まれ。2016年、『星に願いを、そして手を。』で第29回小説すばる新人賞を史上最年少で受賞して、作家デビュー。

凪《なぎ》に溺れる

2020年7月23日　第1版第1刷発行

著者　青羽　悠
発行者　後藤淳一
発行所　株式会社PHP研究所
東京本部　〒135-8137　江東区豊洲5-6-52
第三制作部文藝課　☎03-3520-9620（編集）
普及部　☎03-3520-9630（販売）
京都本部　〒601-8411　京都市南区西九条北ノ内町11
PHP INTERFACE　https://www.php.co.jp/

組版　有限会社エヴリ・シンク
印刷所　株式会社精興社
製本所　株式会社大進堂

ISBN978-4-569-84723-8

PHPの本

三兄弟の僕らは

小路幸也 著

両親がいなくなったその日から、僕らは「普通」じゃなくなった――。家族の秘密に向き合いながら成長する兄弟達の絆を描いた感動作。

定価 本体一、六〇〇円（税別）

PHP文芸文庫

第7回京都本大賞受賞の人気シリーズ

京都府警あやかし課の事件簿(1)~(3)

天花寺さやか 著

人外を取り締まる警察組織、あやかし課。新人女性隊員・大にはある重大な秘密があって……? 不思議な縁が織りなす京都あやかしロマンシリーズ。

PHP文芸文庫

午前3時33分、魔法道具店ポラリス営業中

藤まる 著

相手の心を読めてしまう少女と、自分の心が他人に伝わってしまう少年。二人が営む不思議な骨董店を舞台にした感動の現代ファンタジー。